CB137683

coleção fábula

François Villon

Poesia

TRADUÇÃO, ORGANIZAÇÃO, APRESENTAÇÃO E NOTAS
Sebastião Uchoa Leite

editora 34

Sumário

/ Sobre esta edição

Para esta terceira edição bilíngue da *Poesia* de François Villon, com tradução, organização e notas de Sebastião Uchoa Leite, a grafia do português foi atualizada segundo o Acordo Ortográfico da Língua Portuguesa de 1990, que entrou em vigor no Brasil em 2009. Foram ainda realizados pequenos ajustes na apresentação, "Villon", e nas notas, a fim de refletir os padrões de redação e estilo da coleção Fábula da Editora 34.

No que concerne ao idioma original dos textos, adotou-se a grafia do francês médio conforme a edição *François Villon — Œuvres complètes*, estabelecida por Jacqueline Cerquiglini-Toulet, com a colaboração de Laëtitia Tabard, para a Bibliothèque de la Pléiade, em 2014. Sempre que houver diferença entre um verso da versão originalmente usada por Sebastião Uchoa Leite e seu correspondente na versão estabelecida pela Pléiade, este último virá indicado em nota ao fim de cada parte. Vale observar que as notações entre colchetes que introduzem o objeto das baladas constam do texto em francês moderno da Pléiade.

Há ainda outras questões, a saber: foi mantida a ordem das oitavas XIX, XX, XXI e XXII de *O legado* conforme Sebastião Uchoa

Leite, embora, na Pléiade, correspondam a XX, XXI, XXII e XIX, respectivamente; ainda que não conste da edição da Pléiade, foi mantida a notação [Les regrets de la Belle Heaulmière] que precede o conjunto das oitavas XLVII a LVI; e foi mantida, no texto em português, a omissão da numeração da oitava CLXXVIII, que Sebastião intitula apenas "Epitáfio", tendo sido introduzida a notação [Épitaphe] logo após a numeração no texto em francês, a título de clareza.

Além disso, não consta da Pléiade o "Rondó" que se encontra na página 395 desta edição, entre a "Balada contra os inimigos de França" e a "Balada do concurso de Blois", de maneira que ficam mantidos a grafia e os versos da edição anterior. A esse respeito, conforme se buscou averiguar, esse rondó parece não ter registro oficial ou acadêmico, e algumas edições, entre elas a Pléiade, optaram por não incluí-lo talvez por seu estilo, que abusa do calembur para além do usual em Villon, mas também pelos versos em redondilha menor, quando a métrica típica de Villon, e também de seu tempo, eram os octossílabos, muito embora as formas poéticas ainda não tivessem sido codificadas nessa época.

As gravuras que ilustram essa edição (pp. 9, 15, 85 e 489) foram tiradas da primeira edição das obras de Villon, publicada por Pierre Levet em 1489. A figura da p. 15 é tradicionalmente tida como um retrato do poeta.

Por fim, esta terceira edição foi acrescida do ensaio "Estudo a-histórico de um texto: 'Balada das damas do tempo ido'", do filólogo e crítico literário austríaco Leo Spitzer, adaptado de uma palestra ministrada por ele, em 1938, no Bryn Mawr College.

Beaulte damours

Mieulx meust valu auoir este cerchier
Ailleurs secours ceust este mõ hõneur
Riẽ ne meust sceu lors de ce fait hassier
Certes men suis en fuite ꝛ deshonneur
Haro haro le grant et le mineur
et quest ce, mourray ie sans coup ferir
Ou pitie veult selon ceste teneur
Sans empirer vng pouure secourir

/ Nota e agradecimentos (1987)

Esta tradução exclui as baladas em jargão, por motivos óbvios: seria preciso haver um jargão equivalente em português ou, então, limitar-se à tradução literal, o que não teria sentido. Traduzir Villon é uma aventura temerária pelos problemas que envolve. Entre outros, o de que qualquer edição fidedigna significa um novo estabelecimento de texto, por causa das variantes de pontuação e ortografia, e, em alguns casos, discordâncias de interpretação. Não se seguiu um texto base, mas aceitaram-se como parâmetro as edições históricas de Auguste Longnon & Lucien Foulet (1932 [1892]) e de Louis Thuasne (1923). Levaram-se, contudo, em consideração as edições modernas como as de André Mary (1970), Pierre Michel (1972) e Jean Dufournet (1973), e prestou-se atenção particularmente à de Jean Rychner & Albert Henry (1974) para *Le Testament*.

Foi valioso o auxílio da tradução semântica para o francês moderno de André Lanly (1969). Entre as traduções para outras línguas foi valioso o aparato crítico da tradução italiana. Nenhuma das traduções de língua espanhola, porém, satisfez a este tradutor, mesmo reconhecendo a erudição de algumas, particularmente a de Ruiz Capellán. Mas todas se apegam excessivamente ao conceito de tradução do "conteúdo" da obra. Na presente tradução, houve um esforço de aproximação formal pela métrica, pela rima, pelo ritmo e, sempre que possível ao menos, uma aproximação do jogo linguístico de duplos sentidos, embora muitos *calembours* dos "legados" sejam de equivalência impossível noutra língua.

O tradutor aproveita para agradecer aqui o interesse de muitos amigos pelo encaminhamento deste trabalho. Cita particularmente, pelo interesse na leitura do texto, o poeta e tradutor José Laurenio de Melo, e os professores-ensaístas Luiz Costa Lima e Marta Peixoto; e, pelo empréstimo generoso de livros, a atriz e pesquisadora Beti Rabetti, o lexicólogo e tradutor Ismael Cardim, e o jornalista e escritor José Guilherme Mendes.

/ Nota do tradutor à segunda edição (2000)

A segunda edição da *Poesia* de François Villon, doze anos depois (a data da primeira, da Editora Guanabara, é de 1987, mas o livro só começou a circular em 1988), traz algumas mudanças de que o leitor deve tomar conhecimento. A primeira é o fato de vir agora com o original em francês da época do poeta. O francês do século XV já não é tão arcaico, mas ainda estava em formação, longe do francês clássico seiscentista. A presença de uma lição que preserva a morfologia da época tem aqui uma função comparativa com a tradução, ao contrário do que ocorre com as edições correntes na França, em geral com lições modernas. Foram utilizadas as lições da edição de Auguste Longnon & Lucien Foulet (1932), incorporando elementos da edição de Louis Thuasne (1923) e, ao menos em um caso, da edição de Jean Rychner & Albert Henry (1974). As incorporações estão indicadas nas notas. A ordem é a da edição Longnon & Foulet.

A segunda modificação é no próprio corpo da tradução. Não uma modificação drástica, mas algumas mudanças nas linhas dos versos, em linhas completas. O objetivo foi o de aperfeiçoamento da métrica e do ritmo, e mudanças leves de soluções semânticas, visando a uma maior precisão. Em casos esporádicos, correção de pequenos erros.

Finalmente, as notas foram ligeiramente modificadas e reduzidas no sentido de ficarem o menos prolixas possível. Em muitos casos foram só pequenas incisões cirúrgicas. O texto da introdução está tal qual, ou melhor, estaria, se não fossem, aqui e ali, algumas dessas incisões. Idem quanto à bibliografia, na qual houve algumas inclusões. Agradeço o interesse inicial de Heitor Ferraz na reedição do trabalho e, a José Antonio Nonato, algumas observações pertinentes.

Fora tudo isso, a tradução é a mesma de doze anos atrás, pois conserva o mesmo tom, que procurou seguir o tom geral da poesia de Villon, contundente e agressiva na sua ironia, o que a muitos nem parece poesia, de acordo com os parâmetros tradicionais da suavidade "poética". A primeira edição teve, em geral, boa e séria receptividade crítica. Aos que julgaram positivamente o seu esforço de jogo poético paralelo, que é o da tradução, fica aqui o agradecimento. Aos que não, se de boa-fé, visando ao aperfeiçoamento do trabalho, fica a paciência do tradutor. Em caso contrário, só resta a impaciência.

Cy comence le grant codicille et testamēt maistre francois Villon

En lan de mon trentiesme aage
Que toutes mes hontes ieuz beues
Ne du tout fol encor ne saige
Nonobstant maintes peines eues
Lesquelles iay toutes receues
Soubz la main thibault danssigny
Seuesque il est seignant les rues
Quil soit le mien ie le regny

/ Villon

A LEGENDA E AS IDEIAS FALSAS

A legenda do personagem François Villon superpôs-se à imagem do poeta, gerando um clima romanesco que impõe a lembrança da definição de Rainer Maria Rilke da fama como "a soma de todos os equívocos". A própria vida do poeta, levantada pelos papéis judiciários e por indicações da obra — pistas contraditórias ou falsas —, favoreceu a lenda. Hoje, mesmo quando já se levantam propostas sobre o lado mais oculto da obra, as baladas em jargão, persistem ainda dúvidas e enigmas, pois sua biografia termina no ar, com o desaparecimento do poeta após ser banido de Paris. E ali começou a sua vida imaginária. Logo surgem fascículos de anedotas (*Le Recueil des repues franches de maistre Françoys Villon et ses compaignons*, 1500, e *Plusieurs gentillesses de maistre Françoys Villon*, 1532), nos quais se cria o tipo do *farceur* e rei dos escroques.

O próprio Villon responde pela sua imagem de bebedor e *connoisseur* de tavernas, ao encerrar *O testamento*:

Prince, gent comme esmerillon,
Saichiez qu'il fist au departir :
Ung traict but de vin morillon,
Quant de ce monde voult partir.

E pede ainda que gravem o seu epitáfio, que transmitirá à posteridade a sua imagem de "un bon follastre". Ele ainda persistirá como *farceur* nas *Mémoires*, de Philippe de Vigneulles (*c.* 1520), na *Grant Deablerie*, de Eloy d'Amerval (1508), e particularmente no Livro IV do *Gargantua et Pantagruel*, de François Rabelais, quando sua legenda atinge o auge e lhe são atribuídas diversas patranhas, inclusive na corte de Eduardo V da Inglaterra (que nasceu em 1470!). Paralelamente, Villon foi às vezes identificado ao advogado Pathelin da famosa farsa anônima, cuja autoria chegou a ser-lhe atribuída em época recente, apesar da inconsistência da suposição.

Um Villon lendário das *neiges d'anten*. A esse perfil mítico acrescentaram-se depois as imagens do *mauvais garçon* assassino e ladrão e a do poeta vítima da pobreza e amante "mártir". A imagem sentimental foi contrariada pela do poeta irônico e mordaz. Etc. Um personagem marcado pelo jogo das oposições. E para sempre marcado pela sombra do *poète maudit*. As cristalizações míticas atravessaram os séculos e desembocaram em nosso tempo. Até hoje, como confirma uma pesquisa de Pierre Guiraud com alunos de Letras, persistem as *fables convenues*: a marca do patético, a imagem do poeta "contestatário" (falsa), a ideia da verve fácil, a ideia de ser mais interessante pelo "fundo" do que pela "forma", a ideia de "franqueza" etc. Numa análise sêmica, o filólogo extraiu as determinações do que seria Villon, reagrupando depois os semas nas categorias de franqueza, espontaneidade e *naïveté*.

Se navegássemos no tempo no sentido contrário, em direção à época do poeta, terminaríamos por nos encontrarmos com aquela imagem antiga e legendária, a do *farceur*, a única possível como origem de um mito camaleônico. As imagens míticas, sabe-se, podem superpor-se à imagem crítica da obra e do autor, envolvendo-os perigosamente numa teia de ideias falsas, rápido caminho para a fácil kitschização de qualquer criação artística. Nada mais longe do verdadeiro Villon do que a suposta espontaneidade da elaboração poética, que leva à falsa ideia de um poeta com "sabor popular". Por outro lado, "franqueza" e "originalidade" são conceitos relativizáveis em função da situação do poeta frente aos *lieux communs*, os *topoi* de sua época. Nem tão patético, nem tão maldito. A imagem crítica de Villon, afinal, sobressai mais rica e complexa do que todos os mitos e lendas que lhe foram superpostos.

OS GRANDES TEMAS

Se a imagem de Villon tornou-se mais complexa com as pesquisas e estudos modernos, também fez-se mais clara. Italo Siciliano, na sua obra fundamental sobre Villon e os temas poéticos da Idade Média, confrontou a obra do poeta com esses temas considerados *per se* ou, em certas situações, inter-relacionadamente.

Esses temas são: 1) A VIRGEM. Na Idade Média é sobretudo a *mater dolorosa*, símbolo da Justiça, não a da razão clássica, mas sim a da compreensão e da moral superior. Sob esse tema Villon constrói a sua variante, pois na "Ballade pour prier Nostre Dame" usa a sua mãe como interlocutora. A identidade das duas vozes numa só persona singulariza o poema; 2) A MORTE.

Contrapõe-se à Virgem, que é o refúgio, sendo a grande boca devoradora. Reina nos vitrais, afrescos, procissões etc. Dança a Dança Macabra ou *Danse Macabré* (a etimologia do termo "macabro" é discutida pelos filólogos). A dança está em toda parte no século XV, sendo mais famosa a pintura do claustro do cemitério dos Innocents. É o símbolo do poder ilimitado e da equidade absoluta, inter-relacionando-se com o tema da perecibilidade e do *ubi sunt*. O tema percorre toda a obra de Villon em diversas variações e atinge o cume nas baladas centradas no tema do *ubi sunt*: a "Ballade des seigneurs du temps jadis" e a "Ballade en vieil langage françois". Enfim, com a balada dita dos enforcados, Villon encontra a ideia única de mortos abandonados à intempérie falarem da sua solidão e sofrimento; 3) A FORTUNA. O terceiro poder entre a Virgem, que é a salvação, e a Morte, que é o reino do nada. É a lei da instabilidade. O caráter filosófico da Fortuna (Boécio) perdeu-se para ela ser depois relacionada apenas com a vicissitude humana. Assim, surge em Villon como símbolo de ameaça, sem resquício daquela "função natural", e por isso divina, que lhe atribuía Boécio; 4) O AMANTE MÁRTIR E A *DAME SANS MERCI*. O protótipo do Amante Perfeito e a Dama, e o tema do "amor de lonh", expandiram-se do século XII ao século XV. O amante prostra-se diante da "dame sans merci". Em 1424, Alain Chartier compõe "La belle dame sans merci", que gera uma celeuma em torno do sacrifício do "amante mártir". A relação de Villon com esse tema é, às vezes, de aparente *imitatio*, como na "Ballade a s'amye". Porém, mais frequentemente e com mais certeza, ele parodia as fórmulas do amor cortês, ironiza Alain Chartier e culmina com a ênfase hiperbólica da "Balada final" do *Testamento*; 5) MULHER. À identificação demoníaca da mulher, vinda da Antiguidade e da Bíblia, junta-se o anátema dos Pais da Igreja. Mulher e traição são conceitos que permeiam os escritos medievais e culminam na diatribe misógina do *Roman de la rose*. Em Villon, porém, não há um clamor abstrato, mas queixas concretas, como nos casos de Catherine de Vausselles, Mademoiselle de Bruyères e suas "bacharelas" etc. Noutros casos, o tema liga-se ao da perecibilidade, como no caso dos lamentos da "Belle Heaumière". E, enfim, o grotesco e o horror medievais estão na raiz do gênero da *sotte chanson*, negativo da poesia do amor cortês, ao qual pertence a "Ballade de la Grosse Margot", na qual a "amada" se confunde com o Anticristo. Menos do que o elemento mimético, importa, no caso, a capacidade de distanciamento do poeta em relação ao tema, que transforma a sua *sotte chanson* numa obra-prima; 6) A VIDA PASTORIL. A relação de Villon com o tema da vida no campo é absolutamente paródica. O tema da vida ideal, que foi comum a senhores e *jongleurs*, é satirizado pelo poeta nos "Contrediz de Franc Gontier", no qual dialoga e debate com o "Dit de Franc Gontier", poema idílico do século XIV, afirmando a visão realista quase radical que permeia toda a sua obra.

O que deve ficar claro é que Villon não só se relaciona estreitamente com todos os temas-padrão da sua época — os célebres *topoi* medievais já no declínio da Idade Média — como se coloca amiúde em relação aos mesmos não apenas numa atitude desviante, mas de clara oposição. Ainda que, mimeticamente, sejam nele numerosos os recursos estilísticos comuns da época, eles são, não raro, distorcidos pela visão irônica da realidade. Não é exagero, pois, que Villon seja considerado ao mesmo tempo o último poeta medieval e o primeiro poeta moderno, anunciando, talvez sem querer, os novos tempos. Um poeta crítico, filho de um tempo de crise.

DISSONÂNCIAS E DISCORDÂNCIAS

É difícil caracterizar Villon apenas como um poeta do seu tempo. Italo Siciliano disse que quem entendesse a linguagem da Idade Média entenderia a de Villon, mas, para começar, o uso do léxico no poeta o destaca muitíssimo de todos na época. Um estudo de Pierre Guiraud mostra que a extensão do texto relacionada com a quantidade de unidades lexicais resulta numa curva anormal em comparação com toda a literatura poética medieval. Não só pela riqueza, mas pela intensidade do uso. Assim, à complexidade do eixo semântico, em que tantos significados se inter-relacionam e conflitam, corresponde a selva linguística em que o poeta se move e em que os leitores de hoje se enredam.

Villon é complicado. Jean Dufournet diz que uma análise sumária de *O testamento* logo revela as dissonâncias e discordâncias da obra. Observa que o poema se inicia com "propósitos ferozes" e logo a seguir vêm "as reflexões e meditações graves". Mas é bom lembrar que os versos iniciais pretendem ser uma declaração de equilíbrio: "Ne du tout fol ne du tout saige". O que nos leva ao início de *O legado*. Contudo, apesar dos paralelismos, *O legado* e *O testamento* têm almas diferentes. Nas 40 estrofes de *O legado* não há a mesma variedade tonal da outra obra. O tom paródico-satírico mantém-se quase inalterado, se consideramos que as queixas sentimentais das primeiras estrofes são uma paródia do tema do Amante Mártir e que as últimas estrofes satirizam a linguagem escolástica da Universidade, enquanto o centro é ocupado pelos legados fantasistas irônicos. *O legado* é puro na sua composição, é uniformemente contundente e "fálico", como dirá depois outro crítico. Em troca, *O testamento* é hipercompósito na sua variedade temática, é politonal. Os temas se alternam, e o tratamento desce do patético ao paródico. Após uma abertura dramática, sucedem-se muitas passagens ora reflexivas, ora satíricas, até o final em que se ordena a execução de funerais bufônicos e, numa finalização ambivalente, uma vingativa "Balada de perdão" e (na "Balada final") a gloriosa morte do "amante mártir", o qual, antes de partir desse mundo, emborca "Ung traict but de vin morillon".

Contradições temáticas e dissonâncias inflexivas, e, ao lado disso, muitas discordâncias críticas de interpretação. A discordância básica se dá entre a tese de um *O testamento* resultante da composição de segmentos em épocas e locais diversos, e outra que supõe uma obra harmonicamente organizada (respectivamente, de Siciliano e Dufournet), tendo, contudo, como referência, ambas, a cronologia factual biográfica para a explicação de determinados textos. Independentemente, porém, dessa discussão, nos é mais sedutora hoje a hipótese da composição fragmentária do conjunto. Alguns textos (baladas ou canções) poderiam ter sido compostos anteriormente ao texto descritivo das estrofes, e estas serem elaboradas em função deles. Ou o contrário. De qualquer modo, tal composição — *disjecta membra* que depois se reúne — suporia a montagem (sem a consciência de sê-lo, é claro) como princípio ordenador da obra. O que nos devolveria um Villon muito moderno.

NE DU TOUT FOL NE DU TOUT SAIGE

Seria preciso ver (como Dufournet) *O testamento* como uma defesa de causa (*plaidoyer*), ora patética, ora cáustica, destinada a justificar o poeta e apresentá-lo sob a luz mais favorável possível? Mas isso não seria reduzir a obra, como mensagem, a um auditório imediato? Há nela, sem dúvida, um núcleo ético, mas não é redutível nem a um *mea culpa* nem a uma contestação (*fable convenue* totalmente sem fundamento) dentro de um projeto consciente de crítica social. Em Villon todos esses temas se confundem, o *mea culpa*, o *plaidoyer* e a consciência ética, juntamente com as compunções fingidas e os interesses pessoais. O núcleo ético da obra de Villon se relaciona com as circunstâncias da vida do poeta. Sem dúvida ele não é um revolucionário, nem sequer um rebelde, mas não é um conformista absoluto. Ressente-se da ordem do seu tempo e dela nos dá um perfil próximo do real, nem deformado nem absolutamente mimético. Sua visão de si mesmo é conscientemente relativizada, "Ne du tout fol ne du tout saige", como se exprime na abertura da sua obra máxima, *O testamento*. Sabemos que a sua visão da realidade será, assim, conforme a sua visão de si mesmo. Nem tão radical, como se poderia esperar pela sua vida, nem tão conformada, como seria possível esperar da sua formação na Igreja.

Ezra Pound (que escreveu uma quase-ópera sobre o poeta) nos diz, com alguma visão hiperbólica: "Villon detém seu lugar único na literatura porque é o único poeta sem ilusões. Existem *désillusionnés*, mas são diferentes [...]. Villon nunca mente a si mesmo; não sabe muito, mas o que sabe, sabe: o homem é um animal, certas coisas podem ser sentidas, há muita miséria, o homem tem uma alma sobre a qual pouco ou nada sabe. Helena, Heloísa ou Joana estão mortas, e antes se podem juntar as neves do ano passado do que encontrá-las". E acrescenta que a grandeza de Villon é que "inconscientemente proclama o direito divino do homem de ser ele mesmo, único dos chamados 'direitos do homem' que não é um produto artificial". Enfim, autopreservação sem ilusões, nada nem tão inconsciente nem tão vago assim. E Paul Valéry, oposto a Villon em termos existenciais, observa ("com surpresa") que "Villon (vocabulário à parte) é, sob certos aspectos, um poeta mais *moderno* [grifo de PV] do que Verlaine. É mais preciso e mais pitoresco. Sua linguagem é sensivelmente mais firme: 'Le debat du cuer et du corps' é construído em réplicas severas e nítidas como as de Corneille".

Se, com Pound, o poeta não tem ilusões e nunca mente a si mesmo, e se, com Valéry, sua linguagem é precisa e firme, isso nos devolve o perfil de um poeta muito mais moderno do que qualquer outro do seu tempo. A sua arte fez com que transcendesse o auditório imediato. Percebe-se, à parte as aparências em contrário, que Villon tinha tudo para que a sua voz repercutisse em nosso século. Antes de tudo, a crítica sistemática da usura, a qual, *mutatis mutandis*, é parente próxima da crítica de muitos autores modernos em relação ao sistema do capital. Não é de admirar, por isso, que Villon tenha seduzido autores tão diversos ideologicamente como Ezra Pound e Bertolt Brecht, mas que têm como ponto comum a crítica dos valores monetários, um pela crítica mais genérica da prática da usura na sociedade através da evolução histórica e outro pela crítica centrada na ideologia do capital. Em Villon, isso se colocava num plano mais geral, sem talvez uma noção consciente de oposição a um sistema. Mas, em compensação, de forma muito concreta, com uma condenação mais intensa no plano real, a partir de dados sensíveis e não puramente intelectuais.

Chega a impressionar, após a leitura, mesmo corrida, de *O legado* e de *O testamento*, a quantidade de alusões ao dinheiro (e aos seus correlatos) como elemento mediador das relações sociais. A isso corresponde uma forte noção do seu valor simbólico geral, usado, inclusive, como elemento de comparação com outro valor, a juventude e a beleza, por exemplo, como na advertência da Belle Heaumière às moças de vida alegre. Com bastante frequência as moedas são nomeadas no texto corrente das estrofes. Não só o dinheiro como uma coisa abstrata, mas as moedas concretamente, precedidas da quantidade que acentua ainda mais o seu valor concreto: "huit solz", "cent frans", "quatre blancs", "ung billon", "ung reau", "quatre havees", "quatre placques", "ung patart", "troys escus", "six brectes targes", "deux angelotz", "ung grant ange", "cent solz". Ou então comparecem de modo mais genérico em expressões como "plaine de frans et d'escus vieux", "En cheminant sans croix ne pille", "Ne que monnoye qu'on descrye", "Qui luy laira escus ne targe", ou ainda em alusões ocultas, como na expressão latina "*Ave salus, tibi decus*" (v. nota à estrofe CXXVIII).

Além das moedas em si, e das alusões ao dinheiro e às moedas falsas, também se fazem constantes as alusões aos seus correlatos, tais como joias (diamantes, rubis), tesouro ou bens (propriedades, terras etc.). E as noções derivadas do valor monetário, tais como compra, venda, pagamento, recebimento (direitos de renda), custo, riqueza, câmbio, comércio, negócio, penhor, herança, gasto, débito, cobrança, imposto. Quase tudo está em função do valor monetário, e o amor como um dos negócios é frequente objeto de atenção, como na tão célebre "Balada da

Gorda Margot", na qual, logo na primeira estrofe, o rufião agradece a generosidade dos "clientes":

> *S'ilz paient bien, je leur diz* bene stat ;

o que irá rimar com o "nostre estat" do refrão. E, não só ele, o dinheiro, se torna elemento simbólico de comparação, como ainda se transforma em dito proverbial: "A menues gens menue monnoye" (ou seja, quanto mais pobres são as pessoas menos se dá). Tudo está portanto impregnado desse valor, e a mensagem que se deduz é a de que as pessoas valem aquilo que têm, não propriamente o que são.

Não é preciso pensar muito para ver-se que Villon, talvez mesmo sem dar-se inteiramente conta disso, trata a sociedade do seu tempo como um sistema de trocas e relações baseado na concepção usurária da vida. Sistematicamente, a maior parte dos seus "legados" são propriedades ilusórias, pois estamos dentro de um jogo farsesco, do qual ele faz símbolo, a certa altura, a figura burlesca do Príncipe dos Tolos, que distribui aos que o seguem ruidosamente falsas moedas de cartão. Se os seus alvos prediletos são pessoas ricas ou que detêm um relativo poder, o fato é que em boa parte dos casos, mesmo quando os legatários não chegam a ser tão poderosos e sim apenas ambiciosos ou cúpidos, tudo decorre como se estivéssemos numa generalizada *sotie.* Um dos seus principais comentadores (J. Dufournet) chega mesmo a ver na sequência das estrofes em que são concedidos os "legados" uma espécie de cortejo momesco em que desfilam os "legatários", comicamente, e às vezes ferozmente, ridicularizados. Pois os "legados" são sempre relacionados com a atividade do legatário e, às vezes, num ato de desmascaramento pelo ridículo, relacionados com uma verdadeira atividade que é encoberta por outra mais "social", como por exemplo o proxenetismo de agentes da lei ou a agiotagem e a especulação de homens de negócios. Em todo caso, sempre relacionados com a cupidez.

Perguntarão: como, quem é Villon para criticar rufiões, agiotas, especuladores, funcionários desonestos *et caterva*? Ora, ele mesmo não participou de um roubo, o do Colégio de Navarra, de onde uma *gang* (ele e mais quatro) levou 500 escudos de ouro? Esta é uma das singularidades do poeta. Faz insinuações secretamente orgulhosas a esse evento, naturalmente em alusões cifradas, e defende os "enfans perdus" (ou marginais), alertando-os para as malhas da lei com evidente simpatia (o que se faria sistema nas baladas em jargão). Mas, paralelamente, traça um retrato impiedoso do corrupto sistema financeiro, judiciário e policial do seu tempo. Tem evidente simpatia também para com as moças de "vida alegre", a quem se dá conselhos pela voz da Belle Heaumière, mas não para com os que vivem às custas do amor venal, digamos, empresarialmente. O roubo é secretamente aprovado e se aconselha que se gaste rápido o que foi "mal adquirido", mas não o roubo aliado a alguma espécie de poder. O mal não é a prostituição, e sim o seu empresariamento. Pelo menos é o que se deduz de algumas estrofes. Uma noção particular de justiça, que nada tem a ver com a justiça oficial da sociedade em que vive, percorre todas as estrofes dedicadas aos legados. Não se trata mais apenas de uma crítica da usura, no sentido monetário desse termo, mas de uma crítica mais ampla dos valores sociais.

Ora, o poder em Villon está sempre associado ao poder econômico, ou pelo menos claramente ao poder de dispor de bens e de se levar uma vida confortável. Tudo parece muito vívido, porque, Villon (cf. Pound), "o que ele vê, escreve". Há um desfile impressionante de seres colocados claramente em dois planos. Num plano mais alto, funcionários importantes dos tribunais e conselhos de finanças, clérigos e financistas em geral, membros das ordens monásticas e ricos proprietários; num plano mais baixo, agentes da polícia (de simples guardas a oficiais), pequenos funcionários, proxenetas, moças de vida alegre, taberneiros, barbeiros, açougueiros e outros. O resto se inscreve na história e na mitologia, amplamente citadas e aludidas. Mas, no plano da realidade, marca-se a distinção hierárquica que torna claro o perfil da sociedade dividida em castas onde o poder econômico (trata-se de uma sociedade burguesa em acelerada ascendência após os desastres da Guerra de Cem Anos) é o marco delineador.

Em resumo: Villon é muito moderno em sua visão desse poder econômico e de sua capacidade de se entranhar ideologicamente no comportamento social. Ele simpatiza com os marginais (é mesmo um deles, pois sofre diversas prisões) e antipatiza com a justiça e a polícia, é claro. Ele é muito moderno porque não se preocupa tanto com os altos poderes (a nobreza e o alto clericato, por exemplo), mas sim com os poderes intermediários que compunham o que mais recentemente se denominaria de "aparelhos ideológicos", não tanto do Estado propriamente, mas da sociedade semifeudal e semiburguesa em que vivia. Pela sua visão cética do amor e pela concepção erótica realista, ele também chega até o nosso tempo livre dos convencionalismos mais hipócritas do que idealistas do seu tempo. Está bem que se diga que afinal nada disso é exclusivo de Villon, que ele se colocava dentro de uma corrente de realismo poético anterior.

Mas fica claro que é a sua obra que nos traz isso de uma maneira mais nítida entre todas as do seu tempo. Na galeria à parte que se forma dentro da sua obra (junto com "La Belle Heaumière", "le bon feu maistre Jean Cotart" e as mulheres tagarelas de Paris com o seu "bon bec") destaca-se a inesquecível "Grosse Margot", protótipo da *sotte chanson* que se opõe à amada ideal do "amor cortês". Hoje, supõe-se ter sido a Gorda Margot apenas um letreiro de taberna da época de Villon. Mas a criação resultou tão viva que as cenas passaram por ser um reflexo da experiência pessoal do poeta. A personagem é emblemática de uma concepção realista e livre do erotismo, retrato do espírito de Villon, independentemente da sua biografia.

O JOGO DAS SENHAS SECRETAS

Mesmo colocando-se à parte as baladas em jargão, escrita em um código linguístico peculiar (o jargão dos *coquillards*, membros da confraria facinorosa da Coquille), algumas partes da obra de Villon persistem sem explicação satisfatória, sobretudo no que se refere aos legados. Isso por causa das referências dentro de um universo restrito, muito localizado e datado. Essas passagens não muito explícitas, de uma obscuridade mais referencial do que hermética, deram margem a interpretações especulativas muitas vezes extravagantes, que I. Siciliano (cf. *Mésaventures posthumes de Maître François Villon*) ironizou como "ambiguidades crepusculares" ou "delírios filológicos". Entre os primeiros desses intérpretes, destaque-se o caso de David Khun, que imaginou, entre outras coisas, *O legado* como "um membro viril para engravidar o mundo", o poeta como "um mártir do culto da fertilidade", um herói inimigo da morte que renega o deus dos amores para se fazer campeão de um Amor Universal. Villon seria um "Cristo burlesco", o qual "sacrifica-se por nós no fim do poema". E, enfim, para *O testamento* fazer-se lei, o poeta deveria morrer também, como Cristo. E eis por que o "povre Villon" desapareceu em 1463!

Khun, porém, como outros, ainda concebe um Villon "natural", se bem que beirando o sobre-humano. Entre 1968 e 1970, no entanto, o filólogo Pierre Guiraud vem balançar o perfil da crítica villoniana ao imaginar uma concepção mais artificial do que natural da obra. Num primeiro livro dedicado às baladas em jargão, ele se propõe a decifrar o sentido dessas baladas, que desvendariam "le Gai Savoir de la Coquille". Ele imagina três níveis de significação superpostos relativos a: a) o *métier* dos *coquillards*; b) os azares do jogo; c) os azares do amor ("amour noir", pederástico, praticado nas prisões). As chaves do código, ou as senhas secretas que permitem a participação no triplo jogo, tornariam claro o enigma das baladas. Os dois primeiros combinados dariam o terceiro, o da *tricherie* amorosa, o sentido mais secreto da obra.

Guiraud não se deteve nas baladas e, dois anos depois, imaginou um outro código cifrado, segundo o qual *O testamento* seria uma farsa judiciária, referido a outro universo peculiar, "le Gai Savoir de la Basoche". Em vez de uma confraria criminosa (a Coquille), uma da pândega (a Basoche), à qual se filiavam funcionários do Parlamento (Tribunal Superior de Justiça) e das finanças para elaborar defesas de causas fictícias, sátiras em forma de moralidades, farsas, *soties,* testamentos bufônicos etc. Por causa da censura sob Luís XI, *O testamento* seria uma sátira judiciária codificada, na qual os nomes dos legatários seriam escolhidos pelo que pudessem significar, sendo tirados dos arquivos judiciários. Os legatários seriam todos (o que se consegue provar) envolvidos em processos. Os nomes próprios e diversas terminologias foram analisados em relação a uma contextualização semântico-linguística, tecendo-se a ideia de querela como *background*. Finalmente, a decifração do código revela enganadores enganados, querelantes querelados e acusadores acusados. Descoberta a chave desse jogo, conclui-se que tudo se resumiria na concretização de uma metáfora tradicional, que seria a de fazer alguém engolir as suas próprias palavras.

EFEITO E IMPACTO DO REAL

Um Villon apenas biográfico é redundante. Um Villon abiográfico faz-se impossível. As hipóteses de Guiraud fascinam por tornarem o poeta um simples objeto de dissecação, fascinam pelo distanciamento. Mas, como observa Jean Favier, "no mundo medieval tudo se resolvia pelo arbítrio dos juízes", o que, para este autor, relativiza a hipótese de *O testamento* ser apenas "uma obra didática e satírica sob a forma de uma ficção". Não sendo possível dissociar a obra inteiramente da série biográfico-histórica, também não é possível aceitar-se uma redução mecanicista na explicação da mesma. A propósito disso, Nancy Freeman Regalado oferece-nos algumas diferenças entre os conceitos de representação e referência em *O testamento*, ou seja, o "effet *de* réel" e o "effet *du* réel" (o primeiro termo é tomado de empréstimo a Roland Barthes). Conclui a autora que *O testamento* não é determinado pelo "effet *du* réel" (impacto do real) nem pela sinceridade do autor. É, sim, uma voz que nos fala em termos tão convincentes ("effet *de* réel") que nos leva a interpretar o que nos narra como um dado histórico real, forçando a leitura referencial.

Na verdade, o leitor avisado de Villon sabe que aquilo que está sendo dito não pode ser levado ao pé da letra. Pois há frequentemente um duplo e, às vezes, um triplo nível de significação nas estrofes, particularmente as dedicadas aos legatários. Evoque-se uma passagem como exemplo:

Je lui donne ma librarye
Et le roumant du Pet au Deable,
Lequel maistre Guy Tabarye
Grossa, qui est homs veritable.
Par cayeulx est soubz une table ;
Combien qu'il soit rudement fait,
La matiere est si tres notable
Qu'elle admende tout le meffait.

O poeta alude a um suposto romance que teria escrito sobre o roubo feito pelos estudantes da pedra Pet au Diable, em frente à casa de Mademoiselle de Bruyères, o qual teria sido copiado pelo seu amigo Guy Tabarie. Num segundo nível (cf. Dufournet), alude ocultamente ao roubo do Colégio de Navarra, que é encoberto pela alusão visível ao roubo da pedra Pet au Diable. Guy Tabarie, escrivão e comparsa do poeta naquele roubo, "copiou o romance", isto é, terminou por confessá-lo às autoridades. Enfim, o poeta comenta: o romance (*i.e.*, o roubo) teve algumas falhas (foi rudemente feito, *i.e.*, mal planejado), mas é algo tão notável que se releva qualquer defeito. Ou seja, o roubo merece ser admirado nem que seja pela sua audácia. Mais ainda:

cayers ou *cayeulx* (variante ortográfica) seria uma alusão a Colin de Cayeux, outro cúmplice no mesmo *affaire*. Por que sob uma mesa? Talvez pelo fato de Colin andar oculto, foragido.

O exemplo acima de níveis de leitura é bastante simplificado, pois outras passagens há em que o acoplamento de vários sentidos é bem mais complicado, inclusive com o entrelaçamento de legados que figuram tanto em *O legado* quanto em *O testamento*. O entrecruzamento referencial seria mesmo uma pedra de toque na estruturação dos dois livros. A corrente de continuidade impede que se pense numa causalidade motivadora e é seguro indício de uma vértebra existencial nos dois textos, distantes em cerca de cinco anos um do outro. Além de um esquema métrico-rímico igual (oitavas octossilábicas no esquema ABA-BB-CBC), há recorrências de legados (p. ex., letreiros de tabernas) e um esquema de abertura em que "Ne du tout fol ne du tout saige" parece um eco de "Considerant, de sens rassis". E há, ainda, variantes de equívocos e subentendidos que se assemelham e se paralelizam nos dois textos. A lei do *calembour*, do jogo vocabular e da troca de sentidos que domina toda a obra do poeta. Para uma explicação total dessa obra serão mesmo mais importantes todos esses efeitos do que qualquer que tenha sido o impacto do real nele.

O POETA *SAVANT*

Há um Villon lírico e há um antilírico radical? Um reflexivo e um terra a terra fanático? São o mesmo poeta? Villon é mais do que tudo isso. Quando se fala em lirismo, todo mundo se lembra logo da "Ballade des dames du temps jadis". Os mais lidos lembram-se da sábia e poética leitura que Leo Spitzer fez da balada, da gradação *savante* em que surgem as damas (a dança ou cortejo das *clarae mulieres* envolvidas na bruma suave da lembrança) e da magia fonética da balada em *aine*, *oyne*, *en* e *iz*. Indo-se para o outro extremo se encontra outro exemplo de lirismo, desta vez mais patético, se bem que mais coloquial, o exemplo da "Ballade des pendus" que não forma *pendant* com nada conhecido. Há alguns outros exemplos de lirismo, como no "Debat du cuer et du corps de Villon" e na "Ballade au nom de la fortune". Mas quase todo o resto de Villon é erosado pela ironia. Ou é cru como nos "Regrets de la Belle Heaumière", nos "Les contrediz de Franc Gontier", na "Ballade de la Grosse Margot" e na "Ballade de bonne doctrine"; ou é ainda francamente virulento, como em inúmeras estrofes dedicadas aos legatários, na "Ballade de mercy" e na corrosiva balada com o refrão "Soient frictes ces langues envieuses", em que se caracteriza melhor o aspecto do "maldizer" difundido na sua obra e em que se cria um ponto de contato inesperado entre o medievo francês e o nosso barroco Gregório de Matos.

Para ser tão diverso e tão idêntico a si mesmo, baixando de uma oração à Nossa Senhora ao terreno da *sotte chanson*, no qual reina a antípoda da Virgem, a Gorda Margot, é preciso ser, antes de mais nada, artista. É por isso estranhável que Pound tenha declarado que "Villon é destituído de imaginação; é quase destituído de arte; não tem ambição literária etc". Isso, comparando o "povre Villon" com o alto voo da imaginação poética de Dante, no mínimo se constitui uma hipérbole crítica. Villon talvez não aspirasse a tanto, ou sequer suspeitasse dos altos cumes da invenção poética. Mas não faz sentido limitá-lo a querer apenas "impressionar seu auditório imediato". Sem dúvida, quis muito mais do que isso.

O ensaio de Michel Butor sobre a prosódia de Villon põe as coisas no lugar. Distingue em Villon um poeta *savant*, revelando a sua preocupação em construir um edifício poético sólido pelo esquema estrófico e pela cuidadosa simetria do esquema rímico. Ele diz: "Villon é certamente o mais 'gótico' de todos os poetas do seu tempo; ele acentua, mais do que qualquer outro, a firmeza da sua arquitetura estrófica; mas é um gótico *flamboyant* [grifo nosso], como demonstram as excrescências nos rondós, nos *envois* [...]. Se ele insiste tanto na simetria, é para poder dar mais força às suas erupções". Butor indica que é através da construção da sua linguagem que Villon é subversivo dentro do seu tempo, embora pareça conformista em relação à tradição. Segundo ele, "o jogo poético de Villon relaciona no *Testamento* regiões [ou melhor, planos – nota nossa] que a sociedade de seu tempo insistia em manter separadas". Conclui que a interferência linguística de Villon termina por inverter, subversivamente, as regras do jogo. Assim, o poeta incorporou "uma forma erudita à linguagem da 'gentalha' e não simplesmente realizou uma deformação popular de uma linguagem erudita".

O PEQUENO E O GRANDE JOGO

Villon é um poeta do jogo, o que se manifesta em três planos. No plano menor, da microcomposição, destaca-se o jogo da expressão poética. Butor deu atenção especial à arquitetura estrófica, e nesse aspecto é difícil encontrar coerência tão obsessiva num poeta. Em *O legado* e *O testamento*, as oitavas octossilábicas são usadas como um módulo, como já foi dito, cabendo todas as variações possíveis. O esquema é sempre igual, variando a tonalidade, do tenso para o distenso, e vice-versa. *O testamento* se inicia com as queixas amargas contra Thibault d'Aussigny e finaliza com humor negro através da encenação dos próprios funerais. Destaque-se ainda o sistema de rimas em Villon, com a busca obsessiva da rima perfeita ou em eco. Além disso, os valores fonéticos se cruzam nas estrofes através das rimas entrecruzadas, rimas também no meio do verso (intermediárias) e a correspondência das consoantes (rimas consonantais), aliterações e coliterações.

Note-se o início particularmente rico de *O legado*, talvez porque o poeta quisesse marcar, de saída, a agressividade do seu estilo pelos valores fonéticos. É uma abertura enérgica, em que a sonoridade parece afirmar-se como um valor à parte, rangente e sibilante. Pode-se destacar parte desse efeito de contundência fonética, que diz mais do que o sentido dos vocábulos, assinalando-se com maiúsculas as repetições silábicas, sem considerar as sílabas finais:

L'an quatre CENS *cinquante six,*
Je, FR*ançoys Villon, es*CO*llier,*
CONS*ide*RANT*, de* SENS *rassis,*
Le FR*ain aux* DENS*,* FR*anc au* CO*llier,*
Qu'on doit ses euvres CON*seillier,*
*Comme Vegece le ra*COM*pte,*
Saige Rommain, GRANT CON*seillier,*
*Ou autrement on se mes*COM*pte...*

O nome de Villon ecoa na sílaba CON, em *Qu'on* (com igual valor fonético) e em *on se mescompte*, e visualmente os dois *ll* comparecem em *escollier*, *collier* e *conseillier*; da mesma forma,

O FRAN de François está em *frain* e em *franc*, enquanto a sílaba ÇOIS do mesmo nome ecoa nos sons sibilantes de *cens, cinquante six, considerant, sens, conseillier, Vegece*. Na estrofe toda, ressoam os sons de *an* e *en (i.e., ã),* de *ain* (*rommain* rima com *frain*) e *on*. Lembre-se que Leo Spitzer revelou justamente os valores fonéticos ao referir-se à poética dos nomes próprios na "Ballade des dames du temps jadis".

Mas a consciência desses valores fonéticos tem uma funcionalidade ainda mais marcante do que na estrofe lembrada acima. Assim, por exemplo, em *O legado* (estrofe IV) é impossível não ouvir a batida metálica das rimas semBLANS, FLANS, BLANCS, comPLANS, como a evocar o verbo *frapper* do último verso. Mais para o fim do poema (estrofe XXXV), o som metálico é mais surdo e redondo. Afinal, estamos ouvindo os graves sinos da Sorbonne nas rimas BONNE, SerBONNE, SONNE, BOURNE. Como não sentir o frio e o temor da morte nas fricativas de FAIT FREMIR, ENFFLER, NERFZ, FEMININ, SOUËF, VIF na estrofe XLI de *O testamento*, que precede a "Ballade des dames du temps jadis"? Também as claras rimas em IERES da "Ballade des femmes de Paris" (langaigIERES, messaigIERES, chaYERES, cacquetIERES, harengIERES) já se encontram na estrofe precedente CXLIV de *O testamento*: Bru*yeres*, bachel*ieres*, villot*ieres*, cymet*ieres*. São rimas cantantes e tagarelas que, na Balada, afinam nos gritos em *is* de per*ilz*, Par*is*, pa*ys*, Par*is*, compr*is*, Par*is*, pr*is*, Par*is*. Essa mesma sonoridade fina da rima em *is* ou em *ie* é abafada (*i.e.*, os gritos são abafados) pela surda sonoridade das rimas *pouldre, absouldre, fouldre, absouldre, coudre, absouldre, souldre, absouldre* da sinistra "Ballade des pendus".

É possível que nem todos os efeitos atrás sugeridos, e outros, sejam intencionais. Isso porém não se poderá dizer dos jogos que se colocam no plano intermediário dos *calembours* e das trocas de sentido que se encontram em todo Villon. Esses jogos se realizam através de vários processos, entre os quais se localizam: a) a antífrase ou o sentido contrário dos termos, que é a célula matriz dos legados satíricos. Nestes, quase nunca se diz algo que não seja o contrário. Assim, por exemplo, os "pobres órfãos mal providos" são, de fato, financistas riquíssimos e avaros; "bons meninos do coro" são clérigos intrigantes; alguém a quem se deve muito é quem nunca ajudou em nada; uma prostituta é chamada de "assez devocte creature"; "jovem" significa sempre "velho", e "pobre" quer dizer podre de rico; b) equívoco ou duplo sentido de termos, também nos legados, onde sob a camada aparente há quase sempre uma intencionalidade oculta. Assim, a oferta de "mon branc d'acier tranchant" ("minha afiada espada de aço") é também a oferta do próprio membro viril e insinuação de impotência do legatário. O termo *branc* oculta ainda o termo *brans*, *i.e*, excrementos, o que torna o legado ainda mais violento. Noutra passagem, diz-se:

Planter me fault aultres complans
Et frapper en ung aultre coing.

na qual, além da significação literal ("É preciso que eu plante noutros terrenos/ E que eu bata noutro canto" [ou martelar noutra matriz de moedas]), há uma obscena, pois os termos *planter* e *frapper en ung aultre coing* têm também significado erótico, ao se pensar em "aultre coing" como metáfora do sexo feminino. É frequente que os legados ocultem jogos fesceninos e escatológicos (sendo este o terceiro nível das baladas em jargão, segundo Guiraud); c) a redução de nomes próprios a nomes comuns, sendo este um processo comuníssimo nos legados, nos quais, em alguns casos, os nomes dos personagens são associados a animais, como em Merebeuf e Louvieux, respectivamente "maire des beufs" (presidente de bois) e "loup vieux" (lobo velho).

Reina por toda a parte a troca dos sentidos nas estrofes dos dois conjuntos narrativos. Assim, por exemplo, a instituição dos Enfants Trouvez sugere ao poeta, por antífrase, os "enfants perdus", ou seja, os seus companheiros de marginalidade. A eles dedica a "Belle leçon aux enfants perdus", *qui genuit* a "Ballade de bonne doctrine", fecho malicioso de toda a questão, pois a advertência do refrão "Tout aux tavernes et aux filles" funciona também como sugestão aos "enfants perdus" de bem gastar "tot et viste" o que foi "mal aquest". Além das inversões de significados, podem ser encontrados ainda nomes ocultos em expressões, em diversos exemplos, e anagramas ocultos. No primeiro caso encontramos, na estrofe XXI (sobre Jean Trouvé) de *O legado*, no verso "Le villain qui la trOUSSE AU COL", o nome oculto de Haussecul, patrão do legatário Jean Trouvé. Em *O testamento*, encontramos outros exemplos. Na estrofe LXXXVIII, como já se assinalou, o nome de Colin de Cayeux está oculto em "Par cayeulx est soubz une table". E na estrofe CXXVIII se encontra a expressão latina *Ave salus, tibi decus*, já citada antes, em que se alude a moedas (v. Notas) como o *salut* de ouro e se insinua um trocadilho em *decus* ou *des culs*. Assinale-se, ainda, o anagrama possivelmente oculto na estrofe XXV de *O testamento*, no verso "Qui est remply sur les chantiers", no qual um intérprete de Villon viu oculto o nome do seu inimigo Ythiers Marchant.

Tudo em Villon (ou quase tudo) quanto aos legados é insinuação, duplo sentido, alusões maldosas e obscenas. Ou então tudo se desenvolve dentro de um jogo de antíteses e de oposições. São emblemáticos desse espírito antitético "Les contrediz de Franc Gontier", a "Ballade des contreverités", a "Ballade du concours de Blois" e o "Debat du cuer et du corps de Villon". O livro *O testamento* pode ser tido como um conjunto de contraverdades, ou seja, uma espécie de *grand jeu* metafísico. À consciência microlinguística já verificada quanto aos usos fonéticos e quanto aos jogos de trocas de sentidos, acrescenta-se uma consciência da macrolinguagem, que se faz trans-histórica na "Ballade en vieil langage françois" e transgeográfica na "Ballade des femmes de Paris". Há na primeira uma identidade entre o perecível da vida e o perecível da língua, e na segunda se estabelece a identidade língua-região, com a especificação de falares urbanos distintos.

O plano da macrolinguística é também o plano da macrocomposição poética. Não se trata mais de identificar este ou aquele equívoco vocabular, de decifrar o significado dos *calembours*. Já se sabe que Villon todo está entranhado da realidade concreta da linguagem e que, se nem tudo é codificado (proposta de Guiraud), tudo está, de fato, embebido da consciência do código linguístico. É a chave *sine qua non* para a compreensão do seu universo. Mas este é apenas um nível de compreensão da arte do poeta. É o nível do que se pode chamar de pequeno jogo, que, no caso de Villon, pode dar conta para a compreensão de *O legado*, cujos limites semânticos são claramente definidos, mas não de *O testamento,* no qual o jogo linguístico está inserido dentro de outro jogo maior, que é o jogo das oposições semânticas, e o de choque de significados, desembocando em temas como a morte, a perecibilidade e a negação. Tudo pode parecer claro porque o poeta não joga com símbolos obscuros. Persistem enigmas, diz-se, porque tudo tem referências e algumas se perderam no tempo. Ou porque são os "elos perdidos" do *grand jeu* poético, com os seus temas e variações?

FINAL DE JOGO: TEMAS E VOLTAS

Diante de *O testamento*, o leitor poderá ficar perplexo. Afinal, não é um livro tão grande: 186 estrofes (oitavas octossilábicas) entremeadas de 19 peças isoladas (16 baladas, um rondó, uma canção em forma de rondó e um epitáfio), mas contextualmente ligadas ao fluxo das estrofes. No entanto, a riqueza do desenvolvimento temático, suas idas e voltas, desnorteiam o leitor desprevenido, que se vê dentro de um labirinto sem o fio de Ariadne. Mas, apesar do aparente *pêle-mêle* temático, é possível discernir alguns fios condutores. Após as estrofes iniciais sobre o ódio (a Thibault d'Aussigny) e a gratidão (ao rei Luís XI), e um relativamente extenso exame de consciência em 15 estrofes (XII a XXVII), emergem os temas que precedem os legados propriamente ditos e que de alguma forma recorrerão até o final.

Quando surge nas estrofes o tema da fuga do tempo, emerge junto com ele o *leitmotiv* do *ubi sunt* ("Ou sont les gracïeux galans/ Que je suivoye ou temps jadiz,/ Si bien chantans, si bien parlans,/ Sy plaisans en faiz et en diz ?"). A seguir, vem uma das três grandes oposições temáticas da obra, que é a pobreza *versus* a riqueza, à qual se sucede o tema morte e igualdade, que traz consigo, emergindo pela segunda vez, o *leitmotiv* do *ubi sunt*, desenvolvido nas duas baladas do "temps jadis" e na da "vieil langage françois". É um trio famoso de pensativas baladas: o *leitmotiv* é o lugar da reflexão obsessiva sobre a perecibilidade das coisas. A estas se sucedem as estrofes consagradas à segunda grande oposição temática que é velhice *versus* juventude, tendo, como sempre, como apoio melódico, o *ubi sunt* que retorna, fechando um ciclo, nas estrofes conhecidas como "Regrets de la Belle Heaumière", às quais se segue a "Ballade de la Belle Heaumière aux filles de joie" encerrando a oposição e solucionando-a.

As estrofes seguintes abrem o novo tema, que é amor e engano, e se solucionam, vertiginosamente, na "Double ballade"; mas a seguir se desenvolve uma nova variante do tema, que é a negação do amor. As duas séries estabelecem a terceira oposição temática, que é entre amor e negação do amor. Na estrofe LXXII, inicia-se afinal o prólogo para os legados, incluindo a parábola do rico e do lázaro, variante alegórica da oposição pobreza *versus* riqueza. Após os legados ao pai adotivo e à mãe, assiste-se ao retorno do tema amor e engano, até uma nova solução, não dúbia, mas negativa, na "Ballade a s'amye". Seguem-se os legados satíricos nos quais são glosados humoristicamente, às vezes com ferocidade, a usura, a cupidez, a justiça falha, a boa vida dos monges, os maus funcionários, os intrigantes, a tagarelice, as prevaricações de religiosos etc., permeados das diversas baladas que ilustram os legados. Uma nova série é dedicada aos "enfants perdus" com os avisos e "conselhos" da "Ballade de bonne doctrine". Volta o tema morte e igualdade, surge o tema amor e venalidade e, após uma breve série de legados satíricos, o "povre Villon" ordena a sua sepultura ("Épitaphe") e os seus funerais bufônicos. As duas baladas "Ballades de mercy" e a "Ballade" final de *O testamento* são balanços que oscilam entre o passional e o paródico, emblemáticas do livro como um todo.

Pela descrição se vê que não é possível reduzir a obra exclusivamente ao jogo dos legados, pois tudo está relacionado com um leque temático muito mais amplo, em que o jogo das oposições, das recorrências e das variações remete à construção lúdica para um universo semântico muito extenso. O jogo termina sendo um elemento simbólico importante, como na bela imagem da estrofe LXIV:

Or ont ces folz amans le bont
Et les dames prins la vollee.

Nesses versos, onde se recorre a imagens do *jeu de paume* (v. Notas), ocorre também o duplo sentido da expressão "prins la vollee", ao mesmo tempo significando um lance do jogo e "liberta-se como um pássaro que voa". Um jogo dentro do jogo. Do mesmo modo, os legados devem ser considerados como elementos que formam o conjunto do pequeno jogo que está dentro do grande jogo de oposições e variantes. Já indo para o fim de *O testamento*, o jogo serve mesmo como elemento de comparação com a vida, quando o poeta se refere ao cemitério dos Innocents:

Icy n'y a ne riz ne jeu.
Que leur valut avoir chevances
N'en grans liz de paremens jeu,
Engloutir vins en grasses pances,
Mener joyes, festes et dances,
Et de ce prest estre a toute heure ?
Toutes faillent telles plaisances,
Et la coulpe si en demeure.

Assim, jogo é igual a júbilo, os quase parônimos *jeu* e *joye* (*joie*) do original. É igual a *plaisance*, o prazer de jogar e viver sendo correlatos. Esse jogo, porém, que não é o da simples troca de sentidos como jogo dos legados, está sempre ameaçado de aniquilação, quando chegue a hora em que não há "ne riz ne jeu". Em relação a Villon, é sempre a sombra da corda que está por trás do jogo, como no célebre e intraduzível quarteto:

Je suis François, dont il me poise,
Né de Paris emprés Pontoise,
Et de la corde d'une toise
Saura mon col que mon cul poise.

Difícil conclusão. Villon já tem complexidades de um moderno, ainda que com toda a carga medieval. É compreensível que o seu entendimento só tenha chegado quatro séculos mais tarde, após o Romantismo, que ainda assim o heroicizou e marcou demais o caráter patético do "povre Villon". Com o século XX, chegaram enfim todas as suas contradições. Entende-se melhor o caráter paródico da balada final, com o seu ar de fim de jogo, quando o poeta emborca "Ung traict but de vin morillon" e pisca o olho para nós, antes de desaparecer de vista.

DE MOY, POVRE, JE VUEIL PARLER

É irônico que Villon tenha sido tão realista (às vezes cínico, dizem, quase brutal, como na "Balada da Gorda Margot") e ao mesmo tempo tenha falado tanto de si mesmo. De certo modo, foi convicto materialista, como na "disputa" com Franc Gontier, mas um materialista espiritual, como na evocação das damas "du temps jadis", por exemplo. Espiritualidade que em nada se confunde com religiosidade, sendo esta em Villon meramente convencional, sem qualquer espécie de "profundidade". A sua espiritualidade foi a de uma sensibilidade paradoxalmente delicada que não pôde aguentar a rudeza do seu tempo histórico. Falando de si, falou o tempo todo da realidade à sua volta e também da realidade simbólica da sua cultura, isto é, a cultura da época. Algumas vezes foi direto e duro, em outras vezes elaborou metáforas da realidade, e em outras, finalmente, omitiu-se. "Fingir é conhecer-se" (Fernando Pessoa). Um poeta deste século XX nos expõe o aparente paradoxo de a poesia mentir e ser verdadeira ao mesmo tempo. Mas Villon deixou o suficiente para sentirmos que era um ser à margem, pequeno, frágil e omisso às vezes, mas sempre fiel a si mesmo, um "citoyen contre les pouvoirs", na fórmula de Alain. Consciente, porém, de que esses poderes, que não eram os poderes máximos, e sim os intermediários, deixavam sempre brechas para a sua arma, que era o ridículo. E eram apenas elementos de um jogo menor, que é o jogo dos interesses humanos. Demonstrá-lo é só o que o interessava, dentro dos limites do jogo poético.

Sebastião Uchoa Leite

/ Bibliografia (obras consultadas)

1. EDIÇÕES CRÍTICAS E/OU COMENTADAS DE VILLON EM ORDEM CRONOLÓGICA (ENTRE PARÊNTESES, A DATA DA EDIÇÃO ORIGINAL)

LONGNON, Auguste & FOULET, Lucien. *François Villon: Oeuvres.* Quatrième édition revue. [LONGNON, Auguste. *Oeuvres complètes de François Villon.* 1892]. Paris: Librairie Honoré Champion, 1982 (1932).

THUASNE, Louis. *François Villon: Oeuvres.* Édition critique avec notices et glossaire. Genève: Slatkine Reprints, 1967 (1923, 3 vols.).

MESSIAEN, Pierre. *Les oeuvres de François Villon.* Commentées par Pierre Messiaen. Paris: Desclée de Brouwer, 1946.

LANLY, André. *François Villon: Oeuvres.* Traduction en français moderne accompagnée de notes explicatives par A. Lanly. Paris: Librairie Honoré Champion, 1978 (1969).

MARY, André. *François Villon: Oeuvres.* Édition de André Mary. Introduction de J. Dufournet. Paris: Éditions Garnier, 1972 (1970).

MICHEL, Pierre. *Villon: Poésies complètes.* Édition présentée, établie et annotée par Pierre Michel. Paris: Le Livre de Poche, 1972.

DUFOURNET, Jean. *François Villon: Poésies.* Édition établie par Jean Dufournet. Préface de Tristan Tzara. Paris: Éditions Gallimard, 1981 (1973).

RYCHNER, Jean & HENRY, Albert. *Le Testament Villon.* Edité par Jean Rychner et Albert Henry. Texte/Commentaire. Genève: Librairie Droz, 1974. 2 vols.

2. TRADUÇÕES

FRANÇOIS VILLON. *Opere.* Traduzione di Attilio Carminati e Emma

Stojkovic Mazzariol. Prefazione di E.S. Mazzariol. Milano: Arnoldo Mondadori Editore, 1979 (1971) (bilíngue).

FRANÇOIS VILLON. *Poesía Completa*. Edición bilíngüe. Traducción de Federico Gorbea (1ª edición, 1976) revisada y corregida por Francisco J. Herranz Masjuan. Barcelona: Libros Río Nuevo, 1984 (bilíngue).

FRANÇOIS VILLON. *Poesía Completa*. Introducción y versión de Gonzalo Suarez Gomes. Madrid: Visor, 1979 (bilíngue).

FRANÇOIS VILLON. *Poesía*. Traducción, prólogo y notas de Carlos Alvar. Madrid: Alianza Editorial, 1980 (bilíngue).

FRANÇOIS VILLON. *Obras*. Edición del texto original, versión castellana, introducción, notas e índices de nombres propios por Roberto Ruiz Capellán. Barcelona: Bosch, 1981 (bilíngue).

FRANÇOIS VILLON. *Poemas*. Tradução de Péricles Eugenio da Silva Ramos. São Paulo: Art Edições, 1986 (bilíngue).

FRANÇOIS VILLON. O *Testamento*. Tradução de Afonso Félix de Sousa. Belo Horizonte: Editora Itatiaia, 1987 (bilíngue).

3. OBRAS SOBRE VILLON

CHAMPION, Pierre. *François Villon. Sa vie et son temps*. Genève-Paris: Slatkine Reprints, 1984, 2 vols 1. (1913).

CHARPIER, Jacques. *François Villon*. Paris: Pierre Seghers, 1958.

DEMAROLLE, Pierre. *L'esprit de Villon*. Paris: Librairie A.G. Nizet, 1968.

DUFOURNET, Jean. *Nouvelles recherches sur Villon*. Paris: Editions Honoré Champion, 1980.

FAVIER, Jean. *François Villon*. Paris: Marabout Université/Librairie Arthème Fayard, 1982.

GUIRAUD, Pierre. *Le jargon de Villon ou Le gai savoir de la Coquille*. Paris: Éditions Gallimard, 1968.

GUIRAUD, Pierre. *Le Testament Villon ou Le gai savoir de la Basoche*. Paris: Éditions Gallimard, 1970.

SCHWOB, Marcel. *Villon François*. Paris: Éditions Allia, 1990.

SICILIANO, Italo. *François Villon et les thèmes poétiques du Moyen Âge*. Paris: Librairie A. G. Nizet, 1967 (1934).

SICILIANO, Italo. *Mésaventures posthumes de Maitre François Villon*. Paris, Éditions A. et J. Picard, 1973.

4. ARTIGOS, ENSAIOS EM LIVROS E INTRODUÇÕES

BUTOR, Michel. "La prosodie de Villon". ln: *Répertoire IV*. Paris: Les Éditions de Minuit, 1974.

COHEN, Gustave. "François Villon". ln: *La Vida Literaria en la Edad Media*. México: Fondo de Cultura, 1958 (1949).

DUFOURNET, Jean. "La poésie de Villon". ln: *François Villon: Oeuvres*. Édition établie par A. Mary, *op. cit.*

POUND, Ezra. "Montcorbier, alias Villon". ln: *The Spirit of Romance*. London: Peter Owen Limited, 1960 (1910, 1952).

REGALADO, Nancy F. "Effett de réel, effet du réel. Representation and Reference in Villon's Testament". *Yale French Studies*, number 70, Yale University, 1986.

SPERBER, Hans. "The Etimology of Macabre". ln: *Studia philologica et literaria in honorem Leo Spitzer*. Bern: Francke Verlag, 1958.

SPITZER, Leo. "Étude a-historique d'un texte: Ballade des dames du temps jadis". *Modern Language Quartely*, 1940. Texto da conferência pronunciada em Bryn Mawr College, sendo ampliação do ensaio publicado (original em francês) no livro *Romanische stil-und Literaturstudien*, 1931. ln: *Romanische Literaturstudien, 1936-1956*. Tübingen: M. Niemeyer, 1959.

VALÉRY, Paul. "Villon et Verlaine". ln: *Oeuvres*. Paris: Bibliothèque de la Pléiade, NRF, 1957. Tome I.

NOTA:

A bibliografia não é uma seleção atualizada de estudos sobre Villon, mas apenas a relação dos livros e textos que foram ocasionalmente consultados. As edições modernas de Lanly, Mary, Rychner & Henry, Dufournet e Michel trazem boas bibliografias, assim como a obra de Jean Favier e a excelentemente equipada tradução italiana de A. Carminati e Emma S. Mazzariol.

/ Cronologia

1431

Nasce em Paris François de Montcorbier, ou des Loges. Os dois nomes constam em documentos. No mesmo ano, Joana d'Arc é queimada pelos ingleses em Rouen.

1436

Os ingleses são expulsos de Paris, que ocupavam desde 1419. Carlos VII entra na cidade.

1438

Órfão de pai, o menino François é confiado pela mãe a Guillaume de Villon, cônego de Saint-Benoît-le-Bétourné. O poeta assumirá o nome do seu pai adotivo.

1440

Retorno à França, depois de 25 anos de prisão na Inglaterra, do duque Charles de Orléans. O duque retira-se para Blois, onde, ele mesmo poeta de grande requinte e renome, cerca-se de artistas e letrados.

1443

François de Montcorbier inscreve-se na Faculté des Arts da Université de Paris.

1449

François recebe o título de Bachelier ès Arts.

1450

Invenção da imprensa por Gutenberg.

1452

Villon recebe sucessivamente o título de Licencié e de Maître ès Arts. É o ano dos distúrbios promovidos pelos estudantes nas ruas de Paris, ao levarem a pedra chamada Pet au Diable da frente da hospedaria de Mademoiselle de Bruyères. O poeta certamente participa dos distúrbios.

1453

Tomada de Bordeaux pelos franceses e fim da Guerra dos Cem Anos. Tomada de Constantinopla pelos turcos, evento considerado como marco histórico do fim da Idade Média.

1455

No dia 5 de junho, numa rixa de meio da rua, Villon fere mortalmente o padre Philippe Sermoise (ou Chermoye), que provocara o poeta, atingindo-o no lábio superior. Em revide, Villon atravessa o peito de Sermoise, que morre dois dias depois. Na hora, Villon evade-se, ao que parece, para Anjou.

1456

Em janeiro, Villon consegue o perdão e a permissão para voltar a Paris, através de duas cartas de remissão. Pela época do Natal, Villon participa, juntamente com Colin de Cayeux, Dom Nicolas, Petit Jean e Guy Tabarie, de um roubo de quinhentos escudos de ouro do Colégio de Navarra. Depois do roubo, deixa Paris provavelmente para Angers, onde inicia um exílio de seis anos. A mesma data (Natal de 1456) é indicada pelo poeta como a da composição das quarenta estrofes de *O legado*. Inicia-se no mesmo ano o inquérito contra os *coquillards*, sociedade de malfeitores (ladrões, assaltantes, moedeiros falsos etc.).

1457
Descobre-se o roubo do Colégio de Navarra, três meses depois. Tem início um inquérito judicial.

1458
Supõe-se que Villon frequente a corte de Blois, do duque Charles de Orléans. Em Paris, é preso Guy Tabarie, que é colocado à disposição da corte episcopal, por ser clérigo. Submetido à tortura, delata todos os cúmplices do roubo, inclusive Villon.

1461
No verão desse ano, Villon encontra-se na terrível prisão de Meung-sur-Loire, do arcebispo Thibault d'Aussigny, por motivos não esclarecidos (Dufournet levanta, entre outras, a hipótese de roubos sacrílegos). No mesmo ano, morre Carlos VII em Paris, sucedendo-o no trono seu filho Luís XI. Durante a passagem do novo rei em Meung, uma anistia é decretada (outubro de 1461) e Villon sai da prisão. O poeta dá esse ano como o da composição de *O testamento*.

1462
Villon é aprisionado no cárcere do Châtelet, em Paris, acusado de roubo. Interferência da Faculdade de Teologia, que reclama o ressarcimento pelo roubo do Colégio de Navarra de seis anos antes. Villon é liberado após firmar compromisso de devolução de 120 escudos de ouro no prazo de três anos. No mesmo mês,

participa de outra rixa, em que é envolvido o notário pontifício François Ferrebouc. Preso com os companheiros, é condenado à morte pelos maus antecedentes.

1463

Através de recurso ao Parlement (Corte), tem a pena de morte comutada em banimento da cidade de Paris. Pede três dias para retirar-se na "Requete à la Cour de Parlement". Depois, desaparece para sempre.

1489

Primeira edição (*editio princeps*) das obras de François Villon, intitulada *Le grant testament Villon et le petit. Son codicille. Le jargon et ses balades*. Paris, Pierre Levet, 1489. In-4º.

1533

Publicação de *Les Oeuvres de François Villon de Paris, revues et remises en leur entier par Clément Marot*. Paris, 1533. In-8º.

Leuesque

Monseigneur nest ne mon euesque
Soubz luy ne tiens sil nest en friche
Foy ne luy doy n'ōmage auecque
Je ne suis son cerf ne sa bische
Peu ma dugne petite miche
Et de froide eau tout ung este
Large ou estroit moult me fut chiche
Tel luy soit dieu quil ma este

Le lais

O legado

I

L'an quatre cens cinquante six,
Je, Françoys Villon, escollier,
Considerant, de sens rassis,
Le frain aux dens, franc au collier,
Qu'on doit ses euvres conseillier,
Comme Vegece le racompte,
Saige Rommain, grant conseillier,
Ou autrement on se mescompte...

II

En ce temps que j'ay dit devant,
Sur le Noël, morte saison,
Que les loups se vivent de vent*
Et qu'on se tient en sa maison,
Pour le frimas, pres du tyson,
Me vint ung vouloir de briser
La tres amoureuse prison
Qui souloit mon cueur debriser.**

III

Je le feiz en telle façon,
Voyant celle devant mes yeulx
Consentant a ma deffaçon
Sans ce que ja luy en fust mieulx ;
Dont je me dueil et plains aux cieulx,
En requerant d'elle vengence
A tous les dieux venerïeux,
Et du grief d'amours allegence.

I

Quatrocentos e cinquenta e seis:[1]
Eu, François Villon, estudante,[2]
Considerei, com sensatez —
A brida solta, o freio ao dente —,
Que pensar bem é mais prudente,
Como Vegécio assim discorre,[3]
Sábio romano previdente,
Ou alto risco então se corre.

II

Nesse tempo — que é o desse evento —,
Pelo Natal, morta estação,
Quando os lobos vivem de vento[4]
E está-se em casa, sem ação,
Com as neves, junto ao tição,
Veio-me o anseio de romper
A tão amorosa prisão
Que a alma eu via corromper.

III

Decidi. E a ação foi feita
Vendo aquela aos meus olhos pôr
Mais aumento à minha desfeita
Sem de qualquer lucro dispor;
E ergo aos céus este clamor
Requerendo o meu desagravo
A todos os deuses do amor
E alívios por tanto agravo.[5]

IV

Et se j'ay prins en ma faveur
Ces doulx regars et beaux semblans
De tres decevante saveur
Me tresparsans jusques aux flans,
Bien ilz ont vers moy les piés blancs*
Et me faillent au grant besoing,
Planter me fault aultres complans
Et frapper en ung aultre coing.

V

Le regart de celle m'a prins
Qui m'a esté felonne et dure ;
Sans ce qu'en riens aye mesprins,*
Veult et ordonne que j'endure
La mort et que plus je ne dure.
Si n'y vois secours que fouïr ;
Rompre veult la vive soudure
Sans mes piteulx regretz ouïr.

VI

Pour obvier a ces dangers,
Mon mieulx est, se croy, de fouïr.
A Dieu ! Je m'en vois a Angers,
Puis qu'el ne me veult impartir
Sa grace, ne me departir.*
Par elle meurs, les menbres sains ;
Au fort, je suys amant martir,
Du nombre des amoureux sains.

IV

E se eu supunha a meu favor
Um doce olhar e risos francos
De tão enganoso sabor
Traspassando-me até os flancos,
Dentes brancos de brilhos falsos[6]
Que me falharam por encanto.
Mas de outras bandas vou no encalço
Batendo a cunha noutro canto.[7]

V

Esse olhar me retinha preso
A uma alma pérfida e dura:
Se nada explica esse desprezo,
Quer e ordena a catadura
A minha morte, que não dura;
Só a fuga há de me convir,
Pois quer romper a soldadura
Sem os meus lamentos ouvir.

VI

Para que tal risco conjure,
O melhor, eu creio, é fugir.
Adeus. E para Angers me jure:[8]
Pois se ela não quer repartir
Seus favores, força é partir.
Por ela morro, os membros sãos:
E aos mártires vou me incluir,
Entre os que amam e santos são.[9]

VII

Combien que le depart me soit
Dur, si fault il que je l'eslongne ;
Comme mon povre sens consoit,
Aultre que moy est en quelongne,
Dont oncques soret de Boulongne
Ne fut plus alteré d'humeur.
C'est pour moy piteuse besongne :
Dieu en vueille ouÿr ma clameur !

VIII

Et puys que departir me fault
Et du retour ne suys certain
— Je ne suys homme sans deffault,
Ne qu'aultre d'assier ne d'estain ;
Vivre aux humains est incertain
Et aprés mort n'y a relaiz —
Je m'en vois en pays lointain ;
Si establi ce present laiz.

IX

Premierement, ou nom du Pere,
Du Filz et du Saint Esperit,
Et de sa gloriëuse Mere
Par qui grace riens ne perit,
Je laisse, de par Dieu, mon bruyt
A maistre Guillaume Villon,
Qui en l'onneur de son nom bruyt,
Mes tentes et mon pavillon.

VII

Por dura que a partida seja,
Porém, é força que me ponha
E julgue o que a razão deseja,
Pois há quem dela já disponha;
Jamais o arenque de Boulogne
Teve mais sequioso humor.[10]
E há bem de que eu me envergonhe:
Queira Deus ouvir meu clamor.

VIII

Pois se partir é trato feito
E de voltar não estou certo
(Pois não sou homem sem defeito,
Nem de aço ou cobre sou, decerto;
Viver ao homem sempre é incerto
E tudo à morte é delegado,
Se longe vou e não me acerto.)
Estabeleço este legado.[11]

IX

De começo, em nome do Padre,
Do Filho e do Espírito Santo,
E ainda a gloriosa Madre,
Pois vivemos sob o seu manto.
Deixo, por Deus, o meu renome
Todo a Guillaume de Villon,
Que mui fez por honrar o nome,
Minhas tendas e *pavillon*.[12]

X

Item, a celle que j'ay dit
Qui m'a si durement chassé*
Que je suis de joye interdit
Et de tout plaisir dechassé,
Je lesse mon cueur enchassé,
Palle, piteux, mort et transy.
Elle m'a ce mal pourchassé,
Mais Dieu luy en face mercy !

XI

Item, a maistre Ytier Merchant,*
Auquel je me sens tres tenu,
Laisse mon branc d'acier tranchant,
Ou a maistre Jehan le Cornu,**
Qui est en gaige detenu
Pour ung escot huit solz montant ;***
Si veul, selon le contenu,****
Qu'on leur livre, en le rachetant !

XII

Item, je laisse a Sainct Amant
Le Cheval blanc avec la Mule,
Et a Blaru mon dÿamant
Et l'Asne royé qui recule.
Et le decret qui articule
Omnis utriusque sexus
Contre la Carmeliste bule
Laisse aux curés pour mettre sus.

X

E àquela de quem já foi dito
Ter-me ferozmente agastado,
E as alegrias interdito,
Todo o prazer já desgastado,
Deixo um coração engastado
Pobre, pálido, vão, transido:[13]
E a mim, a um mal desgostado,
Deus perdoe-lhe ter conduzido.

XI

Igual, a Ythier Marchant,[14]
Em louvor de quem tenho obrado,
Deixo espada aguda e tranchã,
Ou a Jean le Cornu, malgrado,[15]
Em penhor já tenha ficado
Por cota-parte de uma conta;
Disponho aqui desobrigado
Que a resgatem sem mais reconta.

XII

Igual, eu deixo a Saint-Amant[16]
O Cavalo Branco e A Mula,[17]
E a Blarru meu diamante,[18]
E O Asno Raiado, que pula.
Quanto ao decreto que regula
Omnis utriusque sexus
Contra a carmelitana bula,[19]
Deixo aos párocos seus processos.

XIII

Et a maistre Robert Valee,
Povre clergon en Parlement
Qui n'entent ne mont ne valee,
J'ordonne principalement
Qu'on luy baille legierement
Mes brayes, estans aux Trumillieres,
Pour coyffer plus honnestement
S'amye Jehanne de Millieres.

XIV

Pour ce qu'il est de lieu honneste
Fault qu'il soit mieulx recompensé,
Car Saint Esperit l'admoneste,*
Obstant ce qu'il est insensé.
Pour ce, je me suis pourpensé,
Puis qu'il n'a sens nez qu'une aulmoire,
A recouvrer sur Mau Pensé,**
Qu'on luy baille *l'Art de memoire*.

XV

Item, pour assigner la vie*
Du dessusdit maistre Robert :
Pour Dieu, n'y aiés point d'envye,
Mes parens, vendés mon haubert,
Et que l'argent, ou la plus part,
Soit emploié dedens ces Pasques
A acheter a ce poupart
Une fenestre emprés Sainct Jacques.

XIII

E ao doutor Robert Vallée,[20]
Pobre escrivão do Parlamento,
Que não é cego, mas não vê,[21]
Eu ordeno, por testamento,
Que lhe enviem já, prestamente,
Meus calções das Trumilliers[22]
Para cobrir honestamente
Sua Jeanne de Milliers.[23]

XIV

Pois se é de meio tão sublime
É mister ser recompensado:
O Espírito Santo o ilumine
Pois não é muito bem-dotado;
E por isso estou inclinado,
Já que ele vem da pré-história,
A recorrer ao Malpensado[24]
E dar-lhe a *Arte da Memória.*[25]

XV

Igual, para que bem se veja
Cá na vida o doutor Rouberto
(Por Deus, não lhe tenham inveja!),
Vendam-me a cota e seja aberta
(Com o total ou a maior parte)
E até a Páscoa se emplaque,
A tal peru, por cota-parte,
Uma barraquinha em Saint-Jacques.[26]

XVI

Item, laisse et donne en pur don*
Mes gans et ma houcque de soye
A mon amy Jacques Cardon,
Le glan aussi d'une saulsoye,
Et tous les jours une grasse oye
Et ung chappon de haulte gresse,
Dix muys de vin blanc comme croye,
Et deux procés, que trop n'engresse.

XVII

Item, je lesse a ce noble homme*
Regnier de Montigny trois chiens ;
Aussi a Jehan Raguier la somme
De cent frans prins sur tous mes biens ;
Mais quoy ? Je n'y comprens en riens
Ce que je pourray acquerir :
On ne doit trop prendre des siens**
Ne son amy trop surquerir.***

XVIII

Item, au seigneur de Grigny
Laisse la garde de Nygon
Et six chiens plus qu'a Montigny,
Vicestre, chastel et donjon ;
Et a ce malostru changon,
Mouton, qui le tient en procés,
Laisse troys coups d'ung escourgon
Et coucher paix et aise es ceps.

XVI

Igual, eu deixo em puro dom
Luvas, capuz de seda, inteiros,
Ao amigo Jacques Cardon,[27]
Junto com a glande de um salgueiro.
E todo o dia um grasso ganso
Com um capão de boa engorda,
Mais dez tonéis de vinho manso,
E dois pleitos, ou ele engorda.

XVII

Igual, deixo a homem tão nobre,[28]
Regnier de Montigny, três cães,
E a Jean Raguier deixo a pobre[29]
Soma: cem francos, o que tenho.
Mas como? Ao legar me abstenho
Dos bens que eu possa adquirir.
Não se deve ter tanto empenho
Nem mais de amigos exigir.

XVIII

Item, ao Senhor de Grigny[30]
Eu deixo a guarda de Nijon,[31]
Seis cães a mais que a Montigny,
Vicestre, paço e torreão;[32]
E a esse maldito aleijão,
Mouton, que em litígio o traz,[33]
Três açoites por correção,
Os pés no cepo e durma em paz.

XIX

Et a maistre Jacques Raguier
Laisse l'Abeuvroïr Popin,
Perches, poire, sucre, figuier,*
Tous jours le choiz d'un bon loppin,
Le trou de la Pomme de Pin,
Cloz et couvert, au feu la plante,
Enmaillotté en jacopin,
Et qui voudra planter si plante !

XX

Item, a maistre Jehan Mautaint
Et maistre Pierre Basannier,
Le gré du seigneur qui attainct
Troubles, forfaiz, sans espargnier ;
Et a mon procureur Fournier,
Bonnetz cours, chausses semelees
Taillees sur mon cordouennier,
Pour porter durant ces gelees.

XXI

Item, a Jehan Trouvé, boucher,
Laisse Le Mouton, franc et tendre,
Et ung tacon pour esmouchier
Le Beuf couronné qu'on veult vendre,
Ou la Vache: qui pourra prendre*
Le villain qui la trousse au col
S'il ne la rend, qu'on le puist pendre
Et estrangler d'ung bon licol !**

XIX

Ao mestre Jacques Raguier[34]
Eu deixo a Fonte de Popin,[35]
Pescados, peras, molho ou ter
Os bons pedaços que defina,
E também La Pomme de Pin,[36]
Bem abrigado, os pés bem quentes.
Enfaixado à la jacobina,[37]
E quem queira plantar, se esquente.

XX

Igual, a mestre Jean Mautaint[38]
E a Pierre Basanier,[39]
A complacência de quem tem,
De punir o mal, o poder;
E ao procurador Fournier,[40]
Gorros curtos e botas leves
Peço ao sapateiro tecer
Para ele aguentar as neves.

XXI

E a Jean Trouvé, que é açougueiro,[41]
Deixo O Carneiro em oferenda,[42]
Um martelo contra o mosqueiro
Desse O Boi Coroado (à venda),
Ou A Vaca: e quando se prenda
O vilão que não se recorda
De a ter levado, seja a prenda[43]
Enforcá-lo com boa corda.

XXII

Item, au Chevalier du guet,
Le Hëaulme luy establis,
Et aux pietons qui vont d'aguet
Tastonnans par ces establis,
Je leur laissë deux beaux riblis,*
La Lanterne a la Pierre au Let,
Voire, mes j'aray les Troys Lictz,
S'ilz me mainent en Chastellet.

XXIII

Item, a Perrenet Merchant,
Qu'on dit le Bastard de la Barre,
Pour ce qu'il est tres bon merchant,*
Luy laisse troys gluyons de feurre
Pour estendre dessus la terre
A faire l'amoureux mestier,
Ou il luy fauldra sa vie querre,
Car il ne scet autre mestier.

XXIV

Item, au Loup et a Cholet
Je laisse a la foys ung canart
Prins sur les murs, comme on souloit,
Envers les fossés, sur le tart,
Et a chacun ung grant tabart
De cordelier jusques aux piez,
Busche, charbon et poys au lart,*
Et mes houseaulx sans avanpiez.

XXII

Para o Cavaleiro da Guarda,[44]
Eu deixo O Elmo por vivenda;
E aos que fazem a pé a guarda,
Tateando por entre as tendas,
Lego um butim de boa renda:[45]
A Lanterna, de Pierre-au-Let.
De Os Três Lírios levo a prenda[46]
Se me levam ao Châtelet.

XXIII

Igual, a Perrenet Marchant,[47]
Que é dito O Bastardo da Barra,
Porque é bom comerciante,
Deixo palha farta em três jarras
A se espalhar por sobre a terra
Para o bom ofício amoroso;
Do contrário na vida emperra
Pois noutro ofício ele é moroso.

XXIV

Igual, ao Loup e a Cholet,[48]
Eu deixo para os dois um pato,
Junto ao muro, preso no pé,
Perto das fossas (banal fato);
Mantos longos de clericato
Até os pés como os de um frade,
Lenha e carvão para um bom prato
E uns borzeguins pela metade.

XXV

De rechief je lesse en pitié
A troys petis enffans tous nudz
Nonmés en ce present traictié,
Povres orphelins inpourveuz,
Tous deschaussez, tous devestus,*
Et desnuez comme le ver
– J'ordonne qu'ilz soient pourveuz,**
Au moins pour passer cest yver :

XXVI

Premierement Colin Laurens,
Girard Gossuin et Jehan Marceau,*
Despourveus de biens, de parens,**
Qui n'ont vaillant l'anse d'un seau,
Chacun de mes biens ung fesseau
Ou quatre blancs, s'ilz l'aiment mieulx ;
Ilz mengeront maint bon morseau,
Les enffans, quant je seray vieulx.

XXVII

Item, ma nomination,
Que j'ay de l'Université,
Laisse par resignation,
Pour seclurre d'adversité
Povres clercs de ceste cité
Soubz cest *intendit* contenus ;
Charité m'y a incité
Et Nature, les voyans nudz.

XXV

A seguir, muito apiedado
De três jovenzinhos despidos,
Nomeados nesse tratado
De pobres órfãos mal providos,
Os pés descalços, desprovidos,
Qual vermes nus ao frio externo,
Eu ordeno serem vestidos
Enquanto, ao menos, dura o inverno.

XXVI

Em primeiro, Colin Laurens,
Girart Gossouin e Jean Marceau,[49]
Desprovidos de pais e bens,
Comem pão que o diabo amassou.
A cada um três partes dou.
Ou quatro réis, se lhes convém.
Terão petiscos, por quem sou,
Os petizes, e eu velho, e sem.

XXVII

E do que beneficiário[50]
Sou, por lei, na Universidade,
Deixo por ato voluntário,[51]
Livrando da adversidade
Pobres clérigos da cidade
Sob esta cláusula incluídos.[52]
Incitou-me a tal Caridade
E Natura, ao vê-los despidos.

XXVIII

C'est maistre Guillaume Cottin
Et maistre Thibault de Vittry,
Deux povres clercs parlans latin,
Paisibles enffans sans estry,*
Humbles, bien chantans au lectry ;**
Je leur laisse sans recevoir
Sur la maison Guillot Gueutry,
En attendant de mieulx avoir.

XXIX

Item, et j'adjoinctz a la crosse
Celle de la rue Saint Anthoine
Ou ung billart de quoy on crosse,
Et tous les jours plain pot de Seine
Aux pigons qui sont par essoyne*
Enserrés soubz trappe voliere,
Mon miroüer bel et ydoyne
Et la grace de la geolliere.

XXX

Item, je lesse aux hospitaux
Mes chassis tissus d'arignie,
Et aux gisans soubz les estaulz
Chacun sur l'eul une grongnee,
Trambler a chiere renfrongnee,
Megres, velus et morfondus,
Chausses courtes, robe rongnee,
Gelez, murdriz et enfondus.

XXVIII

São eles: Guillaume Cotin
E também Thibault de Victry.[53]
Pobres padres de bom latim,
Bons meninos que já ouvi
Muito humildes no coro, aqui.
Deixo uma renda tão menor
Sobre a casa Guillot Gueuldry,[54]
A se esperar algo melhor.

XXIX

E à sua cruz lhe dou por ganho
A da rua de Saint-Antoine,[55]
Ou um taco de bom tamanho,
Mais um tonel de água do Sena.[56]
Aos pombinhos sofrendo a pena,
Numa gaiola encarcerados,[57]
Meu espelho que nunca empena
E da carcereira os agrados.

XXX

Igual, eu deixo aos hospitais
Teias de aranhas nas vidraças,[58]
Aos que jazem frente aos portais[59]
Em cada olho um munhecaço,
E que eles tremam nas carcaças,
Magros, peludos, catarrentos,
Calças curtas, roupas escassas,
Gelados, chagosos, barrentos.

XXXI

Item, je laisse a mon barbier
Les rongneures de mes cheveux
Plainement et sans destourbier ;
Au savetier mes soulliers vieulx,*
Et au freppier mes habitz tieulx
Que quant du tout je les delesse ;
Pour mains qu'ilz ne cousterent neufz
Charitablement je leur lesse.

XXXII

Item, je laisse aux Mendïans,
Aux Filles Dieu et aux Beguines,
Savoureux morceaulx et fryans,
Flaons, chappons et grasses gelines,*
Et puis prescher les xv signes
Et abatre pain a deux mains.
Carmes chevauchent noz voisines,
Mais cela, ce n'est que du moins.

XXXIII

Item, laisse le Mortier d'or
A Jehan, l'espicier, de la Garde,
Et une potence sainct Mor,*
Pour faire ung broyer a moustarde.
A celluy qui fist l'avangarde**
Pour faire sur moy griefz exploiz :
De par moy, saint Anthoine l'arde !
Je ne luy feray autre laiz.

XXXI

Igual, eu deixo ao meu barbeiro
As aparas dos meus cabelos
Sem mais reservas ou barreiras;
Ao remendão, sapatos velhos,
E ao belchior, os meus frangalhos
Quando ao abandono os relego.
Menos caros que os meus retalhos,
Caridosamente eu os lego.

XXXII

Igual, eu deixo aos Mendicantes,[60]
Às Filhas de Deus e às Beguinas[61]
Petiscos finos e fragrantes,
Pudins, capões, gordas galinhas;
Fora os Quinze Sinais ou sinas[62]
E o pão que em duas mãos se porta.[63]
Os Carmelos sobre as vizinhas?[64]
Mas isso em nada nos importa.

XXXIII

Igual, deixo O Almofariz d'Ouro
A Jean, dispenseiro da Guarda,[65]
E uma muleta de São Mauro[66]
Qual fosse pilão de mostarda.
Quanto àquele que na vanguarda
Contra mim foi mais delegado,[67]
Ao Fogo Santo Antônio arda![68]
Não lhe farei outro legado.

XXXIV
Item, je lesse a Mirebeuf
Et a Nicolas de Louviers,
A chacun l'escaille d'un œuf
Plaine de francs et d'escus vieulx.
Quant au concierge de Gouvieulx,
Pierre de Rousseville, ordonne,*
Pour le donner entendre mieulx,**
Escus telz que le Prince donne.***

XXXV
Finablement, en escripvant,
Ce soir, seulet, estant en bonne,
Dictant ce laiz et descripvant,*
J'ouys la cloche de Serbonne,
Qui tous jours a neuf heures sonne
Le salut que l'ange predit ;
Si suspendis et y mis bourne**
Pour prier comme le cueur dit.

XXXVI
Ce faisant, je m'entroublié,
Non pas par force de vin boire,
Mon esperit comme lié.
Lors je sentis dame Memoire
Reprendre et mectre en son aulmoire
Ses especes collaterales,
Oppinative faulce et voire
Et autres intellectuales,

XXXIV

Igual, a Merebeuf eu louvo[69]
E a Nicolas de Louvieux,[70]
Com uma simples casca de ovo
Cheia de escudos, francos velhos.
E ao guardião de Gouvieux,[71]
Pierre de Rousseville, dado
Seja-lhe o cetro do rei Momo[72]
Para entender este legado.

XXXV

Finalmente, enquanto escrevia
Esta noite, sozinho e insone,
Mas feliz com o que descrevia,
Ouvi os sinos da Sorbonne
Que toca sempre às nove em ponto
E a saudação de Angelus manda,[73]
Suspendi a obra de pronto
Para a prece que nos comanda.

XXXVI

Ao fazê-lo, me entresqueci,[74]
Não do vinho a força e vitória
Mas de espírito preso em si;
Então vi a Dama Memória
Pôr no armário em divisórias
As espécies colaterais,[75]
A opinativa, ou a ilusória,
E as outras, intelectuais.

XXXVII

Et mesmement l'extimative,
Par quoy prospective nous vient,*
Similative, formative,
Desquelz souvant il advient**
Que, par leur trouble, homme devient
Foi et lunatique par moys ;
Je l'ay leu, se bien m'en souvient,***
En Aristote aucunes foiz.

XXXVIII

Dont le sensitif s'esveilla*
Et esvertua Fantasie
Qui tous organes resveilla**
Et tint la souveraine partie,***
En suspens et comme amortie****
Par opressïon d'oubliance,
Qui en moy s'estoit espartie*****
Pour monstrer des sens l'aliance.******

XXXIX

Puys que mon sens fust a repotz
Et l'entendement desmeslé,
Je cuidé finer mon propos,
Mais mon ancrë trouvé gelé*
Et mon cierge trouvé soufflé ;**
De feu je n'eusse peu finer,***
Si m'endormis, tout enmouflé****
Et ne peus autrement finer.*****

XXXVII

E igualmente a estimativa
De onde a preventiva nos vem;
A ideativa e a formativa,
Pelas quais, do uso, advém
Fique alguém, quando não convém,
Louco e lunático por meses.[76]
Isso li, se eu bem lembro, em
Aristóteles, muitas vezes.[77]

XXXVIII

De onde o sensitivo acordou
E se acendeu a Fantasia
Que os outros órgãos despertou,
E o que tem a supremacia[78]
Ficou parado em apatia
Por opressão do esquecimento
Que todo em mim se difundia,
Os sentidos no ajustamento.

XXXIX

Depois que o senso foi reposto
E o juízo recuperado,
Eu cuidei findar o proposto;
E achei o tinteiro gelado
E também o círio apagado;
Fogo? Não tinha onde encontrar:
Assim, dormi, todo embrulhado,
E não houve como findar.

XL

Fait au temps de la dite datte
Par le bien renommé Villon,
Qui ne mengue figue ne datte,
Sec et noir comme escouvillon ;
Il n'a tente ne pavillon
Qu'il n'ait lessié a ses amis,
Et n'a mais qu'un peu de billon
Qui sera tantost a fin mis.

Explicit.

XL

Feito ao tempo daquela data
Pelo tão célebre Villon[79]
Que não come figo nem datil.
Um seco e negro escovilhão,
Não teve tenda ou pavilhão[80]
Que já não houvesse legado,
E não tem mais que algum tostão
Que logo mais terá findado.

Explicit.

NOTAS

/ O LEGADO

1 Villon fugiu de Paris em 1455, após o assassínio de Philippe Sermoise. Voltou em janeiro de 1456. No final desse ano ocorre o roubo do Colégio de Navarra, perto do Natal. Supõe-se que *O legado* tenha sido escrito entre esta época e os primeiros meses de 1457.

2 *Escollier* é usado aqui e em *O testamento*. Supõe-se que Villon tal se intitula por não ter tido o fruto social dos estudos na vida burguesa.

3 Flavius Vegetius Renatus, escritor militar do fim do século IV d.C., que viveu em Constantinopla, traduzido por Jean de Meung em 1284.

4 Segundo Thuasne, recordação da infância do poeta, do rigoroso inverno de 1439, quando os lobos uivavam às portas de Paris.

5 Villon imita a linguagem convencional do amor cortês, incluindo-se as costumeiras invocações.

6 No original: "Bien ilz ont vers moy les piez blans*/ Et me faillent au grant besoing" [*Pl.: "Bien ! s'il ont vers moy les piés blancs"]. Refere-se Thuasne a uma carta de Luís XI ao duque de Alençon: as pessoas que muito prometem, mas falham, são comparadas aos belos cavalos murzelos (mouros) com os pés brancos, que falham nas viagens ou batalhas. Provável expressão proverbial. Tradução impossível nos limites estróficos. Optou-se por uma paráfrase genérica.

7 No original: "Planter me fault aultres complans/ Et frapper en ung aultre coing". Se nos versos anteriores alude-se a uma cavalgada falha, nestes se completa a insinuação erótica do original, bastante crua, em oposição à paródia do amor cortês. André Lanly dá outro sentido da palavra *coing*: matriz para cunhar moedas. Há vários sentidos, sendo impossível traduzir todos os equívocos linguísticos, contidos nos termos *planter*, *complans* e *coing*.

8 Há várias hipóteses para a viagem de Villon a Angers, sem as razões sentimentais alegadas. Disse Guy Tabarie, cúmplice que o denunciou no roubo do Colégio de Navarra, que seria outro golpe numa abadia em Angers. Noutra hipótese, o poeta tentaria incorporar-se à corte de René d'Anjou. Nenhuma, porém, se cumpriu.

9 Segundo a melhor crítica (inclusive Italo Siciliano), o tema recorrente do "amante mártir" é uma *plaisanterie* de Villon, paródia ao amor cortês.

10 Refere-se ao arenque defumado, ao qual se atribui, num jogo linguístico de troca de qualidades, o que sente quem dele se alimenta. Interpreta-se que Villon sente-se arder ao saber-se traído. Ou refere-se à amiga deixada e que provoca noutro a sede amorosa.

11 Por Legado, subentende-se aqui uma série de legados.

12 A expressão "mes tentes et mon pavillon" é uma fórmula que designava os bens que se possuía. Significa que Villon nada tinha mas tudo deixaria ao seu pai adotivo, se algo tivesse.

13 Novamente a imitação paródica da linguagem do "amor cortês".

14 Ythier Marchant era filho de um rico conselheiro do Parlamento, que trabalhou com o duque Charles de Berry e com Luís XI, nas finanças públicas. Villon parece odiá-lo porque [hipoteticamente] o suplantou junto à sua amante. O "legado" é irônico e malicioso na insinuação erótica da "espada". Há o equívoco entre *brant* (espada) e *bran* (excrementos), segundo alguns. Na tradução, o equívoco é entre "obrar" e "evacuar".

15 Jean le Cornu, também alto funcionário. O legado de "espada" e "excrementos" é deixado para os dois, ele e Marchant, contanto que a espada seja resgatada de uma dívida.

16 Pierre de Saint-Amant, secretário do Tesouro do rei.

17 O Cavalo Branco, A Mula e O Asno Raiado são nomes de estabelecimentos. Os nomes insinuam a velhice e impotência do legatário, e a esterilidade (A Mula) e lubricidade (O Asno Raiado) da sua esposa. Há em "l'Asne royé qui recule" uma alusão obscena.

18 Jean de Blarru era ourives em Pont-au-Change, em 1460.

19 O decreto do Concílio de Latrão (1215), *Omnis utriusque sexus*, ordenava a todos os cristãos se confessarem ao menos uma vez por ano ao cura da sua paróquia. No entanto, as ordens mendicantes conseguiram do papa Nicolau v uma bula concedendo-lhes também o direito da confissão como substitutos dos párocos, em 1449. O assunto foi discutido na Universidade, com a adesão dos bispos. Em consequência, uma nova bula do papa Calisto III revogou a anterior.

20 Robert Vallée, rico proprietário e procurador do Parlamento e da Justiça do Tesouro. O "pobre clérigo" é antífrase.

21 No original: "Qui n'entent ne mont ne valee", isto é, que não entende de coisa alguma, nem muito, nem pouco.

22 Referência a uma taverna nos Halles. As *trumelières* são também espécies de perneiras metálicas, como as cnêmides antigas dos gregos, para proteger as coxas. Há insinuações do poeta, através desse jogo, sobre a dominação exercida pela "amiga" de Robert Vallée.

23 Jeanne de Milliers tem a presença assinalada num registro de causas criminais com o nome de Jehanneton de Milières.

24 Personificação ou nome fabricado (no or., *Mau Pensé*), que é literalmente "Malpensado", ou quem pensa mal.

25 A *Ars Memorativa* era uma obra didática em latim muito divulgada no século XV. Era, na verdade, um "tratado" *kitsch* que pretendia ensinar como adquirir um mirabolante saber transmitido por Deus a Salomão.

26 No original: "A acheter a ce poupart/ Une fenestre emprés Sainct Jacques". Procurou-se recuperar a alusão obscena, com o termo "peru", de caranguejo (*poupart*). Fenestre é "tenda" (no caso, banca de escrivão público) de negociante. Com isso diminui-se muito o personagem.

27 Jacques Cardon era um rico negociante de tecidos. A facécia

do original, "A mon amy Jacques Cardon,/ Le glan aussi d'une saulsoye", não parece fazer sentido, pois o salgueiro (sendo *saulsoye*, ou *saussaie* no francês moderno, traduzível como salgueiral) não produz glandes ou bolotas (*glan*, ou *gland* no francês moderno). Os intérpretes veem um sentido figurado na expressão: Villon deixa ao legatário lucros ilusórios. Na tradução, pela impossível literalidade, buscou-se uma equivalência imagética.

28 Regnier de Montigny foi associado ao bando dos *coquillards*, razão pela qual foi enforcado em 1457. Villon lega ao "nobre" bandido três cães de caça imaginários, sendo tais cães exclusivos da nobreza.

29 Jean Raguier era um dos doze elementos da guarda do Preboste de Paris. Há quem veja uma alusão (... "Ao legar me abstenho/ Dos bens que eu possa adquirir") ao projeto do roubo do Colégio de Navarra.

30 Philippe Brunel reivindicava títulos de nobreza, e é aqui ridicularizado.

31 Nijon, castelo nas imediações de Paris. Villon faz mofa da vaidade de Brunel, pois a guarda dos castelos era confiada a velhos cavalheiros.

32 Vicestre ou Bicêtre (em fr. m.), uma fortaleza já em ruínas.

33 Ignora-se quem seja Mouton e o processo referido. Lembra-se apenas que, após ferir mortalmente Philippe Sermoise, o poeta correu a pensar o seu próprio ferimento por um barbeiro, apresentando-se com o nome de "Mouton". Não retorna mais em *O testamento*, talvez por precaução.

34 Jacques Raguier, filho de um funcionário de Carlos VII. Apresentado como um boa-vida, o poeta lhe lega... um bebedouro.

35 O *Abreuvoir Popin* ficava na Rive Droite de Paris.

36 *La Pomme de Pin*, uma taverna na Cité.

37 Isto é, como um dominicano. Os dominicanos eram chamados de jacobinos porque sua casa em Paris estava na Rue Saint-Jacques.

38 Jean Mautaint, examinador, ou encarregado dos inquéritos no Châtelet. Posteriormente, do inquérito sobre o roubo do Colégio de Navarra.

39 Pierre Basenier, escrivão público do Châtelet. Mais tarde, escrivão penal na mesma jurisdição.

40 Fournier, procurador judicial (moderno advogado ou defensor) de Saint Benoît-le-Bétourné, paróquia de Guillaume de Villon. Os "gorros curtos e botas leves" para o inverno são brincadeiras "leves" do poeta.

41 Jean Trouvé, açougueiro condenado por agressão a duas pessoas.

42 O Carneiro, O Boi Coroado e A Vaca são nomes de estabelecimentos e referências irônicas ao personagem.

43 Alusão às turbulências estudantis no Quartier Latin entre 1451 e 1453. Carregaram-se tabuletas de estabelecimentos, e La Vache teria sido levada enganchada no pescoço de um dos desordeiros. No original, "Le villain qui la trousse au col" evocaria, segundo alguns (cf. André Lanly), Jacques Haussecul, açougueiro e patrono de Jean Trouvé.

44 O Chevalier du Guet, ou Comandante da Guarda Real, encarregado da segurança de Paris. Na época, Jean du Harlay, a quem fora negada a condição de cavaleiro. O Elmo, um letreiro, lhe é doado ironicamente.

45 Há variantes diversas segundo a lição seguida: "Je leur laissë deux beaux *riblis*"; "Je leur laissë ung beau *riblis*"; ou, ainda, "Je leur laissë deux beaux *rubis*". O termo *riblis* seria objeto roubado ou ninho de ladrões. Os "dois rubis", opção de Thuasne, seriam focos de iluminação. Aqui se optou pela intermediária. La Lanterne seria uma estalagem suspeita.

46 Os Três Lírios seria uma sala mais confortável na prisão do Châtelet, com três leitos. Há um equívoco da palavra *lis* (lírios) com *lits* (leitos).

47 Perrenet Marchant, guarda na prisão do Châtelet, apresentado por Villon como um rufião. A gigolotagem seria a sua real profissão.

48 Jean le Loup teria sido limpador de fossas e depois guarda no Châtelet; Cholet era fabricante de tonéis, que entrou depois na polícia, de onde foi expulso (cf. *O testamento*). Ridicularizados aqui como "ladrões de galinha", usando mantos para esconder os roubos.

49 Colin Laurens, merceeiro e especulador de sal; Girart Goussuin, escrivão, usuário e especulador de sal; Jean Marceau, agiota e especulador. São três velhos usurários, aqui apresentados como "pobres órfãos".

50 A "Nomination": carta autenticada da Universidade concedendo ao portador o direito de apresentar seu nome para um benefício eclesiástico.

51 A "Résignation" designava a renúncia voluntária ao benefício. Trata-se de facécia amarga; supõe-se que Villon tenha sido degradado, *i.e.*, desprovido do seu título de *clerc*, posteriormente; mesmo antes disso, porém, já se afastara da sua trilha social normal.

52 O termo *intendit* do original significa uma cláusula de acordo na nomenclatura jurídica da época.

53 Guillaume Cotin e Thibault de Victry, velhos cônegos de Notre Dame e ricos proprietários de imóveis. As disputas eclesiásticas entre Saint-Benoît le Bétourné, paróquia do pai adotivo do poeta (Guillaume de Villon), e Notre Dame, explicam os ataques de Villon aos "bons meninos".

54 A casa Guillot Gueuldry (leia-se: arrendada por Guillot a Gueuldry), sobre a qual deveriam receber rendimentos as comunidades de Saint-Benoît e Notre Dame. Nenhuma recebia, na verdade. Daí a dupla ironia.

55 Cruz equivalia para um bispo o que é o cetro para um rei. Villon ironiza as pretensões episcopais dos velhos cônegos, falando

como se eles já tivessem a "cruz". Quanto à Cruz de Saint-Antoine, seria uma taverna.

56 No original, "Ou ung billart de quoy on crosse,/ Et tous les jours plain pot de Seine"; *Billart*, taco em forma de cruz para empurrar as bolas no "billart de terre", é uma alusão obscena. Quanto ao tonel de água do Sena, é ironia: água em lugar do vinho.

57 Refere-se (numa mudança brusca de assunto dentro da mesma oitava) aos prisioneiros do Châtelet, aos quais deixa algo inútil: um espelho. Os agrados da carcereira seriam os de uma megera.

58 Refere-se a hospitais muito pobres, aos quais era costume legar alguma coisa. Na época, devido à escassez do vidro, usavam-se, nas janelas, telas de linho ou de papel, que Villon identifica a teias de aranha.

59 Na época, devido à miséria generalizada, mendigos se amontoavam nas portas dos hospitais. O desprezo para com esses miseráveis (que precede, de longe, as ferocidades de Baudelaire sobre o mesmo tema) contrasta com a simpatia pelos ladrões e bandidos assumidos como tais, e deu o que pensar aos intérpretes.

60 As ordens mendicantes não tinham a simpatia do poeta, aliado ao clero secular do pai adotivo nas disputas eclesiásticas medievais. Compreendiam os dominicanos, franciscanos, carmelitas e agostinianos.

61 As filhas de Deus ou devotas, e as beguinas, grupos de religiosas, também vistas sem simpatia.

62 Os Quinze Sinais do Juízo Final, tema comum aos pregadores.

63 O "pão" está no lugar dos óbulos recolhidos pelos religiosos.

64 No or., literalmente: "Carmes chevauchent noz voisines".

65 Jean de la Garde, rico merceeiro, filho de um escrivão e secretário do rei. É-lhe oferecido O Almofariz de Ouro, nome de um estabelecimento.

66 A oferta, aparentemente inocente, de uma "potence sainct Mor", ou seja, uma muleta simbólica (como um ex-voto), oculta uma alusão obscena que se completa no verso seguinte.

67 Levantam-se hipóteses diversas sobre quem é o personagem citado. De qualquer forma, alguém que acusou o poeta pela morte de Philippe Sermoise. Não se volta ao assunto em *O testamento* (cf. nota 33).

68 "Fogo de Santo Antônio", doença epidêmica que provocava febres ardentes na época, provavelmente a erisipela.

69 Pierre Merebeuf, comerciante de tecidos.

70 Nicolas de Louviers ou Louvieux, funcionário do Tribunal de Contas. Tanto Merebeuf quanto Louviers eram homens ricos e com pretensões à nobreza. Villon lhes dá o valor de um ovo, *i.e.*, nada.

71 Gouvieux era um castelo em ruínas, e não ofereceria grandes rendimentos. Não se sabe por que Villon ironiza o personagem, o concierge Pierre de Rousseville. A função de guarda-portão era importante na época.

72 No or., "Pierre de Rousseville, ordonne,/ Pour le donner entendre mieulx/ Escus telz que le Prince donne" [Pl.: "Pierre Rousseville, j'ordonne,/ Pour ly donner encorez mieulx,/ Escus telz que Prince les donne"]. O "Prince des sots" medieval era encarregado dos festejos públicos e representações cênicas. Segundo o uso, o "Príncipe" distribuía, na entrada triunfal nas cidades, moedas de cartão ou madeira, à turba que o rodeava. Preferiu-se aqui uma adaptação, usando-se a figura do rei Momo do carnaval brasileiro.

73 Na época, o sino da Sorbonne tocava todos os dias uma só vez, às nove horas da noite, hora do Angelus.

74 No or., "je m'entroublié". O termo despertou interpretações divergentes. A hipótese mais corrente foi a de simples *plaisanterie* com o linguajar escolástico. M. A. Burger, porém, levantou a hipótese de que o "entroubli" seria alusão ao roubo do Colégio de Navarra, no Natal de 1456. O "entresquecimento" seria uma forma de dizer que naquela ocasião o autor estaria fora do uso normal das suas faculdades de discernimento. Seria, de algum modo, uma forma de ebriez.

75 As "espécies colaterais" seriam as faculdades intelectuais que o poeta passa a enumerar, parodiando a linguagem escolástica universitária.

76 O termo "lunático" alude à crença de uma influência da lua sobre os distúrbios mentais, e que teria caráter periódico, com fases em que se produziriam as crises de loucura. A alusão tem caráter jocoso.

77 A citação "erudita" de Aristóteles se relaciona com todo o clima de facécia que o poeta estabelece em torno da linguagem escolástica.

78 No or., "la souveraine partie": a razão e a vontade no espírito humano.

79 O poeta ironiza aqui a "carta de remissão" que obteve para voltar a Paris, após meses de afastamento pelo assassinato de Sermoise.

80 Expressão corrente para designar o que se tinha, cf. nota 12.

/ LE LAIS

II

*Pléiade: Que les loups se vivent du vent

**Pl.: Qui faisoit mon cueur debriser

IV

*Pl.: Bien ! s'il ont vers moy les piés blancs

V

*Pl.: Sans ce qu'en riens j'aye mesprins,

VI

*Pl.: Sa grace, il me convient partir.

X

*Pl.: Qui si durement m'a chassé

XI

*Pl.: Et a maistre Ytier Merchant,

**Pl.: Et a maistre Jehan le Cornu,

***Pl.: Pour ung escot sept solz montant ;

****Pl.: Je veul, selon le contenu,

XIV

*Pl.: Car le Saint Esperit l'admoneste,

**Pl.: De recouvrer sur Mau Pensé,

XV

*Pl.: Item, je assigne la vie

XVI

*Pl.: De rechief je laisse en pur don

XVII

*Pl.: Item, je lesse a ce jeune homme

**Pl.: L'en ne doit trop prendre des siens

***Pl.: Ne trop ses amys surquerir.

XIX

*Pl.: Perches, poussins au blanc menger

XXI

*Pl.: Et La Vache, qu'on ne peult prendre.

**Pl.: Ou assommer d'un bon licol !

XXII

*Pl.: Je leur laissë ung beau riblis,

XXIII

*Pl.: Pour ce qu'il est ung bon merchant,

XXIV

*Pl.: Busche, charbon, des poys au lart,

XXV

*Pl.: Tous deschaussez, tous despourveuz,

**Pl.: – J'ordonne qu'ilz seront pourveuz,

XXVI

*Pl.: Girard Gossuin, Jehan Marceau,

**Pl.: Desprins de biens et de parens,

XXVIII

*Pl.: Paisibles enffans sans estry ;

**Pl.: Humbles, bien chantans au lectry,

XXIX

*Pl.: Aux pigons qui sont en l'essoyne

XXXI

*Pl.: Aux savetiers mes soulliers vieulx,

XXXII

*Pl.: Chappons, flaons, grasses gelines,

XXXIII

*Pl.: Une potence de sainct Mor,

**Pl.: Et celluy qui fist l'avangarde

XXXIV

*Pl.: Pierre Rousseville, j'ordonne,

**Pl.: Pour ly donner encorez mieulx,

***Pl.: Escus telz que Prince les donne.

XXXV

*Pl.: Dictant ces laiz et descripvant,

**Pl.: Si suspendis et mis en bourne

XXXVII

*Pl.: Par qui la perspective vient,

**Pl.: Par quoy bien souvant il advient

***Pl.: Je l'ay leu, dont il me souvient,

XXXVIII

*Pl.: Mais le sensitif s'esveilla

**Pl.: Et tous les dormans resveilla

***Pl.: Car la souveraine partie,

****Pl.: En suspens estoit, amortie

*****Pl.: Qui en moy estoit espartie

******Pl.: Pour monstrer de Sens la lïance.

XXXIX

*Pl.: Mais mon ancrë estoit gelé

**Pl.: Et mon cierge trouvé freslé ;

***Pl.: Et n'eusse peu de feu finer,

****Pl.: C'estoit assés tartevelé

*****Pl.: Pourtant il me convint finer.

Le testament

O testamento

I

En l'an de mon trentiesme aage,
Que toutes mes hontes j'euz beues,
Ne du tout fol ne du tout saige
Non obstant maintes peines eues,
Lesquelles j'ay toutes receues
Soubz la main Thibault d'Aucigny...
S'esvesque il est, signant les rues,
Qu'il soit le mien, je le regny !

II

Mon seigneur n'est ne mon evesque,
Soubz luy ne tiens si n'est en friche ;*
Foy ne luy doy n'ommaige avecque,
Je ne suis son serf ne sa biche !
Peu m'a d'une petite miche
Et de froide eaue tout ung esté ;
Large ou estroit, moult me fut chiche :
Tel luy soit Dieu qu'il m'a esté.

III

Et s'aucun me vouloit reprendre
Et dire que je le mauldiz,
Non faiz, se bien le scet comprendre ;*
En riens de luy je ne mesdiz.
Vecy tout le mal que j'en dis :
S'il m'a esté misericors,
Jhesus, le roy de paradis,
Tel luy soit a l'ame et au corps!

I

Com os meus trinta já visados
E as vergonhas todas bebidas,[1]
Nem tão louco ou tão avisado,
Apesar das penas sofridas
Que foram todas recebidas
De Thibault d'Aussigny. Renego...[2]
Se benze ruas e subidas,
Que é meu bispo, recuso e nego.

II

Não é meu bispo nem senhor,[3]
Pois não me deu terras nem erva;
Não devo honra ao monsenhor
Nem sou seu servo ou sua cerva.[4]
Dele o pão, com muitas reservas,
E água sem fim tive de meus;
De arisco a memória o conserva:
Deus dê-lhe em dobro o que me deu!

III

Se quer alguém me repreender
E dizer que assim o maldigo,[5]
Não o faça, se compreender
Que nisso em nada o contradigo.
Eis todo o mal que eu ajuízo:
Se misericórdia houve tal,
Que Jesus, rei do Paraíso,
Em alma e corpo dê-lhe igual.

IV

Et s'esté m'a dur et cruel,*
Trop plus que cy ne le raconte,**
Je veul que le Dieu eternel
Luy soit donc semblable a ce compte.
Et l'Eglise nous dit et compte
Que prions pour noz annemys ;
Je vous diray : « J'ay tort et honte,***
Quoy qu'il m'aist fait, a Dieu remys ! »****

V

Sy prieray pour luy de bon cueur,
Et pour l'ame de feu Cotart ;*
Mais quoy ! se sera donc par cueur,
Car de lire je suis fetart :
Priere en feray de picart.
S'il ne le scet, voise l'apprendre,
S'il m'en croit, ains qu'il soit plus tart,
A Douay ou a L'Ysle en Flandre.

VI

Combien, se oÿr veul qu'on prie*
Pour luy, foy que doy mon baptesme,
Obstant qu'a chascun ne le crye,
Il ne fauldra pas a son esme.
Ou psaultier prens, quant suis a mesme,
Qui n'est de beuf ne cordouen,
Le verselet escript septïesme**
Du psëaulme *Deus laudem*.

IV

E se me foi duro e cruel,
Muito mais do que aqui se conta,
Quero que Deus no eterno céu
Seja-lhe igual na mesma conta.
Mas se a Igreja nos aponta
Orar por nossos desafetos
Direi: "Errei de ponta a ponta.
São a Deus os atos afetos".

V

Rezarei, por ele, o melhor,
Pela fé do morto Cotart![6]
Mas, como? Então será de cor,
Sem precisar ler ou contar.
Farei a prece de Picart:[7]
Ah, não sabe? A dor não é grande:
Se em mim crê, corra sem tardar
A Douai ou a Lille em Flandres.

VI

Ou quer já ouvir o que se ora
Por ele? Por fé batismal!
Se nem a todos digo, embora,
Juro que não se dará mal.
Abro o meu saltério, no qual
(Que não é de couro ou de pele)[8]
Ao sétimo verso integral
Do salmo "Deus Laudem" se apele.[9]

VII

Si prie au benoist filz de Dieu,
Qu'a tous mes besoings je reclame,
Que ma povre priere ait lieu
Vers luy, de qui tiens corps et ame,
Qui m'a preservé de maint blasme
Et franchy de ville puissance.
Loué soit il, et Nostre Dame,
Et Loÿs, le bon roy de France,

VIII

Auquel doint Dieu l'eur de Jacob
Et de Salmon l'onneur et gloire
— Quant de prouesse, il en a trop,
De force aussi, par m'ame, voire —
En ce monde cy transsitoire
Tant qu'il a de long et de lé,*
Afin que de lui soit memoire,
Vivre autant que Mathieusalé,

IX

Et douze beaux enffans, tous masles,
Vëoir de son cher sang royal,
Aussi preux que fut le grant Charles,
Conceuz en ventre nuptial,*
Bons comme fut saint Marcïal.
Ainsi en preigne au feu daulphin,
Je ne lui soubzhaicte autre mal,
Et puis paradis a la fin.**

VII

Rogo ao filho de Deus, bendito,
A quem toda graça reclamo,
Que o meu rogo lhe seja dito.
Em corpo e alma, a ele clamo,
Que me preservou sempre à hora
E do vil poder me afiança.[10]
Louvo a ele e a Nossa Senhora
E a Luís, o bom rei de França.[11]

VIII

Que de Jacó, Deus dê-lhe a paz,
E de Salomão, honra e glória
(Pois o valor já tem demais,
E também força sem vanglória);[12]
Nessa vida, tão transitória,
Que ultrapasse anos além.
Para que lhe guardem memória,
Viva igual a Matusalém.

IX

E doze filhos descendentes
Todos do seu sangue real,
Como o grande Carlos, valentes,[13]
Vindos do ventre nupcial.
E bravos qual São Marcial.[14]
Assim seja ao antes delfim!
Pois não lhe auguro qualquer mal:
Que venha o Paraíso, enfim.

x

Pour ce que foible je me sens,*
Trop plus de biens que de sancté,
Tant que je suis en mon plain sens
— Sy peu que Dieu m'en a presté,
Car d'autre ne l'ay emprunté —
J'ay ce testament tres estable
Fait, de derreniere voulenté,
Seul pour tout et inrevocable.

xi

Escript l'ay l'an soixante et ung,*
Que le bon roy me delivra**
De la dure prison de Mehun
Et que vie me recouvra,
Dont suis, tant que mon corps vivra,***
Tenu ves luy m'usmilier,
Se que feray tant qu'il moura :****
Bienfait ne se doit oublier.

xii

Or est vray que aprés plains et pleurs
Et angoisseux gemissemens,
Aprés tritesses et douleurs,
Labours et grief cheminemens,
Travail mes lubres sentemens,
Esguisez comme une pelocte,
M'ouvrist plus que tous les commens
D'Averroÿs sur Arristote.

X

Porque frágil hei-me sentido,
Mais de bens que do bom estado
Porque tenho os plenos sentidos,
Por pouco Deus me tenha dado
(E de ninguém tive emprestado),
Faço esse testamento estável,
Firme e de um ato bem pensado,
Por si válido e irrevogável.

XI

Foi escrito em sessenta e um,
Quando o bom rei me libertou
Da dura prisão de Meung
E a vida me recuperou:
Sendo assim, quanto vivo seja,
Hei de ante ele me inclinar.
E o faço até que morto esteja:
Não se deve o bem olvidar.

XII

O certo é que após muitos prantos
E gemidos angustiosos,
Após tristezas e quebrantos,
Andanças, cansaços penosos,
Sofrer meus sentimentos vários
Abriu-me a cabeça e os seus nós[15]
Muito mais do que os comentários
Sobre Aristóteles, de Averróis.

XIII
Combien qu'au plus fort de mes maulx,*
En cheminant sans croix ne pille,
Dieu, qui les pelerins de Esmaulx
Conforta, ce dit l'Euvangille,
Me monstra une bonne ville
Et pourveue du don d'esperance :
Combien que le pecheur soit vile,**
Riens ne het que perseverance.

XIV
Je suis pecheur, je le sçay bien,
Pourtant ne veult pas Dieu ma mort,
Mais convertisse et vive en bien,
Et tout autre que pechié mort.
Combien qu'en pechié soye mort,*
Dieu voit et sa misericorde,
Se conscïence me remort,
Par sa grace pardon m'acorde.

XV
Et comme le noble *Roumant*
De la Roze dit et confesse
En son premier commancement
C'on doit jeune cueur en jeunesse
Quant on le voit viel en viellesse,
Excuser, helas ! il dit voir.
Ceulx donc qui me font telle presse
En meureté ne me vouldroient voir.

XIII

Conquanto sem coroa ou cruz[16]
Caminhei na infelicidade,
Se Ele aos romeiros de Emaús[17]
Confortou na adversidade,
Revelou-me a justa cidade[18]
E cedeu-me o dom da esperança;
O mais vil pecador só há de
Perder-se na perseverança.[19]

XIV

Sou pecador, sei muito bem;
Deus não quer, porém, minha morte,
Mas converter-me para o Bem,[20]
Ou a quem o pecado morde.
Mesmo se nele há minha morte,
Deus vive, e na misericórdia,
Se a consciência me remorde,
Dê-me a graça, perdão, concórdia.

XV

Se o nobre *Roman de la rose*
Diz e conclama em plenitude
(Nas primeiras linhas se pouse)[21]
Que a um coração na juventude
— Sábio só na senectude —
Perdoa-se tudo, é verdade:
Quem me fere com acritude
Não me quer na maturidade.

XVI

Se pour ma mort le bien publicque
D'aucune chose vaulsist mieulx,
A mourir comme ung homme inique
Je me jugasse, ainsi m'est Dieux !
Griefz ne faiz a jeune n'a vieux,*
Soie sur piez ou soye en bierre :
Les mons ne bougent de leurs lieux
Pour ung povre, n'avant n'arriere.

XVII

Ou temps que Alixandre regna,
Ungs homs nommé Dïomedés
Devant lui on lui admena
Egrillonné pousses et detz
Comme ung larron, car il fut des*
Escumeurs que voyons courir.
Sy fut mis devant ce cadés
Pour estre jugiez a mourir.

XVIII

L'empereur si l' araisonna :
« Pourquoy es tu laron de mer ? »*
L'autre responce lui donna :
« Pourquoy laron me faiz nommer ?**
Pour ce qu'on me voit escumer
En une petïote fuste ?
Se comme toy me peusse armer,
Comme toy empereur je feusse.

XVI

Se na minha morte o bem público
Pudesse ter algum proveito
A morrer inimigo público
Prestar-me-ia satisfeito.
A velho ou jovem fiz malfeito
Algum, de pé ou no ataúde.
Movem-se os montes, com efeito,
Por um pobre diabo, amiúde?

XVII

Foi quando Alexandre reinou
Que um renomado Diomedes
Diante dele se levou,
Amarrados pulsos e dedos[22]
Como um ladrão subjugado,
Sendo a pilhagem o seu fazer.
Foi exposto ante o Magistrado,
Condenado, pois, a morrer.

XVIII

O imperador condescendeu:
"Por que és um ladrão do mar?"
Eis a resposta que lhe deu:
"E por que ladrão me chamar?
Porque se me vê a escumar
Nesse barco de ninharia?
Se também pudesse me armar
Eu mesmo imperador seria.

XIX

« Mais que veulx tu ! de ma fortune,
Contre qui ne puis bonnement,
Qui si faulcement me fortune,
Me vient tout ce gouvernement.
Excuse moy aucunement*
Et saiche qu'en grant povreté**
— Ce mot ce dit communement —
Ne gist pas grande loyauté. »

XX

Quant l'empereur ot remiré
De Dïomedés tout le dit,
« Ta fortune je te mueray
Mauvaise en bonne », se lui dist.
Si fist il. Onc puis ne mesdit
A personne, mais fut vray homme.
Valere pour vray le bauldit*
Qui fut nommé le Grant a Romme.

XXI

Se Dieu m'eust donné rencontrer
Ung autre piteux Alixandre
Qui m'eust fait en bon eur entrer,*
Et lors qui m'eust veu condescendre
A mal, estre ars et mis en cendre
Jugié me feusse de ma voys.
Neccessité fait gens mesprendre
Et fain saillir le loup du boys.

XIX

"Mas que queres, minha fortuna,
Sobre a qual nem sequer comento,
E que pérfida me infortuna,
Causou-me tal desregramento.
Perdoa: tens discernimento,
E vês que na necessidade
— Tal se diz a todo momento —
Não há como ter lealdade."

XX

O imperador considerou
Pelo pirata o que foi dito:
"Que se mude esta sorte, ou
Se faça boa", tenho dito.
Tal foi. Nunca mais foi maldito
E fez-se homem verdadeiro.
De Valério Máximo escrito,[23]
Na antiga Roma, por inteiro.

XXI

Se Deus me houvesse concedido
Algum complacente Alexandre[24]
Que me desse o bem-sucedido,
E se me vissem a sorte grande
Deixar pelo mal, fosse às chamas
Por mim julgado e posto em ata.
Necessidade ao mal nos chama
Como a fome ao lobo da mata.

XXII

Je plains le temps de ma jeunesse,
Ouquel j'ay plus qu'autre gallé
Jusque a l'entree de viellesse
Qui son partement m'a cellé.
Il ne s'en est a pié alé
N'a cheval : helas ! comment don ?*
Soudainement s'en est vollé
Et ne m'a laissié quelque don.

XXIII

Alé s'en est, et je demeure,
Povre de sens et de savoir,
Triste, failly, plus noir que meure,*
Qui n'ay cens, rente, ne avoir.**
Des miens le mendre, je dy voir,
De me desavouer s'avance,
Oubliant naturel devoir
Par faulte d'un peu de chevance.

XXIV

Si ne crains avoir despendu
Par friander ne par lescher ;
Par trop amer n'ay riens vendu
Qu'amis me puissent reprouchier*
— Au moins qui leur couste moult cher !**
Je le dy et ne croys mesdire.
De ce je me puis revenchier :
Qui n'a meffait ne le doit dire.

XXII

Choro o tempo da mocidade,
Pois ninguém mais foi tão galante
Até vir a maturidade.
A partida foi-me intrigante:
Não se foi a pé, caminhante.
Nem a cavalo. Ah, como, pois,
Subitamente esvoaçante,
Esfumou-se no ar depois?

XXIII

Evaporou-se, e aqui me deixa
Pobre de senso e de saber,
Triste e mais negro que uma ameixa,
Sem foro, renda, ou outro haver.
E qualquer um, é de se ver,
O renegar-me põe em curso,
Esquecendo humano dever
Porque me falta algum recurso.

XXIV

Mas não temo ter malgastado,
Sem à gula a língua prender;
Nada vendi por ter amado
Que me pudessem repreender
Ou lhes custasse despender.
Se não minto, a língua não treme;
Isso é facil de compreender:
Quem nada deve, nada teme.

XXV

Bien est verté que j'é aymé
Et aymeroye voulentiers.
Mais triste cueur, ventre affamé,
Qui n'est rassasïé au tiers,
M'oste des amoureux sentiers.
Au fort, quelc'um s'en recompence
Qui est ramply sur les chantiers :*
Car la dance vient de la pance !**

XXVI

Hé Dieu ! se j'eusse estudïé*
Ou temps de ma jeunesse folle
Et a bonnes meurs dedïé,
J'eusse maison et couche molle.
Mais quoy ! je fuyoie l'escolle
Comme fait le mauvaiz enffant.
En escripvant ceste parolle
A peu que le cueur ne me fent.

XXVII

Le dit du Saige trop le feiz*
Favourable, bien en puis mais !
Qui dist : « Esjoïs toy, mon filz,
En ton adolessence », mes
Ailleurs sert bien d'un autre mes
Car « Jeunesse et adolessance
— C'est son parler, ne moins ne mes —
Ne sont qu'abuz et ygnorance ».

XXV

Que muito amei, isso não minto,
E ainda mais teria feito.
Mas alma só, ventre faminto,
Que é só de um terço satisfeito,
Do amor me arredam, contrafeito.
Pois a outros caiba a papança:
Teríeis de chamar afeitos![25]
Porque a dança vem da pança.[26]

XXVI

Ah, Deus, se eu tivesse estudado,
Na minha louca juventude
E a bons hábitos me aplicado,
Teria casa e quietude.
Mas qual! Eu fugi quanto pude
Da escola, como o infante vaga,
E por pouco, ao escrever tão rude,
O coração dentro se apaga.

XXVII

As palavras do sábio fiz[27]
Favoráveis a mim, demais.
Quando diz: "Filho, sê feliz
Na tua adolescência", mas
Outra iguaria hoje se faz
Delas, com menos abundância:
"Adolescente ou moço, iguais,
São só abuso e ignorância".

XXVIII

Mes jours s'en sont alez errant,
Comme, dit job, d'une touaille*
Font les filletz, quant tixerant**
En son poing tient ardente paille.
Lors s'il y a nul bout qui saille,
Soudainement il le ravit.***
Sy ne crains plus que rien m'assaille,****
Car a la mort tout s'assouvit.*****

XXIX

Ou sont les gracïeux galans
Que je suivoye ou temps jadiz,
Si bien chantans, si bien parlans,
Sy plaisans en faiz et en diz ?
Les aucuns sont mors et roidiz,
D'eulx n'est il plus riens maintenant.
Repas aient en paradis,*
Et Dieu saulve le remenant !

XXX

Et les autres sont devenuz,
Dieu mercy, grans seigneurs et maistres ;
Les autres mendient tous nuz
Et pain ne voient qu'aux fenestres ;
Les autres sont entrez es cloistres
De Celestins et de Chartreux,
Bostés, houlsés com pescheurs d'oestres,
Vez la l'estat divers d'entre eux !*

XXVIII

Os meus dias correndo vão
Como, diz Jó, de alguma malha,[28]
Fazem fios se o tecelão
Tem entre as mãos ardente palha.
E então, se algum fio se espalha,
Rapidamente ele o recolhe.
Já não temo por qualquer falha
Porque a morte tudo colhe.

XXIX

Onde estão os gentis galantes
Que eu seguia em tempos idos,
Bem cantantes e bem-falantes,
Em troça e ditos entendidos?
Alguns já mortos, estendidos.
Nada consta em tempos recentes:
No céu repousem merecidos,
E Deus salve os remanescentes.

XXX

E se alguns foram convertidos,
Salve, ó Deus!, em mestres, senhores,
Outros mendigam malvestidos
E do pão só sentem odores;
Outros no claustro, por pendores,
São cartuxos ou celestinos,[29]
Usam botas de pescadores.[30]
Vede quão diversos destinos.

XXXI

Aux grans maistres doint Dieu bien fere,*
Vivans en paix et en requoy.
En eulx il n'y a que reffaire,
Si s'en fait bon taire tout quoy.
Mais aux povres qui n'ont de quoy,
Comme moy, doint Dieu pascïence.**
Aux autres ne fault qui ne quoy,
Car assez ont pain et pictence.

XXXII

Bons vins ont, souvent embrochez,
Saulces, brouestz et groz poissons,
Tartes, flans, oefz fritz et pochetz,
Perduz, et en toutes façons.
Pas ne ressemblent les maçons
Que servir fault a si grant peine.
Ilz ne veullent nulz eschançons :
De soy verser chacun se paine.

XXXIII

En cest incident me suis mis
Qui de riens ne sert a mon fait.
Je ne suis juge ne commis
Pour pugnir n'assouldre meffait.
De tous suis le plus imparfait.
Loué soit le doulx Jhesu Crist !
Que par moy leur soit satiffait :
Ce que j'ay escript est escript.

XXXI

Aos grão-mestres, Deus dê ciência
Do bem-fazer, vivendo em paz;
Nada a pôr, em sã consciência,
Nem há de que se falar mais.
Aos pobres, por quem mal se faz,
Como eu, Deus dê paciência!
Quanto aos outros, já têm demais,
Pois têm pitança e opulência.

XXXII

Bons vinhos têm, sempre servidos,
Molhos, caldos, pescada inteira,
Tortas, flans, ovos bem cozidos
Ou mexidos, e outras maneiras.
Nem se comparam aos pedreiros
Que se servem do que apenas
Acham. E para que copeiros?
Servem-se sós, a duras penas.

XXXIII

Se a tal discurso fui levado,
A que me serve, com efeito?
Não sou juiz comissionado
A punir, ou não, o malfeito:
E serei o mais imperfeito,
Louvado seja Jesus Cristo!
Que por tal fiquem satisfeitos!
O que escrevi, está escrito.[31]

XXXIV

Laissons le moustier ou il est,
Parlons de chose plus plaisante.
Ceste matiere a tous ne plest,
Ennuieuse est et desplaisante.
Povreté, chagrine et doulente,*
Tousjours, despiteuse et rebelle,
Dit quelque parolle cuisante ;
C'elle n'ose, si le pense elle.

XXXV

Povre je suis de ma jeunesse,
De povre et de pectite extrasse ;
Mon pere n'eust oncq grant richesse,
Ne son ayeul nommé Orrace.
Povreté tous nous suit et trace.
Sur les tumbeaux de mes ancestres,
Les ames desquelz Dieu embrasse,
On n'y voit couronnes ne ceptres.

XXXVI

De povreté me grementant,
Souventeffoiz me dit le cueur :
« Homme, ne te doulouse tant
Et ne demaine tel douleur !
Se tu n'as tant qu'eust Jaques Cueur,
Mieulx vault vivre soubz groz bureau
Pouvre, qu'avoir esté seigneur
Et pourrir soubz riche tumbeau. »

XXXIV

Deixemos lá o monastério,
Vamos a coisas atraentes:
A ninguém praz, não é mistério,
Ver temas tão desatraentes.
A pobreza, dorida e ardente,
Sempre rebelde, não repousa
E diz sempre coisas mordentes;
Ou ao menos pensa, se não ousa.

XXXV

Desde jovem tive a pobreza,
Sou de humilde extração e classe:
O meu pai não teve riqueza,
Nem seu avô, chamado Horace.
A pobreza se vê na face:
Sobre a tumba dos ancestrais
— Que suas almas Deus abrace —
Nem coroa ou cetro reais.

XXXVI

Da pobreza ao queixar-me, entanto,
O coração às vezes diz:
"Ó homem, não te queixes tanto,
Como quem a sorte maldiz,
Qual Jacques Coeur, o infeliz.[32]
Mais vale a vida em burel pobre,
Que ter sido senhor, feliz,
E apodrecer em tumba nobre".

XXXVII

Qu'avoir esté seigneur, que dis ?
Seigneur, las ! et ne l'est il mais ?*
Selon les davitiques dist**
Son lieu ne congnoistra jamaiz.
Quant du seurplus, je m'en desmetz.***
Il n'appartient a moy, pecheur ;
Aux theologiens le remectz,
Car c'est office de prescheur.

XXXVIII

Sy ne suis, bien le considere,
Filz d'ange portant deademe
D'estelle ne d'autre sidoire.
Mon pere est mort, Dieu en ait l'ame !
Quant est du corps, il gist soubz lame ;
J'entens que ma mere mourra
— Et le scet bien, la povre femme ! —
Et le filz pas ne demourra.

XXXIX

Je congnois que pouvres et riches,
Sagez et folz, prestres et laiz,
Nobles, villains, larges et chiches,
Petiz et grans, et beaulx et laitz,
Dames a rebrassés colletz,
De quelconque condicïon,
Portans atours et bourreletz,
Mort saisit sans excepcïon.

XXXVII

Que ter sido senhor... Foi dito?
Senhor, ó Deus! E não é mais?
Conforme os davíticos ditos,[33]
Seu lugar não verá, jamais.
E ao resto, renuncio em paz:
Não cabe a mim, um pecador,
Mas aos doutos, se lhes apraz
Sendo ofício de pregador.[34]

XXXVIII

Nem eu sou, se bem considero,
Filho de anjo com o diadema
De estrela e outro astro sidéreo.[35]
Meu pai morreu, que Deus o guarde!
Quanto ao corpo, a lousa resguarde.
E a minha mãe, sei, morre em breve
(Ela também, sem muito alarde)
E o filho, demorar não deve.

XXXIX

Sei também que ricos e pobres,
Sábios, loucos, padres e leigos,
Pródigo e avaro, plebeus, nobres,
Pequenos, grandes, belos, feios,
Damas de encolhidos coletes[36]
De qualquer uma condição,
Com adornos ou com barretes,[37]
Colhe a morte, sem exceção.

XL

Et meure Paris ou Elayne,*
Quicunques meurt, meurt a douleur.
Telle qu'il pert vent et alaine,**
Son fiel se criesve sur son cueur,
Puis sue, Dieu scet quel sueur.***
Et n'est qui de ses maulx l'alege ?****
Car enffant n'a, frere ne seur,
Qui lors voulsist estre son pleige.

XLI

La mort le fait fremir, pallir,
Le nez courber, les vaines tendre,
Le col enffler, la chair moslir,*
Joinctes et nerfz croistre et estendre.**
Corps feminin, qui tant est tendre,
Poly, souëf, si precïeulx,
Te fauldra il ces maulx attendre ?
Oy, ou tout vif aler es cieulx.

XL

E morra Páris, morra Helena,[38]
Quem quer que morra, morre em dor
Tal que perde sopro e voz plena;
Dentro crava o fel do rancor,
A suar, sei Deus que suor!
Dos seus males, ninguém partilha,
Nem quer ser o seu fiador,
Seja irmão, irmã, filho ou filha.

XLI

Na morte, treme, empalidece,
A veia engrossa, o nariz curva,
Incha o colo, o corpo amolece,
Junta e nervos, tudo se turva.
Corpo femíneo, leve curva,
Precioso, polido e liso,
A tais males também se encurva?
Sim. Ou vai vivo ao Paraíso.

Ballade
[des dames du temps jadis]

Dictes moy ou n'en quel pays
Est Flora la belle Romaine,
Archipïadés ne Thaÿs,
Qui fut sa cousine germaine,
Echo parlant quant bruyt on maine
Dessus riviere ou sur estan,
Qui beaulté ot trop plus qu'umaine,
Mais ou sont les neiges d'anten ?

Ou est la tres saige Esloÿs,
Pour qui chastré fut et puis moyne*
Pierre Esbaillart a Saint Denys ?
Pour son amour eust ceste essoyne.
Semblablement, ou est la royne
Qui commanda que Buriden
Fust gecté en ung sac en Saine,
Mais ou sont les neiges d'anten ?

La Royne blanche comme liz
Qui chantoit a voix de seraine,
Berte au grant pié, Bietrix, Aliz,**
Haranburgis qui tint le Maine,
Et Jehanne la bonne Lorraine
Qu'Engloys brulerent a Rouen,
Ou sont ilz, Vierge souveraine ?***
Mais ou sont les neiges d'anten?

Balada das damas do tempo ido

Dizei-me onde, em qual país,
Anda Flora, a bela romana[39]
Arquipíades, ou Taís,[40]
Que foi sua prima-germana?
Eco a falar, voz que se emana,[41]
Qual rumor, de rios e planos:
Que beleza foi mais que humana?
E onde estão as neves dos anos?

Da sábia Heloísa quem diz,
Por quem, castrado, fez-se monge
Pedro Abelardo em Saint-Denis?[42]
Por seu amor sofreu tão longe.
E a rainha, também, sem pena,
Que mandou forrar Buridano
Com um saco e jogá-lo ao Sena?[43]
E onde estão as neves dos anos?

A Rainha Branca qual lis
A cantar com voz de sereia,[44]
Berta Pé Grande, Alis, Beatriz[45]
Haremburges, que o Maine alteia,[46]
E a brava Lorena, a Joana,
Que, em Rouen, queimaram os anglos:[47]
Onde estão, Virgem Soberana?
E onde estão as neves dos anos?

Prince, n'enquerrez de sepmaine
Ou elles sont ne de cest an
Que ce reffraing ne vous remaine :****
Mais ou sont les neiges d'anten ?

Príncipe, quereis na semana
Ter resposta? Nem este ano,
Pois o refrão não vos engana:
E onde estão as neves dos anos?

Ballade
[des seigneurs du temps jadis]

Qui plus, ou est ly tiers Calixte,
Dernier decedé de ce nom,
Quy quatre ans tint le papalixte,
Alfonce, le roy d'Arragon,
Le gracïeux duc de Bourbon,
Et Artus le duc de Bretaigne,
Et Charles septiesme le bon ?
Mais ou est le preux Charlemaigne ?

Semblablement, le roy scotiste
Qui demy face ot, ce dit on,
Vermaille comme une emastiste
Depuis le front jusque au menton,
Le roy de Chippre de renom,
Helas ! et le bon roy d'Espaigne
Duquel je ne sçay pas le nom ?
Mais ou est le preux Charlemaigne ?

D'en plus parler je me desiste,
Le monde n'est qu'abusïon ;*
Il n'est qui contre mort resiste
Ne qui treuve provisïon.
Encore faiz une question :
Lancellot, le roy de Behaygne,
Ou est il ? ou est son tayon ?
Mais ou est le preux Charlemaigne ?

Balada dos senhores do tempo passado

E ainda: e o terceiro Calisto,[48]
Final finado desse nome,
No papado há anos já visto?
Onde Afonso, rei de Aragon,[49]
o afável Duque de Bourbon[50]
E Artur, o duque da Bretanha?[51]
Onde Carlos VII, o bom?[52]
Carlos Magno, que a lenda ganha?

Igual, de Escócia quem avista
O rei com a meia face em tom
Violeta qual ametista
Da fronte ao queixo? Onde ele some?[53]
o rei de Chipre e o seu renome?[54]
Ai de mim! E o bravo de Espanha
Do qual nem mais recordo o nome?[55]
Carlos Magno, que a lenda ganha?

De mais falar eu já desista
Este mundo é só ilusão.
E contra a morte há quem resista?
Nem há quem faça provisão.
Mas inda ponho uma questão:
Ladislau, o rei da Boêmia,[56]
Onde está? E o avô? Onde estão?[57]
Carlos Magno, que a lenda ganha?

Ou est Clacquin, le bon Breton,
Ou le comte daulphin d'Auvergne,
Et le bon feu duc d'Alençon ?
Mais ou est le preux Charlemaigne ?

Onde o bretão Claquin, o bom?[58]
O delfim de Alvérnia? As façanhas[59]
Do morto duque de Alençon?[60]
Carlos Magno, que a lenda ganha?

[Autre ballade à ce propos, en vieux langage français]

Car ou soit ly sains appostolles,
D'aubes vestuz, d'amys coeffez,
Qui ne seint fors saintes estolles
Dont par le col prent ly mauffez
De mal talant tous eschauffez,
Aussi bien meurt que cilz servans,*
De ceste vie cy bouffez :**
Autant en emporte ly vens !

Voire, ou soit de Constantinobles
L'emperieres au poing dorez,
Ou de France le roy tres nobles,
Sur tous autres roys decorez,
Qui pour ly grant Dieux adorez
Batist esglises et couvens,
S'en son temps il fut honnorez,
Autant en emporte ly vens !

Ou soit de Vïenne et de Grenobles***
Ly daulphins, ly preux senez,****
Ou de Digons, Salins et Dolles
Ly sires et ly filz esnez,*****
Ou autant de leurs gens privez,******
Heraux, trompectes, poursuivans,
Ont ilz bien boutez soubz le nez ?
Autant en emporte ly vens !

Balada em velha língoa franceza

Pois se bem seja o Sancto Padre,
D'alva e d'amicto adornado,
Armado só da sancta estola
Pela qual colga o Malfadado,[61]
De maos talentos inflamado,
Morre de igual que os irmãos bentos,[62]
Desta vida sendo soprados.
Enfim, a todos leva o vento.

Ou bem o de Constantinopla
Imperador, punho doirado,[63]
Ou de França o rei que nas coplas
Sobre os demais foi celebrado
E que p'lo grão Deus adorado
Ergueo igrejas e conventos.[64]
Se no seo tempo foi honrado,
Enfim, a todos leva o vento.

Seja de Vienne e Grenoble
O Delfim, tam bravo e prendado,[65]
Ou os de Dijon, Salins e Dolles
Primos varoens assinalados,[66]
Ou entam sejam seos criados,
Arautos, séquitos atentos,
Ficaram todos bem forrados?[67]
Enfim, a todos leva o vento.

Princes a mort sont destinez*******
Et tous autres qui sont vivans ;
S'ilz en sont courcez n'atinez,
Autant en emporte ly vens !

Príncipes, à morte são dados,
E todos, por mais que preventos.
Sejam aflitos, enfadados,
Enfim, a todos leva o vento.[68]

XLII

Puisque pappes, roys, filz de roys
Et conceuz en ventre de roynes
Sont enseveliz, mors et froys
— En aultruy mains passent leurs regnes —
Moy, povre marcerot de Renes,*
Morrai ge pas ? Oy, se Dieu plaist !
Mais que j'aye fait mes estraines,
Honneste mort ne me desplaist.

XLIII

Ce monde n'est perpetuel,
Quoy que pense riche pillart,
Tous sommes soubz mortel coustel.
Ce confort prent povre viellart,
Lequel d'estre plaisant raillart
Ot le bruyt, lors que jeune estoit,
C'on tendroit a fol et paillart
Se, viel, a raillier se mestoit.

XLIV

Or lui convient il mendïer,
Car ad ce force le contrainct ;
Regrectë huy sa mort et hier,
Tristesse son cueur si estaint.
Sy souvent, n'estoit Dieu qu'il craint,
Il feroit ung orrible fait,
Et advient qu'en ce Dieu enffraint
Et que lui mesme se deffait.

XLII

Se papas, reis, filhos de reis,
E em ventres reais concebidos,
Estão frios, mortos de vez,
Reinos por outros recebidos,
Eu, pobre mercador de Rennes,[69]
Não morrerei? Se a Deus apraz.
Mas já tive os gozos perenes:
Morte honesta não me despraz.

XLIII

Este mundo não é sempiterno,
Por mais queira o rico ladrão:
Somos sob o cutelo eterno.[70]
Tal conforta o pobre ancião
Que gozou da reputação,
Quando jovem, de grande tino.
Mas hoje muita afetação
Passaria por desatino.

XLIV

Hoje é preciso recorrer
A esmolas, tudo o constrange;
Ontem e hoje, roga morrer,
E amargo o coração lhe range.
O temor a Deus o restringe
E não comete o horrível feito.
Mas nisso mesmo a lei infringe
De Deus, e se acha desfeito.

XLV

Car s'en jeunesse il fut plaisant,
Ores plus riens ne dit qui plaise*
— Tousjours viel singe est desplaisant,
Moue ne fait qui ne desplaise.**
S'il se taist affin qu'il complaise,
Il est tenu pour fol recreu ;
S'il parle, on lui dist qu'il se taise
Et qu'en son prenyer n'a pas creu.

XLVI

Aussi ses povres famelettes
Qui vielles sont et n'ont de quoy,
Quant ilz voient ces pucellectes
Emprunter, elles, a requoy,
Ilz demandent a Dieu pourquoy
Sy tost nacquirent n'a quel droit.
Nostre Seigneur se taist tout quoy,
Car a tancer il le perdroit.

XLV

Se foi quando moço agradável,
Hoje não diz mais o que agrade
Velho mono desagradável,
Nada faz que não desagrade.
Ao calar, para comprazer,
Passa por louco declarado.
Ao falar, cortam-lhe o prazer:
"Não dá mais conta do recado".

XLVI

E ainda essas pobres velhotas
Que viver já não têm de quê,
Quando veem essas meninotas
Se prestarem a quem requerer,[71]
Logo perguntam a Deus por que
Nasceram cedo e que decreto
O explica. Sem questões querer,
O Senhor se cala, discreto.

[Les regrets de la Belle Heaumière]

XLVII
Advis m'est que j'oy regrecter
La belle qui fut hëaulmiere,
Soy jeune fille soubzhaicter
Et parler en telle maniere :
« A ! Viellesse felonne et fiere,
Pourquoy m'as si tost abatue ?
Qui me tient que je ne me fiere*
Et qu'a ce coup je ne me tue ?

XLVIII
« Tolu m'as la haulte franchise*
Que beaulté m'avoit ordonné
Sur clers, merchans et gens d'Eglise,
Car lors il n'estoit homme né
Qui tout le scien ne m'eust donné,
Quoy qu'il en feust de repentailles,
Mais que lui eusse abandonné
Ce que reffusent truandailles.

XLIX
« A maint homme l'ay reffusé
— Qui n'estoit a moy grant sagesse —
Pour l'amour d'un garson rusé,
Auquel j'en feiz grande largesse.
A qui que je feisse fynesse,

Os lamentos da Bela Armeira

A velha que recorda o tempo de sua juventude

XLVII

Pareceu-me ouvir lamentar
Essa que foi a Bela Armeira,[72]
Por juventude a suspirar
E queixar-se desta maneira:
"Ah, velhice, vil, traiçoeira,
Por que tão cedo já me abate?
O que me impede, a mão certeira,
Que de um golpe só eu me mate?

XLVIII

"Só contigo o poder fraqueja
Da beleza estabelecido
Sobre tantos, até da Igreja!
Pois não havia homem nascido[73]
Que não me tivesse concedido
Tudo, então, qual fosse o remorso,
Desde que lhe houvesse cedido
O que hoje não querem, nem forço.[74]

XLIX

"Recusei a muitos, decerto,
O que não foi muito sensato,
Pelo amor de um rapaz esperto
A quem me dei toda, num ato.
Se com tantos fingi, de fato,[75]

Par m'ame, je l'aymoye bien ;
Or ne me faisoit que rudesse
Et ne m'amoit que pour le mien.

L

« Sy ne me sceust tant detrainer,
Fouller aux piez, que ne l'aymasse,
Et m'eust il fait les rains trayner,
S'il m'eust dit que je le baisasse,*
Que tous mes maulx je n'oubliasse.
Le glouton, de mal entaichié,
M'embrassoit... J'en suis bien plus grasse !
Que m'en rest'il ? Honte et pechié.

LI

« Or est il mort, passé trente ans,*
Et je remains, vielle, chenue.
Quant je pense, lasse ! au bon temps,
– Quelle fus, quelle devenue –**
Quant me regarde toute nue***
Et je me voy si tres changee,
Povre, seiche, maigre, menue,
Je suis presque toute enragiee.

LII

« Qu'est devenu ce front poly,
Ces cheveux blons, sourciz voultiz,*
Grant entreuil, le regard joly,**
Dont prenoie les plus soubtilz,
Ce beau nez droit, grant ne petiz,

Juro que a ele amava — e quanto!
Mas me tratou com desacato:
Os meus bens eram seu encanto.

L

"Nem porque me batesse tanto,
Me humilhando, de amar cessava.
Arrastava-me pelo chão,
Mas me pedia que o beijasse.
Esquecia e perdia a classe.[76]
O voraz, de mal encharcado,
Me abraçava... engordei num passe.
Que restou? Vergonha e pecado.

LI

"Já morreu, há anos passados,
E já estou velha, encanecida.
Quando penso, ai, no passado,
No que era, e a tal reduzida,
Quando à nudez sou recolhida
E me vejo tão transformada,
Pobre, seca, magra, encolhida,
De fúria fico transtornada.

LII

"Que se fez de fronte tão lisa,
Louros cabelos, arcocílios,
Claro cenho e olhos de riso
Que enredavam os mais sutis?
Médio o talhe, reto o nariz,

Ses petites joinctes orreilles,
Menton fourchu, cler viz traictiz,
Et ses belles levres vemailles ;

LIII

« Ses gentes espaulles menues,
Ses braz longs et ces mains traictises,
Petiz tetins, hanches charnues,
Eslevees, propres, faictises*
A tenir amoureuses lices,
Ses larges rains, ce sadinet
Assiz sur grosses fermes cuisses
Dedens son petit jardinet ?

LIV

« Le front ridé, les cheveux griz,
Les sourciz cheux, les yeulx estains,
Qui faisoient regars et ris
Dont maint meschans furent actains,
Nez courbes, de beaulté loingtaings,
Orreilles pendentes, moussues,
Le visz paly, mort et destains,
Menton froncé, levres peaussues

LV

« – C'est d'umaine beaulté l'yssue –,
Les braz cours et les mains contraictes,
Des espaulles toutes bossues,
Mamelles, quoy ? toutes retraictes,
Telles les hanches que les tectes,

Bem pequenas, juntas orelhas,
Queixo em cova, claro o matiz,
E essa bela boca vermelha?

LIII

"E as belas espáduas miúdas,
Braços longos, mãos longas, finas,
Breves seios, ancas carnudas
Altas, bem-feitas, femininas,
Próprias às lides venusinas;
Flancos amplos, e esse recanto,
Em firmes coxas, funda mina,
Nesse jardim de tanto encanto.

LIV

"Fronte em ruga, cabelos gris,
Sobrancelhas baixas, destintos
Olhos de outro mirar feliz
Que venceram os mais distintos;
Nariz curvo, do belo extinto,
E as orelhas murchas, pendentes;
Rosto frouxo, morto, retinto,
Queixo em pregas, lábios cadentes.

LV

"Eis que a beleza humana afunda!
Braços curtos, mãos contraídas,
E espáduas viram corcundas.
Mamas, como? Estão retraídas;
Como as tetas, ancas caídas.

Du sadinet, fy ! Quant des cuisses,
Cuisses ne sont plus, mais cuissectes
Grivelees comme saulcisses.

LVI

« Ainsi le bon temps regretons,
Entre nous, povres vielles soctes,
Assises bas, a cruppetons,
Tout en ung tas, comme peloctes,
A petit feu de chenevoctes,
Tost alumees, tost estainctes.
Et jadiz fusmes si mignotes !
Ainsi en prent a maint et maintes. »

O recanto? Fiu! Quanto às coxas...
Coxas não, coxinhas cozidas
Mosqueadas como salsichas.

LVI

"O bom tempo, assim, lamentemos,
Entre nós, tão pobres velhotas,
E em roda, agachadas fiquemos,
Empilhadas como pelotas,
Junto a esse fogo de gravetos,
Aqui aceso e logo extinto.
Onde os encantos tão facetos?
É o fado a todos indistinto."

Ballade
[de la Belle Heaumière aux filles de joie]

« Or y pensez, belle Gaultiere,
Qui m'escolliere souliez estre,*
Et vous, Blanche la savetiere,
Or est il temps de vous congnoistre.**
Prenez a destre et a senestre,
N'espargniez homme, je vous prie,
Car vielles n'ont ne cours ne estre
Ne que monnoye qu'on descrye.

« Et vous, la gente saulcissiere,
Qui de dancer estes adestre,
Guillemete la tappiciere,
Ne mesprenez vers vostre maistre :
Tost vous fauldra clore fenestre.
Quant deviendrez vielle, flestrye,
Plus ne servirez q'un viel prestre
Ne que monnoye c'on descrye.

« Jehanneton la chapperonniere,
Gardez qu'amy ne vous empestre ;
Et Katherine la bourcïere,***
N'envoyez plus les hommes paistre,
Car qui belle n'est ne perpestre
Leur masle grace mais leur rie.
Laide viellesse amour n'impestre
Ne que monnoye c'on descrye.

Balada

A Bela Armeira às moças de vida alegre

Refleti, pois, bela Luveira,
Que aqui viestes aprender,
E também Branca, a Sapateira:
É tempo de vos precaver.
Ide a toda parte prender,
Sem poupar um, é o meu clamor:
Quando velhas ireis perder,
Quais moedas sem mais valor.[77]

Procurai, gentil Salsicheira –
Mestra da dança e do prazer –
E Guilhermina, a Tapeceira,
Contra mestres não malfazer:
O ofício vai se desfazer.
Tereis só de um padre o palor,
Não ireis, velhas, aprazer,
Quais moedas sem mais valor.

E ainda Joana, a Chapeleira,
Guardai-vos de a amigos ceder;
E vós Catarina, a Bolseira,
Nenhum façais retroceder.
Quem não é bela, deve ter,
Siso, não, mas riso e calor.
Nada as velhas podem obter,
Quais moedas sem mais valor.

« Filles, vueilliez vous entremectre
D'escouter pourquoy pleure et crye :
Pource que je ne me puis mectre
Ne que monnoye c'on descrye. »

Jovens, buscai compreender
Porque clamo esse desvalor:
Ninguém pode nos despender
Quais moedas sem mais valor.

LVII

Ceste leçon icy leur baille
La belle et bonne de jadiz.
Bien dit ou mal, vaille que vaille,
Enregistrer j'ay fait ces diz
Par mon clerc Fremin l'estourdiz,
Aussi rassiz que je puis estre.*
S'il me desment, je le mauldiz :**
Selon le clerc est deu le maistre.

LVIII

Sy apperçoy le grant danger
Ouquel omme amoureux se boute.*
Et qui me vouldroit laidanger
De ce mot, en disant : « Escoute !
Se d'amer t'estrange et reboute
Le barrat de celles nommees,
Tu faiz une bien folle doubte,
Car ce sont femmes diffamees.

LIX

« S'ilz n'ayment fors que pour l'argent,
On ne les ayme que pour l'eure ;
Rondement ayment toute gent
Et rient lors que bourse pleure.*
De celles cy n'est qui ne queurre ;
Mais en femmes d'onneur et nom
Franc homme, si Dieu me sequeure,
Se doit emploier, ailleurs nom. »

LVII

Esta é a lição que agora espalha
A que foi tão bela – se diz,
Se bem ou mal, valha o que valha,
Registrar tudo me condiz,
A Fremin ditando, aprendiz,[78]
Sereno como um burgomestre.
E o maldigo, se me desdiz:
Pelo aprendiz se julga o mestre.

LVIII

Mas já percebo o grande risco
De que um amoroso desfruta.
A advertências me arrisco
Sobre tal propósito: "Escuta,
Foges ao amor e à disputa
Por temor dessas afamadas?
É tolice, e nem se discuta,
Pois são mulheres infamadas.

LIX

Se elas amam só pelo ouro,
Vai-se a elas por uma hora.
Pois dão-se a todos com desdouro
E riem, quando a bolsa chora.
Pensam só em suas melhoras.
Só com damas de bom renome,
Homem reto, que a Deus penhora,
Deve empenhar o ardor e o nome."

LX

Je prens qu'aucun dye cecy,
Sy ne me contente il en rien.
En effect, il conclud ainsi,
Et je le cuide entendre bien,
Qu'on doit amer en lieu de bien.
Assavoir mon se ses fillectes
Qu'en parolle toute jour tien,
Ne furent ilz femmes honnestes ?

LXI

Honnestes si furent vrayment,
Sans avoir reprouches ne blasmes.
Sy est vray qu'au commencement
Une chacune de ses femmes
Lors prindrent, ains qu'eussent diffames,
L'une ung clerc, ung lay, l'autre ung moyne,
Pour estaindre d'amours les flasmes,*
Plus chaudes que feu saint Anthoyne.

LXII

Or firent selon le decret*
Leurs amys, et bien y appert :
Ilz amoient en lieu secret,
Car autre qu'eulx n'y avoit part.**
Touteffoiz ceste amour se part,***
Car celle qui n'en avoit q'um
De celluy s'eslongne et depart
Et ayme mieulx aimer chascun.

LX

Que isso alguém diga, eu suponho,
Mas em nada me satisfaz.
Se dessa conclusão disponho
E se entendê-la me compraz,
Deve-se amar o que à honra apraz.
Resta saber se as de má fama,
Com quem bom acordo se faz,
Não já foram honestas damas.

LXI

Honestas? Foram, certamente,
Como as de quem não se reclama.
Mas um dia, primeiramente,
Cada uma dessas tais damas,
Muito antes de ter má fama,
Foram de monges e mais crentes
Para extinguir do amor a chama
Mais quente que o "mal dos ardentes".[79]

LXII

E agiram segundo o Decreto,[80]
Seus amigos, parece, à parte,
Por amar em lugar secreto,
Do qual um outro não comparte.
Todavia amor se reparte:
E aquela que um amor requer
Dele se afasta, e quando parte
Prefere então amar qualquer.

LXIII

Qui les meut a ce ? G'ymagine,
Sans l'onneur des dames blasmer,*
Que c'est nature femeninne
Qui tout vivement veult amer.**
Autre chose n'y sçay rimer
Fors qu'on dit a Rains et a Troys,
Voire a L'Isle et a Saint Omer,
Que six ouvriers font plus que trois.

LXIV

Or ont ces folz amans le bont
Et les dames prins la vollee.
C'est le droit loier qu'amours ont,*
Toute foy y est vïollee.
Quelque doulx baisier n'acollee,
« De chiens, d'oiseaulx, d'armes, d'amours »,
— Chascun le dit a la vollee —,**
« Pour ung plaisir mille doulours ».***

LXIII

O que as leva a isso? Imagino,
Sem lhes a honra difamar,
Que é do natural feminino
A tudo vivamente amar.
Outra coisa não sei rimar,
Fora o que em Reims e Troyes se fez
Voz, ou em Lille e em Saint-Omer:
Seis obreiros são mais que três.

LXIV

Aos amantes, pois, se rebate,
E as damas voam vento afora,[81]
Eis o fim do jogo ou combate:
Qualquer jura é jogada fora,
Abraços, beijos, tudo embora.
"De cães, aves, armas, amores,"
(É o que se diz a toda hora)
"Para algum aprazer, mil dores."[82]

[Double ballade continuant le premier propos]

Pour ce, aymez tant que vouldrez,
Suivez assemblees et festes,
En la fin ja mieulx n'en vauldrez
Et si n'y romperez que voz testes.*
Folles amours font les gens bestes :
Salmon en ydolatria,
Sanson en perdit ses lunectes.
Bien eureux est qui rien n'y a !

Orpheüs le doulx menestrier,
Jouant des fluctes et musectes,
En fut en danger du murtrier**
Chien Cerberuz a quatre testes ;
Et Narcisus le bel honnestes***
En ung parfont puis se noya
Pour l'amour de ses amourectes.
Bien eureux est qui rien n'y a !

Sardana le preux chevallier,
Qui conquist le resne de Crestes,
En voulut devenir moullier
Et filler entre pucellectes ;
David ly roys, saiges prophetes,
Crainte de Dieu en oublia,
Voyant laver cuisses bien fetes.
Bien eureux est qui rien n'y a !

Dupla balada

Por isso, amai a vosso grado,
Ide a festas, danças, retretas.
Se ao fim não for do vosso agrado,
Perdereis só cabeça e pelos.
Louco amor a todos afeta:
Salomão, os ídolos quis,[83]
E Sansão perdeu os cabelos.[84]
Quem nada quer é mais feliz.

Com a flauta e a gaita a soar,
Orfeu, menestrel e poeta,
Arriscou Cérbero enfrentar,
O mastim de quatro cabeças.[85]
E Narciso, o belo e asceta,[86]
Por amor do amor infeliz,
Afogou-se em águas revessas.
Quem nada quer é mais feliz.

Sardanapalo, o herói sem par,
Que venceu o reino de Creta,[87]
Quis em mulher se transformar
Fiando entre as virgens de Creta.
O rei Davi, sábio profeta,
O temor de Deus não mais quis
Ao ver lavarem belas tetas.[88]
Quem nada quer é mais feliz.

Amon en voult deshonnorer,
— Faignant de menger tartelectes —
Sa seur Thamar et defflorer,
Qui fut inceste deshonnestes ;****
Herodes, pas ne sont sornectes,
Saint Jehan Baptiste en decola
Pour dances, saulx et chansonnectes.
Bien eureux est qui rien n'y a !

De moy, povre, je vueil parler :
J'en fuz batu comme a ru telles,
Tout nu, ja ne le quiers celler.
Qui me fist macher ces groselles
Fors Katherine de Vauselles ?
Noel le tiers ot qui fut la
Mitaines a ses nopces telles.
Bien eureux est qui riens n'y a !

Mais que ce jeune bachelier
Laissast ces jeunes bachelectes ?
Non, et le deust on vif bruler
Comme ung chevaucheur d'escouvetes,*****
Plus doulces lui sont que cyvectes,
Mais touteffoiz fol s'i fya :
Soient blanches, soient brunectes,
Bien eureux est qui riens n'y a !

Amon pretendeu desonrar
(Comendo tortas só por treta)
E deflorar a irmã Tamar
(Um incesto, ação muito preta).[89]
Herodes — sem historietas —
João Batista degolou, se diz,
Por danças, saltos, cançonetas.[90]
Quem nada quer é mais feliz.

De mim, pobre, quero falar:
Fui batido qual trapo reles
E despido (por que ocultar?).[91]
Quem me fez castigar a pele?
Quem? Catherine de Vausselles![92]
Noel, o outro, *vis-à-vis*,[93]
Núpcia igual sinta na pele!
Quem nada quer é mais feliz.

Mas deve um moço abandonar,
Assim, sem mais, belas facetas?
Nem se vivo o queiram queimar,
Como as bruxas em piruetas!
São mais doces loucas falsetas.
E em doidos confiar condiz?
Sejam brancas, morenas, pretas,
Quem nada quer é mais feliz.

LXV

Se celle que jadiz servoye
De si bon cueur et loyaulment,
Dont tant de maulx et grief j'avoye
Et souffroye tant de tourment,
Se dit m'eust au commancement
Sa voulenté, mais nennil, las !
J'eusse mis paine aucunement
De moy retraire de ses las.

LXVI

Quoy que je lui voulsisse dire,
Elle estoit preste d'escouter
Sans m'acorder ne contredire.
Qui plus, me souffroit acouter
Joignant d'elle, pres m'accouter,*
Et ainsi m'aloit amusant
Et me souffroit tout raconter,
Mais ce n'estoit qu'en m'abusant.

LXVII

Abusé m'a et fait entendre
Tousjours d'un que se feust ung autre :
De farine que ce feust cendre,
D'un mortier ung chappel de faultre,
De viel machefer que feust peaultre,*
D'ambesars que ce fussent ternes**
— Tousjours trompeur autruy engaultre***
Et rent vecyes pour lanternes —****

LXV

Se aquela a quem servi outrora
De bom grado e sem fingimentos,
Que tanto mal fez-me (em má hora)
E me infligiu tantos tormentos,
O seu secreto pensamento
Me revelasse (Ai, mas nem traços!),
Teria feito um movimento
Para livrar-me de seus laços.

LXVI

O que eu cismasse em lhe dizer
Estava pronta a me escutar
Sem ceder nem contradizer;
E mais, se deixava auscultar
De mui perto, sem se ocultar.
E ia assim me distraindo
Com o que eu tivesse a lhe contar,
Mas estava, assim, me traindo.

LXVII

Como uma bruxa com a varinha
Sempre uma coisa era a inversa,
Dando a cinza como farinha,
Por solidéu, um gorro persa,
Por estanho, escória dispersa
Ou dois ases por uma trinca
(Quem blefa diz coisa diversa:
Gato por lebre, enquanto brinca).

LXVIII

Du ciel une paille d'arrain,
Des nues une peau de veau,
Du matin qu'estoit le serain,*
D'un troingnon de chou ung naviau,
D'orde servoyse vin nouveau,
D'une truye ung molin a vent
Et d'une hart ung escheveau,
D'un graz abé ung poursuivant.

LXIX

Ainsi m'ont Amours abusé
Et pourmené de l'uys au pesle.
Je croy qu'omme n'est si rusé,
Fust fin com argent de coepelle,
Qui n'y laissast linge, drappelle,
Mais qu'il fust ainsi manïé
Comme moy, qui partout m'appelle
L'amant remis et renÿé.

LXX

Je regnye Amours et despite
Et deffie a feu et a sang.
Mort par elle me precepicte,
Et ne leur en chault pas d'ung blanc.*
Ma vïelle ay mis soubz le banc,
Amans je ne suiveray jamaiz ;
Se jadiz je fuz de leur renc,
Je declaire que n'en suis maiz ;

LXVIII

As nuvens, pele de vitela,
E o céu, a panela de cobre;
A manhã? Uma luz de vela,
E na couve um nabo se encobre;
Cerveja ruim por vinho nobre,
Catapultas por cata-ventos;
Por um novelo, cordão pobre,
Um frei gordo por irmão bento.

LXIX

Eis-me de amores abusado
E deposto ante a fechadura.
Não conheço um tão avisado,
Mesmo fino qual prata pura,
Que não largasse a vestidura
Se fosse assim subtraído
Como eu nessa investidura
De amante negado e traído.

LXX

Amores? Desprezo e renego,
A ferro e fogo na anteporta,
Pois com eles vida me nego
E nenhum ceitil lhes importa.
Guardo a viola atrás da porta
E não sigo amantes, jamais.
Essa grei já não me comporta:
Dela, declaro, não sou mais.

LXXI

Car j'ay mis le plumail au vent :
Or le suive qui a actente !
De ce me taiz doresnavant,
Car poursuivre vueil mon entente.*
Et s'aucun me interrogue ou tente
Comment d'Amours j'ose mesdire,
Ceste parolle le contente :
« Qui meurt a ses hoirs doit tout dire. »**

LXXII

Je congnois approucher ma seuf,
Je crache blanc comme coton
Jacoppins groz comme ung estuef.
Qu'esse a dire ? Que Jehanneton
Plus ne me tient pour valleton,
Mais pour ung viel usé rocquart :
De viel porte voix et le ton,
Et ne suis q'un jeune cocquart.

LXXIII

Dieu mercy et Tacque Thibault,
Qui tant d'eaue froide m'a fait boire,
Mis en bas lieu, non pas en hault,*
Menger d'angoisse mainte poire,
Enferré... Quant j'en ay memoire,
Je prie pour luy, *et relicqua*,
Que Dieu lui doint, et voire voire,
Ce que je pense, *et cetera*.

LXXI

Já lancei meu penacho ao vento,
Quem quiser o arrebate agora.
Calo de vez os meus inventos
Pois já chegou a vez e a hora.
E se alguém me indagar, embora,
Como ouso o Amor maldizer,
Terá resposta sem demora:
"Quem morre, pode o mal dizer".

LXXII

Sinto que em mim a sede brota
E cuspo, branco igual a linho
Jacobinos grossos, pelotas.[94]
Que quer dizer? Que o Amorzinho[95]
Já não me tem por rapazinho
Mas por rocim velho e capengo:
De velho tenho o desalinho,
Sou, porém, um jovem sem quengo.

LXXIII

Louvo a Deus e a Tacque Thibault[96]
Que água fria fez-me beber[97]
Nos porões, e me condenou
A peras de angústia comer[98]
Posto em ferros. Ao reviver,
Por ele, rezo, ali no éter a
Que Deus lhe dê, a ver, a ver!
O que ora penso e… etcétera.

LXXIV

Touteffoiz, je n'y pense mal
Pour lui, ne pour son lieutenant,*
Aussi pour son officïal
Qui est plaisant et advenant,
Que faire n'ay du remenant
Mais du petit maistre Robert :
Je les ayme tout d'un tenant,
Ainsi que fait Dieu le Lombart.

LXXV

Sy me souvient bien, Dieu mercis,*
Que je feiz a mon partement
Certains laiz, l'an cinquante six,
Qu'aucuns, sans mon consentement,
Voulurent nommer testament.
Leur plaisir fut et non le myen.**
Mais quoy ! on dit communement :
Ung chacun n'est maistre du scien.

LXXVI

Pour les revocquer ne le diz,
Et y courrust toute ma terre.
De pictié ne suis reffroydiz
Envers le bastard de la Barre :
Parmy ces troys gluyons de feurre
Je lui donne mes vielles nattes ;
Bonnes seront pour tenir serre
Et soy soustenir sur ses pates.*

LXXIV

No entanto, não lhe quero mal,
Nem a ele, ou a seu tenente,
E idem ao seu oficial
Tão atraente e tão decente;[99]
Nada quanto aos remanescentes,
Salvo Mestre Robert, resguardo.[100]
A todos amo trinamente
Assim como Deus ao lombardo.[101]

LXXV

Se bem lembro, por Deus louvado,
Eu fiz no meu afastamento
Em cinquenta e seis um legado
Que outros, sem meu consentimento,
Cismaram chamar "Testamento".[102]
Foi seu prazer, não foi o meu.
Mas como? É comum pensamento:
Nunca se é dono do que é seu.

LXXVI

Não para revogá-lo, eu digo,
Dou minhas terras como arras;
A piedade não desdigo
Quanto a um tal Bastardo da Barra:[103]
Além das palhas em três jarras
Dou-lhe também velhas esteiras;
Servirão, se nelas se agarra,
A suster-se em patas traseiras.

LXXVII

S'ainsi estoit qu'aucun n'eust pas
Receu le laiz que je lui mande,
J'ordonne qu'aprés mon trespas
A mes hoirs en facent demande.
Mais qui sont ilz ? S'on le demande*
Morreau, Prouvins, Robin Turgis :
De moy, dictes que je leur mande,
Ont eu jusqu'au lit ou je gis.

LXXVIII

Somme, plus ne diray qu'un mot,
Car commencer vueil a tester :
Devant mon clerc Fremin qui m'ot
— S'il ne dort —, je vueil protester
Que n'entens hommes detester
En ceste presente ordonnance,
Et ne la vueil manifester,
Synom ou royaume de France.

LXXIX

Je sens mon cueur qui s'affoiblist
Et plus je ne puis papïer.
Fremin, siez toy pres de mon lit,
Que l'en ne me viengne espïer.*
Pren ancre tost, plume et pappier,**
Ce que nomme escriptz vistement,
Puis fay le partout coppïer.
Et vecy le commancement.

LXXVII

E a quem não tiver recebido
Qualquer legado que eu proclame,
Ordeno, eu morto e tal sabido,
A meus herdeiros, pois, reclame.
E eles quem são? Eis meu reclame:
Moreau, Provins, Robin Turgis,[104]
De mim, a eles se proclame,
Herdaram até o meu jazigo.

LXXVIII

Em suma, não mais se discuta,
Pois desejo logo testar
Ao notário Fremin que escuta[105]
(Se não dorme). Vou protestar
Que a ninguém vou desatestar
Na presente inventariança,
Que não se pode contestar
A não ser no reino de França.

LXXIX

Meu coração já perde o pleito
E nem consigo mais piar.
Fremin, chega perto do leito,
E que ninguém venha espiar;
Pena e tinta, eu vou expiar.
As palavras que digo e meço
Escreve e manda copiar;
E eis aqui onde começo:

LXXX

Ou nom de Dieu, Pere eternel,
Et du Filz que Vierge parit,
Dieu au Pere coeternel
Ensemble et le Saint Esperit,
Qui sauva ce qu'Adam perit
Et du pery parre les cyeulx.
Qui bien se croit peu ne merit,
Gens mors estre faiz petiz dieux.

LXXXI

Mors estoient et corps et ames,
En dampnee perdicïon,
Corps pourriz et ames en flasmes,
De quelxconques condicïon.
Touteffoiz fais exepcïon
Des patriarches et prophetes,
Car, selon ma concepcïon,
Oncques grant chault n'eurent aux fesses.

LXXXII

Qui me diroit : « Qui vous fait mectre
Si tres avant ceste parolle,
Qui n'estes en theologie maistre ?
A vous est presumpcïon folle ! »,
C'est de Jhesus la parabolle
Touchant le riche ensevely
En feu, non pas en couche molle,
Et du ladre de dessus ly.

LXXX

Em nome de Deus-Pai, eterno,
E o Filho, que a Virgem pariu,
Deus também, ao Pai co-eterno,
Que ao Espírito Santo se uniu,
Salvando o que em Adão perece
E enchendo o céu com os perdidos.
Quem o crê, não pouco merece,
Que sejam santos quando idos.[106]

LXXXI

Estavam mortos, corpos, almas,
Numa danada perdição.
Corpos podres, almas em flamas,
Qualquer que fosse a condição.
Contudo, abro uma exceção:
Os patriarcas e os profetas;
Pois, na minha concepção,
Eles eram, no fundo, ascetas.[107]

LXXXII

"Quem te autoriza" — alguém me diz —
"A dar-te ares de docente,
Se em teologia aprendiz?
Em ti, é presunção demente!"
Mas a parábola não mente
Quanto ao rico que foi jogado
Ao fogo e não leito decente,
E ao pobre, tão subjugado.[108]

LXXXIII

Se du ladre eust veu le doyz ardre
Ja n'en eust requis reffrigere
N'au bout d'icelluy doiz aerdre
Pour raffreschir sa maschoüoire.
Pÿons y feront macte chierre,
Qui boyvent pourpoint et chemise.
Puis que boiture y est si chiere,
Dieux nous en garde, bourde jus mise !*

LXXXIV

Ou nom de Dieu, comme j'ay dit,
Et de sa glorïeuse Mere,
Sans pechié soit parfait ce dit
Par moy, plus maigre que chimere.
Se je n'ay eu fievre eufumere,
Ce m'a fait divine clemence ;
Mais d'autre dueil et perte amere
Je me tais, et ainsi commence :

LXXXV

Premier, je donne ma povre ame*
A la benoiste Trinité,**
Et la commande a Nostre Dame,
Chambre de la divinité,
Priant toute la charité
Des dignes neuf ordres des cieulx
Que par eulx soit ce don porté
Devant le trosne precïeulx.

LXXXIII

Se ao pobre visse o dedo arder,
Imploraria o rico para
A ponta do dedo descer
E a língua nele o refrescar?
Aqui não fazem boa cara
Aos que prezam a saideira,
Pois a bebida é muito cara.
Deus nos livre, sem brincadeira!

LXXXIV

Em nome de Deus, acredito,
E da glória em que a Mãe impera,
Sem pecar seja tudo dito
Por mim, mais magro que a quimera;
Se não tive a febre foi mera[109]
Compaixão divina, confesso;
Mas de outra dor e amarga espera[110]
Eu me calo, e assim começo.

LXXXV

Primeiro, a pobre alma eu lego
A esta santíssima Trindade;
E à Nossa Senhora, a delego,
Moradia da divindade,[111]
Rogando pela caridade
Dessas Nove Ordens Celestes[112]
Pelas quais a doação há de
Ser levada ao Trono inconteste.

LXXXVI

Item, mon corps j'ordonne et laisse
A nostre grant mere la terre ;
Les vers n'y trouveront grant gresse,
Trop lui a fait fain dure guerre.
Or lui soit delivré grant erre,
De terre vint, en terre tourne !
Toute chose — se par trop n'erre —
Voulentiers en son lieu retourne.

LXXXVII

Item, et a mon plus que pere,
Maistre Guillaume de Villon,
Qui esté m'a plus doulx que mere,
A enffant levé de maillon*
— Degecté m'a de maint boullon
Et de cestuy pas ne s'esjoye ;
Sy lui requier a genoullon
Qu'il m'en laisse toute la joye —,

LXXXVIII

Je lui donne ma librarye
Et le roumant du *Pet au Deable*,
Lequel maistre Guy Tabarye
Grossa, qui est homs veritable.
Par cayeulx est soubz une table ;
Combien qu'il soit rudement fait,
La matiere est si tres notable
Qu'elle admende tout le meffait.

LXXXVI

Igual, meu corpo ordeno e deixo
À nossa grande mãe, a terra.[113]
Aos vermes, será como um seixo,
Pois fez-lhe a fome dura guerra.
Logo se mude em pó de serra:
Da terra veio, à terra torna;
Toda coisa, se mais não erra,
De bom grado à fonte retorna.[114]

LXXXVII

Igual, a meu mais do que pai,
Mestre Guillaume de Villon,
Quem mais doce que mãe se sai
Ao infante deixado em dom:
Sempre livrou-me, por ser bom,
De muito enredo, o que o amarga.
Ajoelhado, alto e bom som,
Rogo-lhe o mimo dessa carga.

LXXXVIII

Dou-lhe a biblioteca em paz
E o meu romance *Peido ao Diabo*.[115]
Guy Tabarie, homem veraz,[116]
Copiou-o, de cabo a rabo.
Jaz sob a mesa, e ao fim e ao cabo,
Se ele foi rudemente feito,
A matéria, sem menoscabo,
Compensa todos os defeitos.[117]

LXXXIX

Item, donne a ma povre mere
Pour saluer nostre Maistresse,
Qui pour moy ot douleur amere,
Dieu le scet, et mainte tritresse
– Autre chastel n'ay ne forteresse
Ou me retraye corps et ame*
Quant sur moy court malle destresse,
Ne ma mere, la povre femme –.

LXXXIX

Igual, à pobre mãe, encargos,
Para saudar nossa Madona
(Ela teve, Deus sabe, amargos
Padeceres por mim, tristezas),
Pois não tenho outra fortaleza
Onde, corpo e alma, sequer
Tenha abrigo das asperezas,
Nem minha mãe, pobre mulher.

Ballade
[que Villon fait à la requête de sa mère pour prier Notre-Dame]

Dame du ciel, regente terïenne,
Emperiere des infernaulx paluz,
Recevez moy, vostre humble crestïenne,
Que comprinse soye entre vos esleuz,
Ce non obstant qu'oncques riens ne valuz.
Les biens de vous, ma dame et ma maistresse,*
Sont trop plus grans que ne suis pecheresse,
Sans lesquelz biens ame ne peult merir
N'avoir les cieulx. Je n'en suis jangleresse :
En ceste foy je vueil vivre et mourir.

A vostre Filz dictes que je suis scienne ;
De luy soient mes pechiez aboluz.
Pardonne moy comme a l'Egipcïenne,
Ou comme il fist au clerc Theophiluz,
Lequel par vous fut quicte et absoluz,
Combien qu'il eust au deable fait promesse.
Preservez moy de faire jamaiz ce,**
Vierge portant, sans rompture encourir,
Le sacrement c'on celebre a la messe :
En ceste foy je vueil vivre et mourir.

Femme je suis povrecte et ancïenne,
Qui riens ne sçay, oncques lettres ne leuz.
Au moustier voy, dont suis parroissïenne,

Balada para rezar a Nossa Senhora

Senhora dos céus, terrena regente,
Imperatriz dos charcos infernais,
Recebei-me, por ser humilde e crente,
Entre os vossos eleitos triunfais,
Pois sem estar entre os que valem mais.
A vossa bênção, ó Senhora, fora
Talvez demais para esta pecadora,
Mas sem ela não posso merecer
Nem ter o céu. Não sou enganadora:
Vou nesta fé viver e perecer.

Dizei ao Filho eu ser da sua gente
E que perdoe-me as faltas principais;
Como à Egipcíaca, é-me urgente![118]
Ou ao clérigo Teófilo, bem mais,
Por vós salvo e no céu para jamais,
Por mais que ao diabo prometesse embora.[119]
De fazê-lo livrai-me a tempo e à hora,
Virgem, que sem a pureza escurecer,
Portou o sacramento ao qual se ora.[120]
Vou nesta fé viver e perecer.

Eu sou mulher, anciã quase indigente,
Que nada sei, sem letras, ademais.
No mosteiro a que vou, em cor fulgente

Paradiz paint, ou sont harpes et leuz,
Et ung enffer, ou dampnez sont bouluz ;
L'un me fait paour, l'autre joye et lïesse.
La joye avoir me fais, haulte deesse,
A qui pecheurs doivent tous recourir,
Comblés de foy, sans faincte ne parresse :
En ceste foy je vueil vivre et mourir.

Vous portastes, Vierge, digne princesse,***
Jhesus regnant qui n'a ne fin ne cesse.
Le Tout Puissant, prenant nostre foiblesse,
Laissa les cieulx et nous vint secourir,
Offrit a mort sa tres chiere jeunesse.****
Nostre Seigneur tel est, tel le confesse :
En ceste foy je vueil vivre et mourir.

O Céu vejo com harpas e corais,
E o Inferno, no qual fervem os mortais:[121]
Um me ilumina, o outro me apavora.
Dai-me essa luz, alta Deusa e Senhora
A quem devem cristãos encarecer
Cheios de fé, sem logro e sem demora:
Vou nesta fé viver e perecer.

Virgem pura, princesa e portadora
Imaculada, de Cristo, que em dor
Ligou-se a nós, carne perecedora,
Logo vindo dos céus a oferecer
O dom da morte, a juventude em flor.
Nosso Senhor tal é, com seu ardor:
Vou nesta fé viver e perecer.

XC

Item, m'amour, ma chiere rose,
Ne luy laisse ne cueur ne foye ;
Elle aymeroit mieulx aultre chose,
Combien qu'elle ait assés monnoye.
Quoy ? une grant bourse de soye,
Plaine d'escuz, parfonde et large.
Mais pendu soit il, qui je soye,
Qui luy laira escus ne targe ;

XCI

Car elle en a, sans moy, assés.
Mais de cela il ne m'en chault,
Mes plus grans dueilz en sont passés,
Plus n'en ay le croppïon chault.
Si m'en desmez aux hoirs Michault
Qui fut nommé le Bon Fouterre ;
Priés pour luy, faictes ung sault,
A Sainct Sathur gist soubz Sancerre.

XCII

Ce non obstant, pour me acquicter
Envers Amours plus que envers elle
Car oncques n'y peulz acquester
D'espoir une seule estincelle*
— Je ne sçay s'a tous si rebelle
A esté, ce m'est grant esmoy,
Mais, par saincte Marie la belle,
Je n'y voy que rire pour moy —,

XC

Igual, a meu bem, cara Rosa,[122]
De fé ou tripas, falo ou calo:[123]
Queria mais é outra prosa,
Mas já está cheia até o gargalo.
Como? Uma bolsa é o seu regalo,
Cheia de escudos, grande e funda:
Pois então que morra de entalo
Quem nela escudos mais afunda.[124]

XCI

Pois ela tem, sem mim, bastante.
Mas isso não me é mais um peso;
As dores mortas são distantes,
Nem tenho mais o rabo aceso.
Ainda a herdeiros sou preso,
Os de Michault, o Bom Fouterre;[125]
Orai por ele que jaz teso
Em Saint-Satur, sob Sancerre.

XCII

Todavia, para quitar-me,
Mais com o amor, e não com ela,
Pois nunca pôde despertar-me
Uma esperança sem cautela
(E se com todos se rebela
Não sei. E me atormenta, enfim:
Mas por Santa Maria, a bela,
Não vejo do que rir, por mim.)

XCIII

Ceste ballade luy envoye,
Qui se termine tout par erre.
Qui luy portera ? Que je voye...
Se sera Pernet de la Barre,
Pourveu, s'il rencontre en son erre
Ma damoiselle au nez tortu,
Il luy dira sans plus enquerre :
« Orde paillarde, dont viens tu ? »*

XCIII

Esta balada lhe envio,
Que termina toda por R.
Quem a levará, sem desvio?
Vejo só Pernet de la Barre,[126]
Quem, por acaso, quando esbarre
No nariz torcido da bela,
Lhe dirá, com efes e erres:
"De onde vens tu, suja cadela?"

Ballade
[de Villon à son amie]

Faulse beaulté qui tant me couste chier,
Rude en effect, ypocrite doulceur,
Amour dure plus que fer a macher,
Nommer que puis, de ma deffaçon seur,
Cherme felon, la mort d'un povre cueur,
Orgueil mussé qui gens met au mourir,
Yeulx sans pitié, ne veult droit de rigueur,
Sans empirer, ung povre secourir ?

Mieulx m'eust valu avoir esté serchier
Ailleurs secours, s'eust esté mon honneur.
Riens ne m'eust sceu hors de ce fait hacher :
Trocter m'en fault en fuyte et deshonneur.
Haro, haro, le grant et le mineur !
Et qu'esse cy ? Mouray sans coup ferir
Ou pictié veult, selou ceste teneur,
Sans empirer, ung povre secourir ?

Ung temps viendra qui fera dessechier,
Jaunyr, flectrir vostre espanye fleur.
Je m'en reisse, se tant peusse macher
Lors, mais nennil, se seroit dont folleur :
Las ! viel seray ; vous, laide, sans couleur.*
Or buvez fort, tant que ru peult courir ;
Ne donnez pas a tous ceste douleur :
Sans empirer, ung povre secourir.

Balada a sua amiga

Falsa beleza, e cara de talhar,[127]
Rude em verdade e desleal dulçor,
Amor mais duro que o ferro a malhar.
Nomeio-te do mal o transmissor,
Charme infiel, de mim és opressor,
Orgulho oculto que nos faz morrer.
Ímpio olhar, não vens contra o Rigor,
Sem que se expire, um pobre socorrer?

Melhor fora ter ido procurar
Ajuda além, seria a meu favor.
Rigor algum, além deste, a curar:
Trotar em fuga é a meu desfavor.
Hei de bradar: Socorro! Eis meu clamor:
E morrerei sem a nada recorrer?
Ou quer a piedade em seu amor
Sem que se expire, um pobre socorrer?

Virá o tempo de se ressecar
E amarelar e fenecer a flor;
Riria então, pudesse eu mastigar
Ainda. Não, loucura! Eu sem vigor,
Velho estarei, e em ti tudo sem cor;
Bebe hoje, logo, córrego a correr!
Não negues mais, ferido em seu rancor,
Sem que se expire, um pobre socorrer.

Prince amoureux, des amans le greigneur,
Vostre mal gré ne vouldroye encourir,
Mais tout franc cueur doit, pour Nostre Seigneur,**
Sans empirer, ung povre secourir.

Príncipe bom, de amantes o penhor,[128]
Em vosso enfado não quero incorrer.
Não devem almas gradas ao Senhor,
Sem que se expire, um pobre socorrer?

XCIV

Item, a maistre Ytier Merchant,
Auquel mon branc laissay jadiz,
Donne, mais qu'il le mecte en chant,
Se lay contenant des vers dix,
Et au luz ung *De profundiz*
Pour ses ancïennes amours,
Desquelles le nom je ne diz,
Car il me hairoit a tousjours.

XCIV

Igual, a Ythier Marchant,[129]
A quem doei a espada um dia,
Deixo um legado em forma chã
Para que verta em melodia,
E um *De Profundis,* salmodia
Para os seus passados amores.
Não digo os nomes, nem podia,
Pois viria tomar-me as dores.

Lay
[ou plutôt rondeau]

Mort, j'appelle de ta rigueur,
Qui m'as ma maistresse ravie
Et n'es pas encore assouvye
Se tu ne me tiens en langueur.

Onc puis n'eus force ne vigueur.*
Mais que te nuysoit elle en vie ?
Mort ?**

Deux estions et n'avions qu'ung cueur ;
S'il est mort, force est que desvye,
Voirë, ou que je vive sans vie,***
Comme les ymages, par cueur.
Mort !****

Legado

Morte, eu acuso o teu rigor,
Que a minha amante seduziu,
E que ainda não se serviu
De todo, pois tens meu langor:

Já não me resta mais vigor.
E em que ela te foi hostil?
Morte?

E era um só coração-mor:
Se morreu, a morte é devida
A mim, ou que eu viva sem vida
Como as imagens, só de cor,
Morte!

XCV

Item, a maistre Jehan Cornu,
Autre nouveau laiz lui vueil faire,
Car il m'a tousjours secourru
A mon grant besoing et affaire.
Pour ce, le jardin lui tranffaire
Que maistre Pierre Bobignon
M'arenta, en faisant reffaire
L'uys et redrecier le pignon.

XCVI

Par faulte d'un huys g'y perdiz
Ung grez et ung manche de houe.
Alors, huit faucons, non pas dix,
N'y eussent pas prins une aloue :
L'ostel est seur, mais qu'on le cloue.
Pour enseigne y mis ung havet,
Qui que l'ait prins, point ne m'en loue...
Senglante nuyt et bas chevet !

XCVII

Item, et pour ce que la femme
De maistre Pierre Saint Amant
— Combien, se coulpe y a a l'ame,
Dieu lui pardonne doulcement ! —
Me myt ou ranc de caÿmant,
Pour le Cheval blanc qui ne bouge
Lui changay a une jument,
Et la Mulle a ung asne rouge.

XCV

Mas a Jean Cornu me ocorreu[130]
Outro legado lhe fazer,
Porque sempre me socorreu
Em qualquer difícil afazer;
Deixo um jardim por que fazer,
Por Pierre Baubignon marcada[131]
A área, e peço refazer
O portal, acertando a arcada.

XCVI

Perdi, por falta de uma porta.
Um grés e um cabo de enxada.
Oito falcões (ou dez, que importa?)
Não pegavam a calhandra achada.
Segura é a casa, mas fechada.
E não me louve quem desprega
A marca em gancho da fachada:[132]
Em dura enxerga o sono prega.

XCVII

Igual, e posto que a mulher
Desse Pierre Saint-Amant[133]
(Se ela o perdão no fundo quer
Que lhe perdoe o Deus amante)
Deu-me o lugar de mendicante,
Se O Cavalo Branco não pula,
Dou-lhe uma égua coriscante,
E um asno ruivo por A Mula.[134]

XCVIII

Item, donne a sire Denis
Hyncelin, esleu de Paris,
Quatorze muys de vin d'Aulnys
Prins sur Turgis a mes perilz ;
S'il en buvoit tant que periz
En fust son sens et sa raison,
Qu'on mecte de l'eaue es bariz :
Vin pert mainte bonne maison.

XCIX

Item, donne a mon advocat,
Maistre Guillaume Charüau,
Quoy qu'il marchand ou ait estat,*
Mon branc ; je me taiz du fourreau.
Il aura avec ung reau**
En change, affin que sa bourse enffle,
Prins sur la chaussee et carreau
De la grant closture du Temple.

C

Item, mon procureur Fournier
Aura pour toutes ses corvees
— Simple sera de l'espargnier —
En ma bourse quatre havees,
Car maintes causes m'a saulvees,
Justes, ainsi Jhesucrist m'aide ;
Comme telles se sont trouvees,
Mais bon droit a bon mestier d'aide.

XCVIII

Igual, deixo a sire Denis[135]
Hesselin, eleito em Paris,
Os quatorze tonéis de Aunis
Que encomendei junto a Turgis.[136]
Se bebe tanto o que se diz
E se a razão dele se abrasa,
Que ponham água nos barris:
O vinho estraga a boa casa.

XCIX

Igual, ao mestre advogado
Guillaume Charruau, conquanto[137]
A Marchant a tenha legado,
A espada (a bainha, entretanto,
Nem falo). E um real é o quanto
Dou para que a bolsa se infle.
Foi recolhido em algum recanto
Do grande domínio do Temple.[138]

C

Meu procurador Fournier[139]
Terá por todos seus entraves
(Serão fáceis de despender)
De minha bolsa os quatro *haves*.[140]
Pois me salvou de causas graves
E justas, Jesus Cristo acuda!
Foram vistas sob essa clave;
Mas reta causa pede ajuda.

CI

Item, je donne a maistre Jacques
Raguier le Grant Godet de Greve,
Pourveu qu'il paiera quatre placques,
Deust il vendre, quoy qu'il lui griesve,
Ce dont on coeuvre mol et greve,
Aler sans chausses, en eschapin,*
Se sans moy boit, assiet ne lieve
Au trou de la Pomme de Pin.

CII

Item, quant est de Merebuef
Et de Nicolas de Louviers,
Vache ne leur donne ne beuf,
Car vachiers ne sont ne bouviers,
Mais gens a porter espreviers,*
— Ne cuidez pas que je me joue —
Pour prendre perdrys et ploviers,**
Sans faillir sur la Machecoue.

CIII

Item, viengne Robin Turgis
A moy, je lui paieray son vin.
Combien, s'il treuve mon logis,
Plus fort sera que le devin.*
Le droit lui donne d'eschevin
Que j'ay comme enffant de Paris.
Se je parle ung poy poictevin,
Ice m'ont deux dames apris.

CI

Igual, eu deixo a mestre Jacques[141]
Raguier esta A Grande Taça,[142]
Desde que pague quatro *plaques*[143]
(Mesmo se deva, por desgraça,
Vender o couro e a carcaça,
E andar sem calça, de escarpim);
Se ele sem mim senta a carcaça
Na cave La Pomme de Pin.[144]

CII

Igual, e quanto a Merebeuf
E Nicolas de Louvieux,[145]
Não lhes deixo vaca nem boi,
Pois nenhum deles é vaqueiro,
Mas adestrados falcoeiros
(Não pensem que blefo, porém).
Para as perdizes, é certeiro:
Buscar a Machecoue convém.[146]

CIII

Igual, venha Robin Turgis[147]
Até a mim: pago seu vinho.
Se ele descobre em que país
Estou, será mais que adivinho.
Posso elegê-lo aí, previno,
Porque sou filho de Paris:
Se falo um pouco o pitavino[148]
Aprendi com damas gentis.

CIV

Illes sont tres belles et gentes,
Demourant a Saint Generou
Prez Saint Julïen de Voventes,
Marche de Bretaigne ou Poictou.*
Mais i ne dis proprement ou
Yquelles passent tous les jours ;**
M'arme ! i ne seu mie si fou,***
Car i vueil celer mes amours.

CV

Item, a Jehan Raguier je donne,
Qui est sergent, voire des Douze,
Tant qu'il vivra, ainsi l'ordonne,
Tous les jours une tallemouze
Pour bouter et fourrer sa mouse,
Prinse a la table de Bailly ;
A Maubué sa gorge arrouse,
Car au menger n'a pas failly.

CVI

Item, et au Prince des Sotz
Pour ung bon sot Michault du Four,
Qui a la foyz dit de bons motz
Et chante bien « Ma doulce amour »,
Je lui donne, avec le bon jour ;
Brief, mais qu'il fust ung peu en point,
Il est ung droit sot de sejour
Et est plaisant ou il n'est point.

CIV

Graciosas e elegantes,
Residem em Saint-Generoux
Ou em Saint-Julien-de-Vouvantes
Entre a Bretanha e o Poictou.[149]
Mas ne dig, ne mort, un pouc
Ond i vi as dams en flors:
Por Gesuscriste! Ne sou louc:
Quero oculter os meiz amors.

CV

Igual, lego a Jean Raguier,[150]
Que é da guarda, e é um dos Doze,
Todo dia, enquanto viver,
Deem-lhe um suflê com muita pose
(Que à mesa de Bailly repouse)[151]
Para enfiar o seu focinho;
Em Maubué a goela pouse[152]
(No comer ele está sozinho).

CVI

Igual, e ao Príncipe dos Tolos,[153]
Um bom tolo: Michault du Four,[154]
Que, além de espirituoso,
Canta até bem "Ma doulce amour!"[155]
Eu lho dou, com meus cumprimentos;
Em suma: mesmo gracioso,
Quando está, parece um jumento.
Quando não, é delicioso.

CVII

Item, aux Unze Vingt sergens
Donne — car leur fait est honneste
Et sont bonnes et doulces gens
Denis Richier et Jehan Valecte —
A chacun une grant cornecte
Pour pendre a leurs chappeaux de faultres,
J'entens a ceulx a pié, hohecte !
Car je n'ay que faire des autres.

CVIII

De rechief donne a Perrenet
— J'entens le bastart de la Barre —,
Pource qu'il est beau filz et net,
En son escu, en lieu de barre,
Trois dez plombez de bonne quarre
Et ung beau joly jeu de cartes.
Mais quoy ! s'on l'ot vecir ne poire,
En oultre aura les fievres quartes.

CIX

Item, ne vueil plus que Chollet
Dolle, trenche douve ne boise,
Relie broc ne tonnelet,
Mais tous ses houstiz changer voise
A une espee lïonnoise,
Et retiengne le hutinet.
Combien qu'il n'ayme bruyt ne noise,
Sy lui plaist il ung tantinet.

CVII

Aos duzentos e vinte guardas,[156]
Cuja ação honesta reflete
O que de bom neles se guarda,
Receber por eles compete
A Denis Richier, Jean Vallete,[157]
Longa fita para prender
Nos chapéus. Mas só aos pedestres.[158]
Os demais não têm nada a ver.

CVIII

A Perrenet, mais uma vez[159]
(Ou seja, ao Bastardo da Barra)
Por ser rapaz fino, talvez,
Para o brasão, em vez de barra,
Três dados falsos, muita garra
E um perfeito jogo de cartas.
Mais? Se peidar com algazarra,
Terá também as febres quartas.[160]

CIX

Eu a Cholet evitar quis[161]
Que com enxó entalhe mesas
E pregue aros em barris.
Quero que troque a sua empresa
Por uma espada lionesa[162]
E encoste ao lado o martelado:
Se de alvoroços não é presa,
Um tanto é sim do seu agrado.

CX

Item, je donne a Jehan le Lou,
Homme de bien et bon merchant,
Pource qu'il est linget et flou
Et que Cholet est mal serchant,
Ung beau petit chiennet couchant,*
Qui ne laira poullaille en voye,**
Ung long tabart et bien cachant***
Pour les mucer, qu'on ne les voye.

CXI

Item, a l'Orfevre de Boys
Donne cent clouz, queues et testes,
De gingembre sarrazinoys,
Non pas pour acouppler ses boictes,
Mais pour conjoindre cuz et couëctes*
Et couldre jambons et andoulles,
Tant que le let en monte aux tectes
Et le sang en devalle aux coulles.

CXII

Au cappitaine Jehan Riou,
Tant pour lui que pour ses archiers,
Je donne six hures de lou,*
Qui n'est pas vïande a porchiers,
Prins a groz matins de bouchiers
Et cuictes en vin de buffet ;
Pour manger de ses morceaulx chiers,
On en feroit bien ung mauffait.

CX

Dou a Jean le Loup por legado,[163]
Homem de bem, bom mercador,
Porque é franzino e delicado,
E ao tal Cholet, mau caçador,
Perdigueiro, um rastreador
Ao qual não escapem galinhas;
E mais: capote cobridor
Para ocultar suas asinhas.[164]

CXI

Igual, ao Ourives do Lenho,[165]
Cem cravos, cabeças e rabos,
De bom gengibre sarraceno.[166]
Não para unir suas caixetas,
Mas por juntar os cus e os cabos,
E coser presunto e linguiça
Até que o leite suba às tetas
E desça o sangue até a piça.[167]

CXII

Quanto a Jean Riou, em arroubo,[168]
Para com ele e os seus arqueiros,
Deixo seis cabeças de lobos
— Que não é carne de porqueiros —
Graças a cães de açougueiros,[169]
Postas em vinho (de bodega):[170]
Por um pitéu com esse cheiro
A loucuras ninguém se nega.

CXIII

C'est vïande ung peu plus pesante
Que duvet n'est, plume ne liege ;
Elle est bonne a porter en tante
Ou pour user en quelque siege.
S'ilz estoient prins en ung piege,
Que ses matins ne seussent courre,
J'ordonne, moy qui suis son miege,
Que des peaulx sur l'iver se fourre.

CXIV

Item, a Robinet Trouscaille,
Qui en service, c'est bien fait,
A pié ne va comme une caille
Mais sur roncin gras et reffait,
Je lui donne de mon buffet
Une jacte, qu'emprunter n'ose.
Sy aura mesnage parfait,
Plus ne lui failloit autre chose.

CXV

Item, donne a Perrot Girard,
Barbier juré du Bourg la Royne,
Deux bacins et ung cocquemart,
Puis qu'a gaignier mect telle peine.
Des ans y a demye douzaine
Qu'en son hostel des cochons gras
M'apatella une sepmaine,
Tesmoing l'abesse de Pourras.

CXIII

É carne um pouco mais pesada
Do que pena, pluma ou cortiça;
Serve bem numa tenda armada
No campo (se o fogo se atiça).
Se em armadilha se encontrou
E os cães não eram bons de caça,
Sou seu médico e a ordem dou:
Que das peles forro se faça.[171]

CXIV

Igual, a Robinet Trascaille
Que, em serviço (e faz bem feito),[172]
Não vai a pé qual pato vai
Mas em rocim gordo e refeito,
Dou do meu próprio guarda-louça
A cuia que pedir não ousa;[173]
Seu jogo, assim, fica perfeito:
Não faltará mais qualquer coisa.

CXV

Igual, dou a Perrot Girart,[174]
Que é barbeiro em Bourg-la-Reine,
Porque tanto fez por ganhar,
Bacias, um aquecedor.
Em sua casa me cuidou
Há uma dúzia de anos já;
Numa semana me engordou:
Diga a abadessa de Pourras...[175]

CXVI

Item, aux Freres mendïans,
Aux Devotes et aux Beguines,
Tant de Paris que d'Orleans,
Tant Turlupins que Turlupines,
De graces souppes jacoppines
Et flans leur faiz oblacïon,
Et puis aprés, soubz les courtines,*
Parler de contemplacïon.

CXVII

Se ne suis je pas qui leur donne,
Mais de tous enffans sont les meres,
Et Dieu, qui ainsi les guerdonne,
Pour quy seuffrent peines ameres.
Il fault qu'il vivent, les beaulx peres,
Et mesmement ceulx de Paris :
S'ilz font plaisirs a noz commeres,
Ilz ayment ainsi leurs marys.*

CXVIII

Quoy que maistre Jehan de Poullieu
En voulsist dire *et relicqua*,
Contraint et en publicque lieu*
Honteusement s'en revocqua.**
Maistre Jehan de Meun s'en mocqua
De leur façon ; si fist Mathieu ;
Mais on doit honnorer ce qu'a
Honnoré l'Eglise de Dieu.

CXVI

Igual, aos Irmãos Mendicantes,
E às Devotas e Beguinas,
Os de Paris e os de Orléans,
Turlupinos e Turlupinas,[176]
De gordas sopas jacobinas[177]
E de flans eu faço oblação.
E depois, que sob as cortinas
Falem sobre a contemplação.[178]

CXVII

Não sou eu quem dá a dispensa,
Mas, dos filhos todos, as madres,
E Deus, que logo os recompensa
Porque sofrem dores tão acres.
Força é que vivam, os bons padres,
Os de Paris já incluídos.
Se o prazer dão às comadres,
É porque amam seus maridos.

CXVIII

Se bem que Jean de Poullieu[179]
Contra eles argumentou,
Acuado, ele se rendeu,
E em vergonha se retratou.
Mestre Jean de Meung zombou[180]
Deles. E igual fez Mathieu:[181]
Mas se deve honrar quem honrou
Igualmente a Igreja de Deus.[182]

CXIX

Sy me soubzmectz, leur serviteur
En tout ce que puis faire et dire,
A les honnorer de bon cueur
Et obeïr sans contredire.
L'omme bien fol est d'en mesdire,
Car soit a part ou en prescher
Ou ailleurs, il ne fault pas dire,
Ses gens sont pour eulx revenchier.

CXX

Item, je donne a frere Baude,
Demourant en l'ostel des Carmes,
Portant chierre hardie et baude,
Une sallade et deux guisarmes,
Que de Tusca et ses gens d'armes
Ne lui riblent sa caige vert.
Viel est : s'il ne se rent aux armes,
C'est bien le deable de Vauvert.

CXXI

Item, pour ce que le seelleur
Maint estront de mouche a machié,
Donne, car homme est de valleur,
Son seau d'avantaige crachié,
Et qu'il ait le poulce escachié
Pour tout enprendre a une voye ;
J'entens celluy de l'Eveschié,
Car les autres, Dieu les pourvoye !

CXIX

Servi-los, pois, é meu agrado
No que possa fazer, dizer,
A fim de honrá-los de bom grado
E ceder, sem contradizer.
Louco é quem cede ao maldizer,
Pois em reserva ou ao pregar-se
Onde for, melhor não dizer,
Que é gente capaz de vingar-se.[183]

CXX

Igual, eu lego ao irmão Baldo,[184]
Do convento dos Carmelitas,[185]
De rosto alegre e nada baldo,[186]
Um elmo e duas alabardas[187]
Para que Detusca e seus guardas
Não pilhem sua *Caixa Verde*.[188]
É velho: e se não baixa a guarda,
É o próprio Diabo de Valverde.[189]

CXXI

Igual, porque o Selador,
Muita cera tem mastigado,[190]
Dou, por ser homem de valor,
O seu selo já salivado.
Seja o seu dedão achatado
Para imprimir de uma vez só.[191]
Mas, refiro-me ao do Bispado,
Pois os outros, Deus tenha dó.

CXXII

Quant des auditeurs messeigneurs,
Leur granche ilz auront lambroissee,
Et ceulx qui ont les culz rongneux,
Chacun une chaize persee,
Mais que a la petite Macee
D'Orleans, qui ot ma seinture,
L'amende soit bien hault tauxee,*
Elle est une mauvaise ordure.

CXXIII

Item, donne a maistre Françoys,
Promocteur, de la Vacquerie
Ung hault gorgerin d'Escossoys,
Touteffoys sans orfavrerie,
Car, quant receut chevallerye,
Il maugrea Dieu et saint George
— Parler n'en oit qui ne s'en rie —*
Comme enraigé, a plaine gorge.

CXXIV

Item, a maistre Jehan Laurens,
Qui a les povres yeulx si rouges
Par le pechié de ses parens*
Qui burent en baris et courges,**
Je donne l'envers de mes bouges
Pour tous les matins les torcher ;
S'il fust arcevesque de Bourges,
Du cendail eust, mais il est cher.

CXXII

Quanto aos Senhores Auditores,[192]
Terão a quinta revestida;
Seus cus sarnentos, coçadores,[193]
Silhas com furos pras feridas;
Mas com uma multa desferida
À *mignon* Macée d'Orléans:
Ao meu cinto fez investida,[194]
O que é de almas mui vilãs.

CXXIII

Dou a mestre François, cortês
(E Promotor da Vaqueria),[195]
Um alto gorjal escocês[196]
(Sem qualquer ourivesaria).
Ao entrar na Cavalaria
Blasfemou a Deus e São Jorge[197]
(Não há quem saiba e quem não ria)
Como um possesso, a plena voz.

CXXIV

Igual, a mestre Jean Laurens[198]
Que tão vermelhos tem os pobres
Olhos (dos seus pais é herança,
Pois beberam barris e odres)
Dou o reverso de um alforje
Para todo dia secá-lo;[199]
Se ele fosse arcebispo em Bourges,
Teria um cendal, mas me calo.[200]

CXXV

Item, a maistre Jehan Cotart,
Mon procureur en court d'Eglise,*
Devoye environ ung patart
– Car a present bien m'en advise –
Quant chicaner me feist Denise,
Disant que l'avoye mauldicte.
Pour son ame, qu'es cieulx soit mise,
J'ay ceste orroison cy escripte.**

CXXV

Igual, a mestre Jean Cotart,[201]
Meu procurador lá na Cúria,
Devo-lhe cerca de um *patart*[202]
(Recordo agora a minha incúria),
Desde quando Denise em fúria
Acusou-me de maldição.[203]
Por alma dele, sem injúria,
Escrevo aqui esta oração.

Ballade
[et oraison]

Pere Noel qui plantastes la vingne,
Vous aussi, Lotz, qui bustes ou rocher,
Par tel party qu'Amours, qui gens engigne,
De voz filletz si vous fist approucher
— Pas ne le dy pour le vous reproucher —
Archedeclin qui bien seustes cest art,
Tous troys vous pry que vous vueilliez prescher
L'ame du bon feu maistre Jehan Cotart.

Jadiz extraict il fut de vostre ligne,
Lui qui buvoit du meilleur et plus cher,
Et ne deust il avoir vaillant ung pigne.
Certes, sur tous c'estoit ung bon archer ;
On ne lui sceust pot des mains arracher ;
De bien boire oncques ne fut fetart.*
Nobles seigneurs, ne souffrez empescher
L'ame du bon feu maistre Jehan Cotart.

Comme homme beu qui chancelle et trespigne**
L'ay veu souvent, quant il alloit coucher,***
Et une foiz se fist une bigne,****
Bien m'en souvient, a l'estal d'ung bouchier.*****
Brief, on n'eust sceu en ce monde sercher
Meilleur pïon pour boire tost et tart.
Faictes entrer, quant vous orrez hucher,
L'ame du bon feu maistre Jehan Cotart.

Balada e oração

O Pai Noé, que bem plantaste a vinha;[204]
Também tu, Lot, que o vinho quis provar,[205]
E Amor fez ardil que não se adivinha,
Conhecer vossas filhas e aprovar
(E não o digo por vos reprovar);
Arquitriclino, o grão-mestre em tal arte,[206]
A todos rogo não desaprovar
A alma do bom finado Jean Cotart.

Em vossa descendência ele se alinha,
Bebia do mais caro sem piscar,
E nunca, sem vintém, perdeu a linha;
(Sempre n'água, sabia onde pescar).[207]
Ninguém da mão lhe pôde destravar:
A taça. Ou de pitão ficou à parte.
Nobres senhores, não deixeis travar
A alma do bom finado Jean Cotart.

Cambaleando ébrio, em desalinho,
Eu o vi muitas vezes regressar;
Nasceu-lhe um galo quando, em torvelinho,
Deu na telha um balcão ultrapassar.
No mundo é impossível ver passar
Maior pau-d'água, seja cedo ou tarde.
Abri a porta, enfim, para ingressar
A alma do bom finado Jean Cotart.

Prince, il n'eust sceu jusqu'a terre cracher,
Tousjours crioit : « Haro, la gorge m'art ! »
Et si ne sceust onc sa seuf estancher
L'ame du bon feu maistre Jehan Cotart.

Príncipe, nem o chão quis batizar.
Sempre a gritar: "Socorro! A goela arde!"
Nem saberia a sede amenizar
A alma do bom finado Jean Cotart.[208]

CXXVI

Item, vueil que le jeune Marle
Desormaiz gouverne mon change,
Car de changer enviz me mesle,
Pourveu que tousjours baille en change,
Soit a privé soit a estrange,*
Pour troys escus six brectes targes,
Pour deux angelotz ung grant ange,
Car amans doivent estre larges.

CXXVII

Item, j'ay sceu en ce voyage*
Que mes troys povres orphelins
Sont creuz et deviennent en aage
Et n'ont pas testes de belins,
Et qu'enffans d'icy a Salins
N'a mieulx saichant leur tour d'escolle.
Or, par l'ordre des Mathelins,
Telle jeunesse n'est pas folle.

CXXVIII

Si vueil qu'ilz voisent a l'estude,
Ou ? sur maistre Pierre Richier.
Le *Donat* est pour eulx trop rude,
Ja ne les y vueil empescher.
Ilz sauront, je l'ayme plus cher,
Ave salus, tiby decus,
Sans plus grans lettres enserchier :
Tousjours n'ont pas clercs l'au dessus.

CXXVI

Igual, quero que o jovem Merlo[209]
Cuide o meu câmbio, doravante
(Nisso de câmbio, eu me atropelo),[210]
Desde que troque sempre avante,
Com os daqui e os viajantes,
Para três escudos, seis targas.
Dois *angelots*? Um grande *anjo*.[211]
Os amantes têm as mãos largas.

CXXVII

Em viagem fui informado
Que os três pobres órfãos mirins[212]
Estão crescidos e formados
E não têm cabeça sem tino.
Não há criança até Salins[213]
Que melhor decore as lições.
Assim, graças aos Maturinos,[214]
Têm juízo e boas noções.

CXXVIII

Quero também que o trio estude;
Mas com Pierre Richier:[215]
O Donat pra eles é rude,[216]
Não os quero descomprazer.
Aprenderão (é o meu prazer)
O *Ave salus, tibi decus*,[217]
Sem mais estudos por fazer.
Nem sempre estão por cima os sábios.[218]

CXXIX

Cecy estudient, et, ho !
Plus proceder je leur deffens.
Quant d'entendre le grant *credo*,*
Trop fort il est pour telz enffans.**
Mon long tabart en deux je fens,***
Sy vueil que la moictié s'en vende
Pour leur en achecter des flans,****
Car jeunesse est ung peu friande.

CXXX

Et vueil qu'ilz soient informez*
En meurs, quoy que couste basture.
Chapperons aront enformez
Et les poulces sur la sainture,
Humbles a toute creature,
Disans : « Han ? Quoy ? Il n'en est rien ! »
Sy diront gens par adventure :
« Vecy enffans de lieu de bien ! »

CXXXI

Item, et mes povres clergons,*
Ausquelz mes tiltres resigné
— Beaux enffans et droiz comme joncs
Les voyans m'en dessaisiné —,
Sans recevoir leur assigné,
Seur comme qui l'aroit en paulme,
A ung certain jour consigné,
Sur l'ostel de Gueuldry Guillaume.

CXXIX

Que estudem, pois. Aqui me quedo.
Eu os proíbo de ir avante.
Quanto a entender o grande Credo,[219]
É difícil para os infantes.
Rasgo em dois o meu largo manto[220]
Para que se venda a metade
E se comprem doces crocantes.[221]
Há muita gula nessa idade.

CXXX

Quero que sejam bem formados,
Mesmo se com palmadas duras;
Terão os gorros muito armados
E os polegares na cintura;
Serão humildes criaturas.
Dirão: "Hein? O quê? Não é nada!"[222]
E a gente dirá, por ventura:
"Que crianças bem educadas!"

CXXXI

Igual, meus clérigos diletos,[223]
Aos quais tantas doações fiz,
Bons meninos, tão firmes, retos,[224]
Ao vê-los nus eu me desfiz
De uma renda que não quis
(E lhes dou — tão certa ficou-me —
Para quando marque o juiz),
Da casa de Gueuldry Guillaume.[225]

CXXXII

Quoy que jeunes et esbatans
Soient, en riens ne me desplait :*
Dedens trente ans ou quarante ans
Bien autres seront, se Dieu plaist !
Il fait mal qui ne leur complest :
Ilz sont tres beaulx enffans et gens,
Et qui les bat ne fiert, fol est,
Car enffans si deviennent gens.

CXXXIII

Les bources des Dix Huit Clercs
Aront, je m'y vueil traveillier.
Pas ilz ne dorment comme loirs,
Qui troys moys sont sans resveillier.
Auffort, triste est le sommeillier
Qui fait aise jeune en jeunesse,
Tant qu'en fin lui faille veillier
Quant reposer deust en viellesse.

CXXXIV

Sy en rescriptz au collateur
Lettres semblables et parreilles.
Or prient pour leur bienfaicteur
Ou qu'on leur tire les orreilles !
Aucunes gens ont grans merveilles
Que tant m'encline vers ces deulx,
Mais, foy que doy festes et veilles,
Oncques ne vy les meres d'eulx.

CXXXII

Que sejam jovens e maganos,
Isso em nada pesar me traz:
Daqui a trinta ou quarent'anos
Outros serão, se a Deus compraz.
Pena é se o trio não apraz:
São três crianças tão gentis!
E quem neles bate mal faz,
Pois serão homens varonis.

CXXXIII

A bolsa dos Dezoito Clérigos[226]
Terão; me esforçarei por dar.
Não dormem quais ratos silvestres[227]
Por três meses sem acordar.
E é mau (quem não vai concordar?)
Se o jovem dorme por sandice,
Quando mais convinha velar
Por mais repouso na velhice.[228]

CXXXIV

Assim, escrevo ao Colator[229]
Duas cartas iguais, parelhas:
Que rezem por seu benfeitor
Ou lhes puxem bem as orelhas!
Sei que a muita gente semelha
Demais pendor por esses tais.
Mas, por quem na prece ajoelha,
As suas mães não vi jamais.[230]

CXXXV

Item, donne a Michault Cul d'Ou
Et a sire Charlot Tarrenne
Cent solz ; s'ilz demandent : « Prins ou ? »
Ne leur chaille, ilz vendront de manne ;
Et unes houlses de basenne,*
Autant empeigne que semelle,
Pourveu qu'ilz me salueront Jehanne,
Et autant une autre comme elle.

CXXXVI

Item, au seigneur de Grigny,
Auquel jadiz lessay Vissextre,
Je donne la tour de Billy,
Pourveu, se huys y a ne fenestre
Qui soit ne debout ne en estre,
Qu'i mecte tres bien tout a point ;
Face argent a destre a senestre,*
Il m'en fault et il n'en a point.

CXXXVII

Item, a Thibault de la Garde...
Thibault ? je men : il a nom Jehan,
Que lui donrai ge que ne perde ?
— Assez ay perdu tout cest an,*
Dieu y vueille pourvoir, amen ! —
Le Barillet ? Par m'ame, voire,
Genevoys est plus ancïen
Et plus beau nez a pour y boire.

CXXXV

A Michault Cul D'Oue, e também[231]
A Charlot Taranne, vou dar[232]
Cem soldos (Dirão: "De onde vêm?"
Pois bem: cairão qual maná!),
E umas botas de pele (um par)[233]
Com tanta gáspea quanto sola,
Mas se a Joana vão saudar[234]
Ou qualquer outra criançola.

CXXXVI

Igual, ao Senhor de Grigny,[235]
A quem deixei Vicestre outrora,
Eu doo a Torre de Billy.[236]
Se a janela e a porta de fora
Que mal ficam de pé, agora,
Restaurar tudo muito bem.
Busque arranjar, e sem demora,
O que não tem, nem eu também.

CXXXVII

Igual, e a Thibault de la Garde...[237]
Thibault? Minto, o seu nome é Jean.[238]
O que darei que ainda guarde?[239]
(Neste ano todo fiquei sem
Nada. Que Deus me ajude. Amém!)
O Barrilete! Ó luz feliz![240]
Genevois, mais velho, porém,[241]
Para o beber tem mais nariz.

CXXXVIII

Item, je donne a Basennier,
Noctaire et greffier criminel,
De giroffle ung plain panier*
Prins sur maistre Jehan de Rüeil,
Tant a Mautaint, tant a Rosnel,
Et, avec ce don de girofle,
Servir de cueur gent et ysnel
Le seigneur qui sert saint Christofle,

CXXXIX

Auquel ceste ballade donne
Pour sa dame, qui tous biens a.
S'Amour ainsi tous ne guerdonne,
Je ne m'esbahys de cela,
Car au pas conquester l'ala
Que tint Regnier, roy de Cecille,
Ou si bien fist et peu parla
C'oncques fist Hector no Troïlle.*

CXXXVIII

Igual, a Basenier, bravo,[242]
Notário e escrivão penal,
Uma cesta cheia de cravos
(Fornecedor: Jean de Ruel).[243]
Igual a Mautaint e a Rosnel.
Com esta doação se aprovam
Seus préstimos de alma fiel
Ao servidor de São Cristóvão.[244]

CXXXIX

A quem oferto esta balada
Para a sua dama tão justa;
Se alma em amor é embalada
Para poucos, crer não me custa.
Tal prêmio teve numa justa
Que fez Regnier, rei de Sicília;[245]
Venceu calado, em forma augusta:
Mais que Heitor ou que Tróilo brilha.[246]

Ballade
[donné par Villon à un gentilhomme
marié depuis peu, afin qu'il l'envoie à l'épouse
qu'il a conquise à la pointe de l'épée]

Au point du jour, que l'esprevier s'esbat,
Meu de plaisir et par noble coustume,
Bruyt la mauviz et de joye s'esbat,
Reçoyt son past et se joinct a la plume,*
Offrir vous vueil, ad ce desir m'alume,
Joyeusement ce qu'aux amans bon semble :
Sachiez qu'Amours l'escript en son volume,**
Et c'est la fin pourquoy sommes ensemble.

Dame serez de mon cueur sans debat,
Entierement, jusques mort me consume,
Lorrier soüef qui pour mon droit combat,
Olivier franc m'otant toute amertume.
Raison ne veult que je desacoustume
— Et en ce vueil avec elle m'assemble —
De vous servir, mais que m'y acoustume,
Et c'est la fin pourquoy sommes ensemble.

Et qui plus est, quant dueil sur moy s'embat
Par Fortune qui souvent si se fume,
Vostre doulx oeil sa malice rabat
Ne mais ne mains que le vent fait la plume.***
Sy ne pers pas la graine que je sume
En vostre champ, quant le fruyt me ressemble ;

Balada para Robert d'Estouteville[247]

Ao despertar o gavião ao embate,
Move-se por prazer e por costume,
Brilha e canta a calhandra e asas bate,
Recebendo o seu par, pluma na pluma.
Ofertar-vos já quero, com meu lume
Irradiando forte o ardor em flama,
Sabei que Amor gravou em seu volume:
Esta é a razão que junto nos reclama.

Dona sereis de uma alma sem debate
Em toda a vida, até que se consuma;
Louro brando que em minha lei combate,[248]
Oliveira que extrai meu azedume;[249]
Razão não quer que eu me desacostume,
E em tal querer minha voz também clama
De vos servir, e que a tal me acostume:
Esta é a razão que junto nos reclama.

Mais ainda: se a dor em mim se abate
Pela Sorte que o enfado chega ao cume,
O vosso doce olhar logo rebate
Nem mais nem menos como o vento a pluma.[250]
Assim minha semente certa rume
Ao vosso campo, o fruto assim proclama.

Dieu me ordonne que le fouÿsse et fume,
Et c'est la fin pourquoy sommes ensemble.

Princesse, oëz ce que cy vous resume :
Que le mien cueur du vostre desassemble
Ja ne sera ; tant de vous en presume,
Et c'est la fin pourquoy sommes ensemble.

Deus me ordena lavrá-lo com meu gume:[251]
Esta é a razão que junto nos reclama.

Princesa, ouvi o que ora se resume:
Separado de vós jamais se inflama
Meu coração. E em vós igual presume.
Esta é a razão que junto nos reclama.

CXL

Item, a sire Jehan Perdriel
Riens, n'a Françoys son second frere ;
Sy m'ont voulu tousjours aidier
Et de leurs biens faire confrere,
Combien que Françoys, mon compere,
Langues cuisans, flanbans et rouges,
My commandement my priere,
Me recommanda fort a Bourges.

CXLI

Sy alez voir en Taillevant
Ou chappitre de fricassure,
Tout au long, derriere et devant,
Lequel n'en parle jus ne sure ;
Mais Macquaire, je vous asseure,
A tout le poil cuisant ung deable
Afin que sentist bon l'arseure,*
Ce *recipe* m'escript, sans fable :

CXL

Bem, a sire Jean Perdrier,
Ou François, mais novo, nada.[252]
Sempre em ânsia a me socorrer
E ter-me em seus bens por confrade.
Certo, François, que é meu compadre,
Línguas fritas, rubro-flamantes,[253]
Iguaria a ser ordenada
Em Bourges, indicou-me instante.

CXLI

Fui consultar no Taillevent[254]
O capítulo das frituras.
Verso e reverso, em busca vã:
Nada fala, em nenhuma altura.
Mas Macário, é coisa segura,[255]
Enquanto um diabo em pelo azeita
A cheirar bem sua assadura,
Deu-me — sem troça — esta receita.

Ballade

En rïagal, en alcenic rocher,
En orpiment, en salpestre et chaulx vive,
En plomb boulant, pour mieulx les esmorcher,
En suye et poix destrempee de lessive
Faicte d'estronc et de pissat de Juisve,
En lavailles de jambes a meseaux,
En raclure de piez et vieulx houzeaux,
En sain d'aspic et drocques venimeuses,
En fiel de loups, de regnars et blereaux,*
Soient frictes ces langues envieuses !**

En servelle de chat qui hait pescher,
Noir et si viel qu'il n'ait dent en gencyve,
D'un viel matin qui vault bien aussi chier,
Tout enraigé en sa bave et sallive,
En l'escume d'une mulle poussive
Detrenchee menue a bons cyseaux,
En eaue ou ratz plungent groins et museaux,
Regnes, crappaulx et bestes dangereuses,
Serpens, laissars et telz nobles oiseaux,
Soient frictes ces langues envieuses !***

En sublimé dangereux a toucher
Et ou nombril d'une couleuvre vive,
En sang c'on voit es poillectes sechier
Sur ses barbiers, quant plaine lune arrive,
Dont l'un est noir, l'autre plus vert que cyve,

Balada

Que no arsênico em pó, em realgar,
Ouro-pigmento, salitre, cal viva;
E em chumbo ardente por bem ressalgar,
Na fuligem e no breu da lixívia,
Feita de merda e uma urina ativa;
Em lavagem de pernas dos chaguentos,
Raspas de pés, sapatos fedorentos,
Sangue de áspide, drogas venenosas,
No fel dos lobos e zorros cinzentos,
Sejam fritas as línguas invejosas.

Em pó de gato que não quer pescar,
Preto e tão velho que só tem gengiva;
De um mastim velho sempre a defecar,
Rabugento, na baba e na saliva;
Na espuma de uma mula irritativa,
Aparada em pedaços branquicentos;
Na água que os ratos fuçam, focinhentos;
Com rãs, sapos, e bestas perigosas,
Cobras, lagartos e outros ornamentos,[256]
Sejam fritas as línguas invejosas.

No sublimado (há risco em se tocar),
E sobre o umbigo de uma cobra viva;
No sangue das bacias por secar[257]
Dos barbeiros, se a lua cheia aviva,
Ora negro, ora verde mais que oliva;

En chancre et fix et en ses ors cuveaulx****
Ou nourrisses essangent leurs drappeaux,
En petiz baings de filles amoureuses
— Qui ne m'entant n'a suivy les bordeaux —
Soient frictes ces langues envieuses !*****

Prince, passez tous ses frians morceaux,
S'estamine, sacs n'avez, ou bluteaux,******
Parmy le fons d'unes brayes breneuses,
Mais paravant en estronc de pourceaux
Soient frictes ces langues envieuses !*******

Em cancros, chagas, nos baldes sebentos
Onde lavam-se cueiros de rebentos;
Nos banhinhos de moças amorosas[258]
(Quem jamais viu nunca os bordéis frequenta),
Sejam fritas as línguas invejosas.

Príncipe, tais pitéus tão suculentos,
Se não tendes peneira e instrumentos,
Coai em fundas calças pegajosas;
E antes no estrume de porcos nojentos
Sejam fritas as línguas invejosas.

CXLII

Item, a maistre Andry Courault*
Les Contreditz Franc Gontier mande ;
Quant du tirant seant en hault,
A cestuy la riens ne demande :
Le Saige ne veult que contende
Contre puissant povre homme las,
Affin que ses filetz ne tende
Et que ne trebuche en ses las.**

CXLIII

Gontier ne crains : il n'a nulz hommes
Et mieulx que moy n'est herité ;
Mais en ce debat cy nous sommes,
Car il loue sa pouvreté,
Estre povre yver et esté,
Et a felicité repute
Ce que tiens a maleureté.
Lequel a tort ? Or en dispute.*

CXLII

Igual, a·mestre Andry Courault,[259]
"As réplicas a Franc Gontier".[260]
Ao tirano que alto sentou
Eu não tenho nada a dizer.
Diz o sábio: contra o poder
A luta, ao pobre só confunde.[261]
Não se deixe a malha estender
Ou que este nela se afunde.

CXLIII

Gontier não temo: é sem vassalos.
Nem mais do que eu teve a graça
Da herança. A discórdia não calo,
Pois da pobreza ele faz praça:
Verão e inverno na carcaça
Felicidade ele reputa,
O que eu só julgo ser desgraça.
E quem se engana? Eis a disputa.

Ballade
[Les contredits de Franc Gontier]

Sur mol duvet assiz, ung gras chanoine,
Lez ung brasier, en chambre bien natee,
A son costé gisant dame Sidoine,
Blanche, tendre, polye et attintee,
Boire ypocras a jour et a nuytee,
Rire, jouer, mignonner et baisier,
Et nud a nud pour mieulx des corps s'aisier,
Les vy tous deux par ung trou de mortaise.
Lors je congneuz que pour dueil appaisier
Il n'est tresor que de vivre a son aise.

Se Franc Gontier et sa compaigne Elayne
Eussent ceste doulce vie hantee,*
D'oignons, cyvotz, qui causent forte alaine,
N'acontassent une bise tostee.
Tout leur maton ne toute leur potee
Ne prise ung ail, je le dy sans noisier.
S'ilz se vantent couchier soubz le rosier,**
Lequel vault mieulx ? Lit costoyé de cheze ?
Qu'en dictes vous ? Faut il ad ce muser ?
Il n'est tresor que de vivre a son aise.

De groz pain bis vivent, d'orge, d'avoyne,***
Et boyvent eaue tout au long de l'annee ;
Tous les oyseaux de cy en Babiloyne
A tel escot une seulle journee****

Balada
As réplicas a Franc Gontier

Um gordo frade sem mais cerimônia
Senta em mole coxim na atapetada
Sala, e ao seu lado jaz Dama Sidônia,
Branca, lisa, suave e enfeitada.
Haja hipocraz do dia à madrugada,
A rir, brincar, divertem-se a valer,
Os corpos nus por seu maior prazer;
Assim os vi, numa fresta a espreitar:
Senti, então, que para a dor vencer
Não há tesouro igual ao bem-estar.

Se Franc Gontier e sua cara Helena
Tão doce vida houvessem desfrutado,
Alho e cebola, fedendo sem pena,
Não encheriam mais seu pão tostado.
O seu leite coalhado ou a panelada
Não valem um figo (é sem maldizer).
Gabam-se de em rosais adormecer...
Que é melhor? Em almofadas deitar?
Como? E é mais preciso esclarecer?
Não há tesouro igual ao bem-estar.

Pão de aveia e cevada, eis a campônia
Vida que levam. E água só, mais nada.
Todas as aves até a Babilônia
A tal preço nem uma só jornada

Ne me tendroient, non une matinee.
Or s'esbate, de par Dieu, Franc Gontier,
Helayne o luy, soubz le bel esglantier ;
Ce bien leur est, cause n'ay qu'il me poise,
Mais quoy que soit du laboureux mestier,
Il n'est tresor que de vivre a son aise.

Prince, juge, pour tost nous accorder !
Quant est de moy, mais qu'a nulz n'en desplaise,
Petit enffant j'ay oÿ recorder :
Il n'est tresor que de vivre a son aise.

Me prenderiam, dia nem noitada.
Que se alegre, por Deus, Franc Gontier,
Com Helena e os rosais. O que fazer?
Se lhe agrada, não sinto mal-estar.
Porém, seja qual for seu afazer,
Não há tesouro igual ao bem-estar.

Julgai, príncipe, e não vou desdizer.
Mas quanto a mim, se ninguém protestar,
Desde criança sempre ouvi dizer:
Não há tesouro igual ao bem-estar.

CXLIV

Item, pour ce que scet sa Bille
Madamoiselle des Bruyeres,
Donne prescher hors l'Euvangille
A elle et a ses bachelieres,
Pour retraire ses villotieres
Qui ont le bec si affilé,
Mais que ce soit hors cymetieres,
Trop bien au Merchié au fillé.

CXLIV

Igual, porque conhece a Bíblia,
À senhorita de Bruyères,[262]
Concedo pregue o Evangelho,
A ela e suas bacharelas.[263]
Que convertam as tagarelas
De agudo bico, libertinas.
Porém fora dos cemitérios:[264]
No mercado de sedas finas.

Ballade
[des femmes de Paris]

Quoy qu'on tient belles langaigieres
Florentines, Venicïennes,
Assés pour estre messaigieres,
Et mesmement les ancïennes,
Mais soient Lombardes, Roumaines,
Genevoyses, a mes perilz,
Pimontoises, Savoysïennes,
Il n'est bon bec que de Paris.

De tres beau parler tiennent chayeres,*
Se dit on, les Nappolitaines,
Et sont tres bonnes cacquetieres**
Allemandes et Prucïennes.
Soient Grecques, Egipcïennes,
De Hongrie ou d'autre pays,
Espaignolles ou Castellannes,
Il n'est bon bec que de Paris.

Brectes, Souyssez n'y scevent guerres,***
Gasconnes, n'aussi Toullousïenes :****
De Petit Pont deux harengieres
Les concluront, et les Lorraines,
Angleches et Callesïennes
— Ai ge beaucoup de lieux compris ? —
Picardes de Vallencïennes,
Il n'est bon bec que de Paris.

Balada das mulheres de Paris

Têm, é fama, rica linguagem,
Florentinas, Venezianas,
Adestradas para a mensagem
Do amor, como as soberanas
De ontem: Lombardas, Romanas,
Genovesas? Por meu nariz,
Piemontesas, Saboianas:
A língua fina é de Paris.

Do bem falar são catedráticas,
Assim dizem, Napolitanas,
E palradoras muito práticas
As Alemãs e as Prussianas;
Mas sejam Gregas ou Bretãs,
De Hungria ou de outro país,
Espanholas ou Catalãs:
A língua fina é de Paris.

As Suíças não têm maneiras,
Nem as Gascãs ou as Tolosanas:
No Petit Pont duas peixeiras
Lhes calam o bico, e às Lorenas,
Inglesas e Calesianas
(Eu já citei tudo o que quis?).
Picardas de Valencianas:[265]
A língua fina é de Paris.

Prince, aux dames parisïennes
De beau parler donnez le pris ;
Quoy qu'on die d'Italïennes,
Il n'est bon bec que de Paris.

Príncipe, a de Paris ufana
Do bem falar é imperatriz.
Louve-se o mais da Italiana:
A língua fina é de Paris.

CXLV

Regarde m'en deux, troys assises
Sur le bas du ply de leurs robes
En ses moustiers, en ses eglises ;
Tire toy pres et ne te hobes ;*
Tu trouveras la que Macrobes
Oncques ne fist telz jugemens.
Entens, quelque chose en desrobes :
Ce sont tres beaux enseignemens.**

CXLVI

Item, et au mont de Montmertre,
Qui est ung lieu moult ancïen,
Je lui donne et adjoincts le tertre
Qu'on dit le mont Valerïen,*
Et oultre plus un quartier d'an
Du pardon qu'apportay de Romme ;
Sy yra maint bon chrestïen
En l'abbaye ou il n'entre homme.

CXLVII

Item, varletz et chamberieres
De bons hostelz – riens ne me nuyt ! –
Feront tartes, flans et goyeres*
Et grans ralïatz a myenuyt
– Riens n'y font sept pintes ne huit –
Tant que gisent seigneur et dame,
Puis aprés, sans mener grant bruyt,
Je leur ramentoy le jeu d'asne.

CXLV

Olhai duas ou três sentadas
Sobre as pregas dos seus vestidos
Nos conventos, sob as arcadas
Das igrejas: prestai ouvidos;
De tais juízos precavidos
Nem Macróbio fez achamentos.[266]
Ouvi então; tereis sentido:
São todos bons ensinamentos.[267]

CXLVI

Igual, ao morro de Montmartre,
Que é um lugar de muitos anos,[268]
Dou-lhe um outeiro por comparte,
Dito Monte Valeriano;[269]
E, além disso, um quarto de ano
Trouxe de Roma, de indulgência.[270]
Se homens não vão nem por engano
Ali irão em penitência.[271]

CXLVII

Igual, criados, camareiras
De grandes casas (é-me igual),
Farão flans e tortas caseiras,
E à meia-noite a bacanal
(Sete ou oito litros: banal)
Quando dormem dama e senhor;
Depois eu lembro a cada qual
O jogo do asno, sem rumor,[272]

CXLVIII

Item, et a filles de bien,
Qui ont pere, mere et antes,
Par m'ame, je ne donne rien,
Car j'ay tout donné aux servantes ;*
Sy feussent ilz de peu contentes.
Grant bien leur feissent mains loppins,
Aux povres filles, endrementes
Qui se perdent aux Jacoppins,**

CXLIX

Aux Celestins et aux Chartreux ;
Quoy que vie mainent estroicte,
Sy ont ilz largement entre eulx
Dont povres filles ont souffrecte,
Tesmoing Jacqueline et Perrecte,
Et Ysabeau qui dit : « Enné ! »
Puis qu'ilz en ont telle disecte,
A paine en seroit on dampné.

CL

Item, a la Grosse Margot,
Tres doulce face et pourtraicture
— Foy que doy, *brulare bigot* —
Assez devocte creature,
Je l'ayme de propre nature,
Et elle moy, la doulce sade,
Qui la trouvera d'aventure,
Qu'on lui lise ceste ballade.

CXLVIII

Igual, e as meninas de bem,
Que têm pais e mães dedicadas,
Por minha fé, as deixo sem
Nada, pois dei tudo às criadas.
Com pouco elas são contentadas:
Grande bem fariam os finos
Pedaços a essas coitadas
Que se perdem entre os jacobinos.[273]

CXLIX

Os Cartuxos e os Celestinos,[274]
Que, se têm vida tão secreta,
São bem providos (têm bom tino)
Do que os pobres têm dieta.
Digam Jacqueline e Perrete,
Isabel (que diz: "É danado!")[275]
Quem tem tão pouco, se decrete,
Não merece ser condenado.

CL

Igual, a essa Gorda Margot,[276]
Doce rosto, gentil pintura,
Por Jesuscristo, meu senhor,[277]
E tão devota criatura,[278]
A quem amo pela natura
(E ela a mim, tão delicada),
Quem a encontre por ventura
Recite a ela esta balada.

Ballade
[de Villon et de la Grosse Margot]

Se j'ayme et sers ma dame de bon het,*
M'en devez vous tenir ne vil ne sot ?
Elle a en soy des biens a fin soubzhet ;
Pour son amour seins boucler et passot.
Quant viennent gens, je cours et happe ung pot,
Au vin m'en voys, sans demener grant bruyt ;
Je leur tens eaue, froumaige, pain et fruyt.
S'ilz paient bien, je leur diz *bene stat* ;**
« Retournez cy, quant vous serez en ruyt,
En ce bordeau ou tenons nostre estat. »

Mais adoncques il y a grant deshet,
Quant sans argent s'en vient coucher Margot ;
Voir ne la puis, mon cueur a mort la het.
Sa robe prens, demy seint et seurcot,
Sy lui jure qu'il tendra pour l'escot.
Par les costez se prent ; cest Antecrist
Crye et jure par la mort Jhesucrist
Qui non fera. Lors j'empoingne ung esclat,***
Dessus son nez lui en faiz ung escript,
En ce bordeau ou tenons nostre estat.

Puis paix se fait et me lasche ung groz pet,****
Plus enfflé q'un velimeux escarbot.
Riant m'assiet son poing sur mon sommet,
Gogo me dit, et me fiert le jambot.

Balada da Gorda Margot

Se amo e sirvo a dama de bom grado,
Pensareis que sou vil e cabeçudo?
Ela faz tudo que é do meu agrado,
Por seu amor eu cinjo adaga e escudo.
Se vem cliente, a um trago mais graúdo
De vinho me recolho, a um canto perto.
De água, pão, fruta e queijo faço oferta.
"Bene stat" — eu digo a quem mais vaza —[279]
"E volte sempre se embaixo lhe aperta,
Aqui neste bordel que é nossa casa."[280]

Mas ocorre que as coisas ficam pretas
Quando sem prata vem dormir Margot.
Mal posso vê-la, de ódio às suas tretas.
Tomo cinto e jaqueta, e o que mais for,
E juro que me servem de penhor.
Ela, punhos nas ancas, "Anticristo!",[281]
Grita e jura por Nosso Senhor, Cristo,
Que não dará. Com um pau lhe quebro as asas
E em seu nariz lhe gravo o meu escrito
Aqui neste bordel que é nossa casa.

Depois vem paz e solta um peido bruto,
venenoso qual sapo dendrobata.[282]
Logo me acerta, rindo, o cocuruto:
"Vem, vem, neném", nas coxas me arrebata.[283]

Tous deux yvres dormons comme ung sabot.
Et au resveil, quant le ventre lui bruyt,
Monte sur moy, que ne gaste son fruyt ;
Soubz elle geins, plus q'un aiz me fait plat ;
De paillarder tout elle me destruyt,
En ce bordeau ou tenons nostre estat.

Vente, gresle, gesle, j'ay mon pain cuyt.
Je suis paillart, la paillarde me suyt.
Lequel vault mieulx ? Chacun bien s'entressuyt,
L'un l'autre vault, c'est a mau rat mau chat.*****
Ordure aimons, ordure nous assuyt,******
Nous deffuyons honneur, il nous deffuyt,
En ce bordeau ou tenons nostre estat.

E dormimos qual saco de batatas.
Pela manhã quando lhe ronca o ventre,
Monta em mim, antes que se gaste dentro[284]
Seu fruto. Gemo — e em cinza faz-se a brasa;
De tanto futucar, eu me desventro,
Aqui neste bordel que é nossa casa.

Vente, chova, neve — e o meu pão foi cozido.
Igual às marafonas, sou servido.
Lá, mau gato a mau rato, bem medido —
Lado a lado — se sabe a maior rasa?
Onde lama é amor, amor é lama.
Nem quer-se a honra ou ela nos reclama
Aqui neste bordel que é nossa casa.

CLI

Item, a Marïon l'Idolle
Et la grant Jehanne de Bretaigne
Donne tenir publicque escolle
Ou l'escollier le maistre enseigne.
Lieu n'est ou ce marchié se tiengne,
Synom a la grisle de Meun ;
De quoy je diz : « Fy de l'enseigne,
Puisque l'ouvraige est si commun ! »

CLII

Item, et a Noel Jolis,
Autre chose je ne lui donne
Fors plain poing d'ozier frez cueilliz
En mon jardin, je l'abandonne.
Chastoy est une belle aulmosne,
Ame n'en doit estre marry :
Unze vings coups lui en ordonne,
Par les mains de maistre Henry.*

CLIII

Item, ne sçay qu'a l'Ostel Dieu
Donner n'a povres hospitaulx.
Bourdes n'ont icy temps ne lieu,
Car povres gens ont assez maulx.
Chacun leur envoye leurs oz.*
Les Mendïans ont eu mon oye ;
Au fort, ilz en auront les oz.**
A menues gens menue monnoye.

CLI

Igual, a Marion l'Idole
E Jeanne de Bretanha (ó mina!),
Concedo abrir uma escola
Onde o aluno ao mestre ensina.[285]
Pois tal mercado predomina
Onde quer – exceto em Meung;
"Fora", digo, "o letreiro em cima,[286]
Já que o trabalho é tão comum".

CLII

Igual, e a Noel Jolis[287]
Eu dou como legado apenas
Algumas vergas só, que fiz
Colher no jardim. Sem acenos.
E é uma bela esmola, a pena,
Por favor, não vos afligi?
Só duzentas e vinte, ordeno,
Que receba das mãos de Henri.[288]

CLIII

Ao Hôtel-Dieu não sei que dar[289]
E nem aos pobres hospitais;
Aqui não é hora nem lugar
De troças. Já sofrem demais.
Todos mandam o que têm de mais
Em resumo: os ossos aos pobres
Que o ganso dei aos mendicantes.[290]
E ao pobre, moedas de cobre.

CLIV

Item, je donne a mon barbier,
Qui se nomme Colin Galerne,
Pres voisin d'Angelot l'erbier,
Ung groz glaçon — prins ou ? en Merne —
Afin qu'a son aise s'yverne.
De l'estomac le tiengne pres :
Se l'iver ainsi se gouverne,
Il aura chault l'esté d'aprés.

CLV

Item, riens aux Enffans trouvés,
Mais les perdus fault que consolle ;
Sy doivent estre retrouvez
Par droit sur Marïon l'Idolle.
Une leçon de mon escolle
Leur lairay, quine dure guerre ;
Teste n'ayent dure ne folle,
Escoutent ! car c'est la derniere.*

CLVI

[BELLE LEÇON DE VILLON AUX ENFANTS PERDUS]

« Beaulx enfans, vous perdez la plus*
Belle roze de vo chappeau ;
Mes clercs, pres prenans comme glus,
Se vous alez a Montpipeau
Ou a Rüel, gardez la peau,
Car pour s'esbatre en ses deux lieux,
Cuidant que vaulsist le rappeau,
Le perdyt Colin de Cayeulx.

CLIV

Igual, a meu barbeiro e artista
Que se chama Colin Galerne[291]
(Junto a Angelot, o herborista),
Um bloco de gelo (do Marne)
Para que melhor ele inverne.
Que o ponha em cima da barriga
Quem no inverno assim hiberne,
No verão mais calor se obriga.[292]

CLV

Nada, aos Menores Abandonados;[293]
Aos "perdidos", sim, se console.[294]
Eles podem ser encontrados,
Certo, com Marion l'Idole.[295]
Uma lição que não se esqueça
Deixo de breve duração.
Não sejam duros da cabeça:
É a final. Prestem atenção.

CLVI

[*Lição útil aos meninos perdidos*]
"Bons meninos, perdeis a rosa
Do vosso chapéu – a mais bela![296]
Meus doutores de mão viscosa,
Se Empalmares vos apela
Ou o Saltear, cuidai da pele:[297]
A tais sítios se alguém cedeu
Pensou livrar-se quem apele?
Colin de Cayeux a perdeu".[298]

CLVII

« Ce n'est pas ung jeu de troys mailles,
Ou va corps, et peult estre l'ame.
Qui pert, riens n'y sont repentailles*
C'on n'en meurre a honte et diffame,**
Et qui gaigne n'a pas a femme
Dido, la royne de Cartaige.
L'omme est donc bien fol et infame
Qui pour si peu couche tel gaige.

CLVIII

« Q'un chascun encores m'escoute :
On dit, et il est verité,
Que charecterie se boit toute,
Au feu l'iver, au boys l'esté :
S'argent avez, il n'est enté,*
Mais le despendez tost et viste ;**
Qui en voyez vous herité ?
Jamais mal acquest ne prouffficte.

CLVII

Não é jogo de três vinténs
Que corpo e alma, talvez, dana.
O remorso, a quem perde os bens,
Não impede a morte de má fama.
E quem vence, não tem por dama
Quem reinava em Cartago (Dido).
Por tão pouco, é louco e se infama
Quem seu penhor tenha perdido.

CLVIII

Ora, escutai-me sem tropel!
Dizem que, e isso é verdade,
Bebe-se o vinho de um tonel,
No frio ao fogo, ao verão tarde:
Quem tem dinheiro não o guarde,
Mas gaste todo, eu vos conjuro.
Há quem, pensai, a herança aguarde?
O que é mal ganho não tem juros.

Ballade
[de bonne doctrine à ceux de mauvaise vie]

« Car ou soiez porteur de bulles,
Pipeurs ou hazardeurs de dez,
Tailleurs de faulx coings et te brulles
Comme ceulx qui sont eschaudez,
Traictres parjurs de foy vuidez,
Soiez larons, raviz ou pilles,
Ou en va l'acquest, que cuidez ?
Tout aux tavernes et aux filles.

« Ryme, raille, cymballe, luttes,*
Comme folz fainctilz, eshontez ;
Farce, broulle, joue des fluctes ;
Faiz es villes et es cytez
Farces, jeuz et moralitez ;
Gaigne au berlanc, au glic, aux quilles,
Aussi bien va, or escoutez,
Tout aux tavernes et aux filles.

« De telz ordures te recullés,
Labourre, faulches champs et prez,
Sers et penses chevaulx et mulles,
S'aucunement tu n'es lectrez,**
Assez araz, se prens en grez ;
Mais, se chanvre broyes ou tilles,
Ne tens ton labour qu'as ouvrez
Tout aux tavernes et aux filles ?

Balada da boa doutrina

Sejas, pois, vendedor de bulas,[299]
Charlatão que vicia os dados,
Falso moedeiro que pula
Como os que foram escaldados,[300]
Ou perjuro da fé privado,
Sejas ladrão pelas esquinas;
Vai onde o roubo? Tem cuidado:
Tudo às tavernas e às meninas.

Rima, ri e tange o alaúde,
Qual louco finge, disfarçado,[301]
Troça, burla — que a flauta ajude,
Faz, nas vilas e nas cidades,
Farsas, jogos, moralidades,[302]
Ganha nas cartas e nas quinas;
Tudo é igual! Ouve o traçado:
Tudo às tavernas e às meninas.

Das tretas há quem escapula?
Lavra, sega, campos e prados;
Cuida, pensa, potros e mulas,
Se não estás entre os letrados.
Algo terás do teu agrado.
Mas se o linho gramas e afinas
Não é o trabalho destinado
Tudo às tavernas e às meninas?

« Chausses, pourpoins esguilletez,
Robes et toutes voz drappilles,
Ains que vous fassiez piz, portez
Tout aux tavernes et aux filles !

Calças, gibões agulhetados,
E muitas outras vestes finas,
Menos mal que seja levado
Tudo às tavernas e às meninas.

CLIX

« A vous parle, compains de galle,
Mal des ames et bien du corps ;*
Gardez vous tous de ce mal halle
Qui noircist les gens quant sont mors.
Eschevez le, c'est ung mal mors.
Passez vous au mieulx que pourrez,
Et, pour Dieu, soiez tous recors :
Qu'une foyz vendra que mourrez. »**

CLX

Item, je donne aux xv Vings
— Qu'autant vauldroit nommer Troys Cens —
De Paris, non pas de Prouvins,
Car a ceulx tenu je me sens ;
Ilz auront, et je m'y consens,
Sans les estuiz mes grans lunectes,
Pour mectre a part, aux Innocens,
Les gens de bien des deshonnestes.

CLXI

Icy n'y a ne riz ne jeu.
Que leur valut avoir chevances
N'en grans liz de paremens jeu,
Engloutir vins en grasses pances,*
Mener joyes, festes et dances,
Et de ce prest estre a toute heure ?**
Toutes faillent telles plaisances,
Et la coulpe si en demeure.

CLIX

Falo de vós, meus camaradas,
Estais bem, e a alma remorde
Algo. Cuidai da fumarada:
Mancha os mortos, há quem discorde?[303]
Evitai esse mal que morde;
Passai bem, o mais que podeis;
Mas, por Deus, cada um recorde:
Dia virá que morrereis.

CLX

Igual, eu lego aos Quinze-Vingts[304]
(Que bem podiam ser Trezentos)
De Paris, e não de Provins,[305]
Pois deles não me sinto isento.
Eles terão (e acrescento:
Sem o estojo) minhas lentes:
Vão distinguir, nos Innocents,[306]
Inocentes dos insolentes.

CLXI

Não há aqui jogo nem glosas.
De que valeu tanta abastança,
Sono em camas aparatosas,
Encher de vinho gordas panças,
Vida em gozo, risos e danças.
E sempre pronto para a festa?
Sempre acaba toda festança,
E o remorso é tudo que resta.[307]

CLXII

Quant je considere ses testes
Entassees en ses charniers,
Tous furent maistres des Requestes,
Au moins de la Chambre aux deniers,*
Ou tous furent portepaniers ;
Autant puis l'un que l'autre dire,
Car d'evesques ou lanterniers,
Je n'y congnois rien a reddire.

CLXIII

Et icelles qui s'enclinoient
Unes contre autres en leurs vies,
Desquelles les unes regnoient
Des autres craintes et servies,
La les voys toutes assouvies,
Ensemble en ung tas, pesle mesle ;
Seigneuries leur sont ravies,
Clerc ne maistre ne s'i appelle.

CLXIV

Or sont ilz mors, Dieu ait leurs ames !
Quant est des corps, ilz sont pourriz,
Aient esté seigneurs ou dames,
Souëf et tendrement nourriz
De cresme, froumentee ou riz,
Leurs oz sont declinez en pouldre,*
Ausquelz ne chault d'esbat ne riz.
Plaise au doulx Jhesus les assouldre !

CLXII

Quando esses crânios olho, sério,
Amontoados nos carneiros...
Todos foram do magistério
Ou de Conselhos Financeiros,[308]
Ou foram, então, bufarinheiros:
Posso escolher qualquer, a esmo,
Pois, vigários ou lanterneiros,
Para mim dá tudo no mesmo.

CLXIII

E cabeças que se inclinavam
Frente a outras em suas vidas,
Entre as quais algumas reinavam
Sobre outras por quais servidas,
Eu vejo todas revolvidas,
Juntas, igual confusa rama;
As senhorias removidas:
Mestre ou doutor ninguém se chama.[309]

CLXIV

Ora estão mortos, Deus os guarde!
Os seus corpos apodrecidos.
Senhores, damas, em verdade
Delicadamente nutridos
De creme, arroz e de cozidos;
Os seus ossos viraram pó:
Dispensam risos distraídos.
Jesus perdoe e tenha dó.

CLXV

Aux trespassez je faiz ce laiz
Et icelluy je communicque
A regens cours, sieges, palaiz,
Hayneurs d'avarice l'inicque,
Lesquelz pour la chose publicque
Se seichent les oz et les corps :
De Dieu et de saint Dominicque
Soient absolz, quant seront mors !

CLXVI

Item, riens a Jacquet Cardon,
Car je n'ay riens pour lui d'onneste
— Non pas que le gecte habandon —
Synon ceste bergeronnecte.
C'elle eust le chant *Marïonnecte*
Fait pour Marïon la Peautarde,
Ou d'*Ouvrez vostre huys Guillemecte*,
Elle alast bien a la moustarde.

CLXV

Aos defuntos, isso, e não mais,
Estendendo esse benefício
A cortes, salas, tribunais,
Que odeiam a avidez e o vício,
E que pelo público ofício
Se esfolam todos, ficam tortos:
Que por Deus e por São Domingos[310]
Sejam remidos quando mortos.

CLXVI

Igual, nada a Jacquet Cardon.[311]
E não porque à parte eu o meta
Mas por não ter nada de bom,
À exceção desta cançoneta;
Se a cantam como a "Marioneta",
Que é de Marion la Peautarde,
Ou "Abre a porta, Julieta",[312]
Calha a quem busca por mostarda.[313]

[Bergeronnette]

Au retour de dure prison
Ou j'ay laissié presque la vie,
Se Fortune a sur moy envie,
Jugiez s'elle fait mesprison.

Il me semble que par raison
Elle deust bien estre assouvye,
Au retour

Ce cy plaine est de desraison
Que vueille que du tout desvie,
Plaise a Dieu que l'ame ravye
En soit lassus en sa maison !
Au retour

Canção[314]

De retorno da vil prisão
Onde quase deixou-me a vida
Pela má Sorte perseguida,
Pensai se por erro ou ilusão.

Por mim julgo, à luz da razão
Que devesse estar bem servida
De retorno.

Se é tão cheia de desrazão
E ainda se julgue tão devida,
Preze a Deus que esta comovida
Alma pouse em sua mansão
De retorno.

CLXVII

Item, donne a maistre Lomer,
Comme extraict que je suis de fee,
Qu'il soit bien amé – mais d'amer
Fille en chief ou femme coeffee,
Ja n'en ayt la teste eschauffee ! –
Et qu'i ne ly couste une noix
Faire ung soir foiz la faffee,*
En despit d'Auger le Danois.

CLXVIII

Item, donne aux amans enfermes,
Sans le laiz maistre Alain Chartier,*
A leurs chevetz de pleurs et lermes
Trestout fin plain ung benoistier,
Et ung petit brain d'esglantier
Qui soit tout vert, pour guepillon,**
Pourveu qu'ilz diront ung psaultier***
Pour l'ame du povre Villon.

CLXIX

Item, a maistre Jacques James,
Qui se tue d'amasser biens,
Donne fiancer tant de femmes
Qu'il vouldra, mais d'espouser, riens !
Pour quy amasse il ? Pour les sciens.
Il ne plaint fors que ses morceaux ;
Ce qui fut aux truyes, je tiens*
Qu'il doit de droit estre aux pourceaux.

CLXVII

Igual, dou a mestre Lomer,[315]
Porque sou da estirpe das fadas,
Ser amado como bem quer
(Moça airada, ou dama coifada,
Não lhe deixa a cuca abafada!),[316]
E que, sem vinténs ou porquês,
Deite cem vezes na almofada,[317]
Mais que Ugiero, o dinamarquês.[318]

CLXVIII

Deixo aos amantes que vão mal,
Mais que deu Alain Chartier,[319]
Ao leito, a pia batismal,
Muitas lágrimas, a valer,
Com um talinho de roseira
Sempre verde para aspersões,[320]
Se rezarem uma prece inteira
Por alma do pobre Villon.

CLXIX

Igual, a mestre Jacques James,[321]
Que por pouco se mata, enfim,
Eu deixo amar a quantas ame.
Mas, casar com elas? Pois sim!
Para quem tanto junta, enfim?
Só o queixume à mesa o atiça.[322]
O que é das porcas deve, assim,
Voltar aos porcos, por justiça.[323]

CLXX

Item, sera le seneschal,*
Qui uneffoys paia mes debtes,
En recompence mareschal
Pour ferrer oyes et canectes,**
Je lui envoie ses sornectes***
Pour soy desennuyer ; combien,****
S'il veult, face en des alumectes :
De bien chanter s'enuyt on bien.*****

CLXXI

Item, au chevallier du guet
Je donne deux beaux petiz paiges,
Philebert et le groz Marcquet,
Qui tres bien servy, comme saiges,*
La plus grant partie de leurs aages,**
Ont le prevost des mareschaulx.
Helas ! s'ilz sont cassez de gaiges,
Aler les fauldra tous deschaulx.

CLXXII

Item, a Chappellain je laisse
Ma chappelle a simple tonsure,
Chargee d'une seiche messe
Ou il ne fault pas grant lecture.
Resiné lui eusse ma cure,
Mais point ne veult de charge d'ames ;
De conffesser, ce dit, n'a cure
Synon chamberieres et dames.

CLXX

Igual, será o Senescal,[324]
Que as contas me pagou, no ato,
Em recompensa, Marechal,
Para ferrar gansos e patos.[325]
Envio-lhe essas bagatelas
Para a fuga ao tédio; no entanto,
Se preferir, fabrique velas:
É mui tedioso o *bel canto*.[326]

CLXXI

Igual, ao Capitão da Guarda,[327]
Dois pajenzinhos graciosos:
Philibert e o gordo Marquet,[328]
Que serviram, judiciosos,
O preboste, mais que ciosos,[329]
Através de muitos percalços.
Ai! Se lhes cortam preciosos
Ganhos, terão que ir descalços.

CLXXII

Igual, a Chappelain eu lego[330]
"Capela" de simples tonsura.
A uma missa seca o relego:[331]
Não é mister muita leitura.
Tudo legava, sendo cura,
Mas cuidar de almas (é fama)
E de ouvi-las, se descura
(Exceto às criadas e damas).[332]

CLXXIII

Pource que scet bien mon entente
Jehan de Calaiz, honnorable homme,
Qui ne me vist des ans a trente
Et ne scet comment je me nomme,*
De tout ce testament, en somme,
S'aucun y a difficulté,
L'oster jusque au rez d'une pomme
Je lui en donne faculté.

CLXXIV

De le gloser et commanter,
De le diffinir et descripre,
Diminuer ou augmenter,
De le canceller et perscripre
De sa main, et ne sceut escripre,
Interpreter et donner sens
A son plaisir, meilleur ou pire,
A tout cecy je m'y consens.

CLXXV

Et s'aucun, dont n'ay congnoissance,
Estoit alé de mort a vie,
Je vueil et lui donne puissance,
Afin que l'ordre soit suyvie
Pour estre mieulx parassouvye,
Que ceste aulmosne ailleurs transporte,
Sans se l'applicquer par envye,*
A son ame je m'en rapporte.

CLXXIII

Igual, porque sabe a quem lê,
A Jean de Calais, de renome,[333]
Que há trinta anos não me vê
E nem sabe qual é meu nome.
Se alguém meu testamento tome
E lhe encontre dificuldades,
Alisá-las qual pedra-pomes
Eu lhe deixo por faculdade.

CLXXIV

De glosá-lo e de comentá-lo,
De defini-lo e descrevê-lo,
Diminuí-lo ou aumentá-lo,
De o cancelar ou prescrevê-lo,
Com mão própria ou sem escrevê-lo,
Explicá-lo ou dar-lhe um sentido,
Mau ou bom, conforme o desvelo:
A tudo dou por consentido.

CLXXV

E se alguém, sem eu o saber,
Passou da morte para a vida,[334]
Quero, e lhe dou como poder,
A fim de a ordem ser seguida
Para ser melhor concluída,
Transpor donativo e ciência
A outro — sem gula indevida:
Confio em sua consciência.

CLXXVI

Item, j'ordonne a Saincte Avoye,
Et non ailleurs, ma sepulture ;
Et afin que chascun me voye,*
Non pas en char, mais en painture,
Que l'en tire mon estature
D'encre, s'il ne coustoit trop cher ;
De tombel, riens, je n'en ay cure,
Car il greveroit le plancher.

CLXXVII

Item, vueil qu'autour de ma fosse
Ce qui s'enssuit, sans autre histoire,
Soit escript en lectre assez grosse
Et, qui n'auroit point d'escriptouoire,*
De charbon ou de pierre noire
Sans en rien entamer le plastre ;
Au moins sera de moy memoire
Telle qu'elle est d'un bon follastre :

CLXXVI

Mais: em Sainte Avoie, não além,[335]
Ordeno a minha sepultura,
E a fim de que me vejam bem,
Não em carne, mas em pintura,
Que me tracem a bela postura
À tinta, se não for mui caro.
Túmulo? Não, por compostura,
Ou o chão se vai com o descaro.

CLXXVII

Igual, e sobre a minha fossa,
Seja escrito, sem mais história,
O que segue, em letra bem grossa,
E se não há tinta escritória,
Com giz, carvão, qualquer escória.
Sem gravar, seja colocado.
Ao menos fica essa memória
Do que fui: um bom tresloucado.

CLXXVIII

[Épitaphe]

Cy gist et dort en ce sollier
Qu'Amours occist de son raillon,
Ung povre petit escollier
Qui fut nommé Françoys Villon.
Oncques de terre n'eust sillon,
Il donna tout, chascun le scet,
Table, tresteaux, pain, corbillon.
Gallans, dictes en ce verset :*

Verset

Repoz eternel donne a cil,
Sire, et clarté perpetuelle,
Qui vaillant plat ne escüelle
N'eust oncques, ne ung brain de percil.

Il fut rez, chief, barbe et sourcil,*
Comme ung navet c'on ret ou pelle.
Repoz eternel donne a cil,**

Rigueur le transmist en exil
Et lui frappa au cul la pelle,
Non obstant qu'il dit : « J'en appelle ! »
Qui n'est pas terme trop subtil.
Repoz eternel donne a cil.***

Epitáfio

Aqui jaz e dorme constante,
Por setas do amor traspassado,
Um pequeno e pobre estudante
Que foi François Villon chamado.
Jamais teve terra ou arados.
Deu tudo, não é controverso:
Mesas, tripés, cestos, forcados.
Recitai, por ele, estes versos:

Verseto
ou Rondó

Repouso eterno a quem partiu,
Senhor, e plena claridade,
A quem tigela ou prato há-de
Ter valido, sem fibra ou fio

De cabelo ou barba na pele
Foi qual nabo a que se despele.
Repouso eterno a quem partiu;

Rigor a exílio o impeliu
E a pá no cu raspou-lhe o pelo,[336]
Se bem que o "apelo!", a contrapelo,[337]
Disse, e não foi termo sutil.
Repouso eterno a quem partiu.

CLXXIX

Item, je vueil qu'on sonne a bransle
Le groz beffroy qui est de voirre,
Combien qu'il n'est cueur qui ne tremble
Quant de sonner est a son erre.
Sauvé a mainte bonne terre,*
Le temps passé, chascun le scet :
Feussent gens d'armes ou tonnoire,
Au son de luy tout mal cessoit.

CLXXX

Les sonneurs auront quatre miches,
Et se c'est peu, demye douzaine
— Autant n'en donnent les plus riches —
Mais ilz seront de saint Estienne.
Volant est homme de grant peine :
L'un en sera ; quant g'y regarde,
Il en vivra une sepmaine.
Et l'autre ? Auffort, Jehan de la Garde.

CLXXXI

Pour tout ce fournir et parfaire,
J'ordonne mes executeurs
Ausquelz fait bon avoir affaire
Et contentent bien leurs debteurs.
Ilz ne sont pas moult grans vanteurs
Et ont bien de quoy, Dieu mercys !
De ce fait seront directeurs.
Escryptz : je t'en nommeray six.

CLXXIX

Igual, quero que soe o dobre
Do grande sino de rebate[338]
Que de tremor a alma cobre
Quando o seu dobre nos aterra.
Muitos salvou por sobre a Terra
Em tempos idos, é sabido:
Fossem trovões, gente em combate,
Tudo cessava, é consabido.

CLXXX

Aos sineiros dou quatro ticos
De pão, ou se é bem pouco, seis;
Nem mais que isso dão os ricos
(Duros como os de Santo Estêvão).[339]
Vollant, tão esforçado, eis,[340]
Será um, porém Deus me guarde:
Com isso vive quase um mês.
O outro? Ora, Jean de la Garde.[341]

CLXXXI

Para tudo bem se fazer
Nomeio como executores[342]
Os que adoram um quefazer
E contentam seus devedores.
Não se gabam dos seus valores,
Que são tantos, graças a Deus!
Desta empresa são diretores.
Escreve: seis nomeio, e adeus.

CLXXXII

C'est maistre Martin Bellefoye,
Lieutenant du cas criminel.
Qui sera l'autre ? G'y pensoye :
Se sera sire Colombel ;
S'il lui plaist et il lui est bel,
Il entreprendra ceste charge.
Et l'autre ? Michiel Juvenel.
Ces troys seulz et pour tout j'en charge.

CLXXXIII

Mais ou cas qu'ilz s'en excusassent
En redoubtant les premiers fraiz,
Ou totalement reffusassent,
Ceulx qui s'enssuivent cy aprés
Institue, gens de bien tres :
Phelippe Bruneau, noble escuier ;
Et l'autre ? Son voisin d'emprés,
Sy est maistre Jaques Raiguier.

CLXXXIV

Et l'autre ? Maistre Jacques James :
Troys hommes de bien et d'onneur,
Desirans de sauver leurs ames
Et doubtans Dieu nostre seigneur.
Plus tost y mecteront du leur
Que ceste ordonnance ne baillent ;
Point n'auront de contreroleur,
Mais a leur bon plaisir en taillent.*

CLXXXII

Um, mestre Martin Bellefaye,[343]
Assistente no tribunal.
O segundo? Por minha fé,
Nem penso, sire Colombel;[344]
Se lhe cai qual sopa no mel:
Ele assumirá este cargo.
E o outro? Michel Jouvenel.[345]
Só com os três deixo o encargo.

CLXXXIII

No caso em que eles se escusem,
Por temor dos gastos, porém,
Ou que totalmente recusem,
Depois deles, a seguir, vêm
Momeados, gente de bem:
Philippe Brunel, o escudeiro, [346]
E outro, seu bom vizinho, a quem –
Jacques Raguier – deixo herdeiro.[347]

CLXXXIV

E mais Jacques James, enfim.[348]
Três homens de bem, sim senhor,
Que só querem o céu, no fim.
E que temem Nosso Senhor.
Pois dariam tudo em penhor,
A não cumprir o que é disposto;
E não terão supervisor:
Façam o que julguem bem posto.

CLXXXV

Des testamens qu'on dit le Maistre
De mon fait n'arra quy ne quot,
Mais ce sera ung jeune prestre*
Qui est nommé Thomas Tricquot.
Voulentiers busse a son escot,
Et qu'il me coutast ma cornecte ;
S'il sceust jouer en ung tryppot,
Il eust de moy le Trou Perrecte.

CLXXXVI

Quant au regard du luminaire,
Guillaume du Ru je y commectz ;
Pour porter les coings du suaire,
Aux executeurs le remectz.
Trop plus mal me font c'oncques maiz*
Penil, cheveux, barbe, sourcys ;**
Mal me presse, temps desormaiz
Que crye a toutes gens mercys.

CLXXXV

O tal mestre dos Testamentos[349]
Não terá meu *quid* nem *quod*,[350]
Mas um jovem padre, acrescento,
Que se chama Thomas Tricot.[351]
Beberia da sua cota
Mesmo se o meu crânio afundo.
Se soubesse usar a pelota,
Dar-lhe-ia O Buraco Fundo.[352]

CLXXXVI

Com referência às luminárias,
A Guillaume de Ru prometo.[353]
E para as pontas do sudário,
Aos testamenteiros remeto.
Mais que nunca doem no ato
Barba e pelos, fico à mercê
Do mal: e é já tempo, arremato,
Que eu peça a todos por mercê.[354]

[Ballade par laquelle Villon crie merci à chacun]

A Chartreux et a Celestins,
A Mendïans et a Devoctes,
A musars et clacque patins,
A servans et filles mignoctes
Portans seurcoz et justes coctes,
A cuidereaux d'amours transsiz
Chauçans sans mehain fauves boctes,
Je crye a toutes gens mercys.

A fillectes moustrans tetins
Pour avoir plus largement hostes,
A ribleurs mouveurs de hutins,*
A batelleurs trayans marmoctes,
A folz et folles, sotz et soctes,**
Qui s'en vont cyfflant six a six
A marmosetz et marïoctes,***
Je crye a toutes gens mercys.

Synon aux traitres chiens matins
Qui m'ont fait ronger dures crostes,
Et macher, mains soirs et matins,****
Que ores je ne crains troys croctes
— Je feisse pour eulx pez et roctes,
Je ne puis, car je suis assiz —
Auffort, pour esviter rïoctes,
Je crye a toutes gens mercys.

Balada da Mercê

A Cartuxos e a Celestinos.[355]
A Mendicantes e a Devotas,
A paspalhos e a valdevinos,
A galantes e a cocotas
De jaquetas e estreitas cotas,[356]
Aos transidos do amor cortês,[357]
Impávidos, com fulvas botas,
Imploro a todos por mercê.

A moças que mostram tetinhas[358]
Para atrair ricos janotas,
A rufiões com suas rinhas,
A saltimbancos com marmotas,
A histriões em cambalhotas,
Loucos e loucas, seis a seis,[359]
Com cetros, bexigas marotas,[360]
Imploro a todos por mercê.

Mas não a esses pérfidos cães[361]
Que me fizeram duras crostas
Mastigar noites e manhãs.
Aos quais hoje nem mais se nota
E por quem já se peida e arrota.
Mas, sem voz, eu perdi a vez.[362]
Afinal, as coisas bem postas,
Imploro a todos por mercê.

C'on leur froisse les quinze costes
De groz mailletz, fors et massiz,
De plombees et telz peloctes !
Je crye a toutes gens mercys.

Rebentai-lhes, firmes, as costas,
Com porretes de bom jaez,
Chumbo nas pontas quais pelotas:
Imploro a todos por mercê.

[Ballade]

Icy se clost le testament
Et finist du povre Villon.
Venez a son enterrement,
Quant vous orez le carrillon,
Vestuz rouge com vermeillon,
Car en amours mourut martir ;
Ce jura il sur son coullon,
Quant de ce monde voult partir.

Et je croy bien que pas n'en ment,
Car chassié fut comme ung soullon
De ses amours, hayneusement,
Tant que d'icy a Roussillon
Brosses n'y a ne brossillon
Qui n'eust, se dit il sans mentir,
Ung lambeau de son cotillon,
Quant de ce monde voult partir.

Il est ainsi et tellement :
Quant mourut, n'avoit q'un haillon ;
Qui plus, en mourant, mallement
L'espoignoit d'Amours l'esguillon ;
Plus agu que le ranguillon
D'un baudrier lui faisoit sentir
— C'est de quoy nous esmerveillon —,
Quant de ce monde voult partir.

Outra balada

Aqui se fecha o testamento
E se finda o pobre Villon.
Vinde, pois, ao sepultamento,
Quando ouvirdes os carrilhões,
Em trajes rubro-vermelhões.[363]
Foi mártir do Amor a servir,
Isso jurou por seus colhões
Quando do mundo quis partir.

E julgo bem que ele não mente,
Pois foi banido sem razões
Dos amores, qual cão demente.
Tal que daqui a Rossillon
Nem espinhos nem esporões
O pouparam, diz sem mentir,
De ferir-se com aguilhões,
Quando do mundo quis partir.

Assim é, tão completamente,
Que ao morrer só tinha rasgões;
E mais, que morrendo, inclementes,
Picavam-no meigos ferrões:
Mais agudos do que facões
Em ponta, o faziam rugir
(O que provoca exclamações!),
Quando do mundo quis partir.

Prince, gent comme esmerillon,
Saichiez qu'il fist au departir :
Ung traict but de vin morillon,
Quant de ce monde voult partir.

Falcão gentil, príncipe bom,[364]
Sabei o que fez, antes de ir:
Emborcou, firme, um *morillon*,[365]
Quando do mundo quis partir.

NOTAS

/ O TESTAMENTO

1 A expressão "beber todas as suas vergonhas" remonta a época bem anterior a Villon. Citando-se aqui os comentários de Littré, que teria localizado a sua origem no séc. XII, no poeta Hugues de Méry. O sentido: alguém que, tendo "bebido toda a vergonha", ficasse insensível ao sentimento de honra pessoal. Assim aparece em Charles d'Orléans. Em Villon, porém, talvez tenha uma carga de ironia amarga, e transmite o sentido de alguém que sofreu já todas as humilhações, com trinta anos apenas.

2 Thibault d'Aussigny, bispo de Orléans, sob cujas ordens Villon foi encarcerado em Meung (cf. a Cronologia do poeta). Nas festas de comemoração da libertação de Orléans por Joana d'Arc, era costume, todos os anos, o bispo benzer o povo nas ruas.

3 Villon não devia homenagens ao bispo, que não era o seu suserano.

4 No or., "Je ne suis son serf ne sa biche !". O termo *biche* (cerva, corça) tem também a conotação de *mignon*, termo afetuoso para tratamentos íntimos. Villon sem dúvida faz insinuações sobre a conduta do seu inimigo, que teria "costumes especiais".

5 Amaldiçoar alguém era injúria grave, passível de penalidades legais.

6 Jean Cotart, ébrio contumaz a quem Villon dedicará toda uma balada. Aqui ele jura em nome da alma de um bêbado, por ironia.

7 A expressão "prece de Picart" teve várias interpretações. Desenvolveu-se na Picardia uma seita herética, a dos *vaudois*, que valeu muitas perseguições. Foi acusada de bruxarias, mas depois as próprias autoridades eclesiásticas condenaram os excessos de perseguição. Só admitiam a prece mental ou, mais radicalmente, negavam a

própria eficácia das preces. Há, pois, duas interpretações para "uma prece de Picart": a que se diz na mente, mas não se acrescenta a ela a fé, ou então nenhuma prece. Sugere-se, ainda, a desaprovação eclesiástica às perseguições, *i.e.*, a censura a Thibault d'Aussigny dentro da própria Igreja.

8 Há quem interprete que um saltério não encadernado na verdade não existe, trata-se apenas da memória. Hipótese viável, tendo em vista a ironia dos versos anteriores, que suscitaram interpretações diversas.

9 Villon parece ter um lapso de memória, pois o versículo a que alude é o VIII e não o VII. Eis o versículo: *Fiant dies ejus pauci et episcopatum ejus accipiat alter* (Que os seus dias sejam pouco numerosos e que um outro receba o seu cargo). O lapso é observado geralmente como tal, mas Thuasne o crê intencional, para se ver que a citação é "de cor".

10 André Lanly levanta aqui uma ambiguidade, em que o "vil poder" se confunde com o poder do diabo ou o de Thibault d'Aussigny.

11 Refere-se a Luís XI, cuja anistia aos presos o libertou da prisão de Meung-sur-Loire. O termo *bon* oscila entre a conotação de bravo, valoroso, e a de bom propriamente dita.

12 Alude a situações bélicas em que o antigo delfim Luís se destacou pela bravura, como a campanha da Alemanha (1444) e o levantamento do cerco de Dieppe pelos ingleses, com a chegada dos franceses (1443).

13 Provavelmente Carlos Magno, e não Carlos VII, a quem o filho Luís XI odiava, o que Villon sabia muito bem.

14 São Marcial, primeiro bispo de Limoges (meados do séc. III).

15 No or., "Travail mes lubres sentemens,/ Esguisez comme une pelocte,/ M'ouvrist plus que tous les commens/ D'Averroÿs sur Arristote". Há uma referência ao jogo da pelota, com uma antífrase irônica. Na tradução, preferiu-se uma adaptação.

16 No or., "En cheminant sans croix ne pille". *Croix* e *Pille* equivalem a "Cara e Coroa". A expressão "n'avoir ni croix ni pile" significava não ter vintém no bolso. Na tradução, fez-se a oposição "coroa" e "cruz", ou seja, entre o reino terrestre e o religioso.

17 Cf. Evangelho de São Lucas, XXIV, 13-16. Refere-se aos discípulos aos quais se juntou o próprio Jesus Cristo.

18 Segundo os comentadores, há um duplo sentido: o alegórico religioso da "Cidade Santa" e o real, que seria uma alusão a Moulins, onde estava o duque de Bourbon, ao qual o poeta teria endereçado uma petição ao sair de Meung. A propósito, a divisa da cidade era "Esperança".

19 Referência à doutrina da contrição e da penitência. Trata-se de um "lugar-comum" entre os escritores do séc. XV (cf. Thuasne).

20 Há um jogo com a palavra *mort* no or., tanto significando "morte" no segundo verso quanto "morde" no quarto e "morto" no quinto. Em oposição a morte e pecado, ressalta o "Deus vive".

21 Os comentadores observam o lapso de Villon: não é no *Roman de la rose*, mas no *Testament* de Jean de Meung que se encontra o trecho glosado na estrofe.

22 O conto era muito divulgado, não sendo possível precisar a fonte de Villon. Os ladrões tinham os polegares e dedos presos com as *poucettes*.

23 Observa-se geralmente que Villon cita de memória e atribui erroneamente a história relatada a Valério Máximo, historiador da época de Tibério. Italo Siciliano atribui o erro a uma confusão entre aquele historiador e Julius Valerius, do séc. IV, que traduziu para o latim uma coleta de anedotas sobre Alexandre, o Grande. Apontam-se como fontes o *Polycraticus*, de John of Salisbury, na tradução de Denis Foullechat, e o *Liber scachorum*, de Jacques de Cessoles, na tradução de Jean de Vignai, única em que consta o nome do pirata como Diomèdes.

24 Há quem veja, sob o nome de Alexandre, alusão a René d'Anjou, rei da Sicília e de Jerusalém. Villon teria roubado o Colégio de Navarra para apresentar-se decentemente àquela corte, cujo mecenato almejava.

25 No or., "Au fort, quelc'um s'en recompence,/ Qui est ramply sur les chantiers". Supõe-se, no último verso, um anagrama de Ythier Marchant, rival do poeta, oculto em "Qui est RAMplY sur les CHANTIERs".

26 Do provérbio corrente "Da pança nos vem a dança", que recorre bastante nos autores medievais (cf. Thuasne). Há uma evidente conotação erótica associada com o suposto rival Marchant.

27 Citação do Eclesiastes, XI, 9, seguida de outra citação do mesmo livro, XI, 10. Do "sábio", porque o livro foi atribuído primeiro a Salomão, sendo depois dado como obra dos sécs. III-II a.C., muito posterior.

28 Livro de Jó, VII, 6. O poeta precede nesta estrofe e nas seguintes as reflexões que desenvolverá sobre o tema do *ubi sunt*, que culminarão nas três conhecidas baladas, logo depois.

29 Cartuxos: ordem fundada por São Bruno na Grande Cartuxa em 1084. Celestinos: ordem do séc. XIII, introduzida na França por Filipe, o Belo.

30 Os cartuxos e os celestinos usavam botas de cano alto como os pescadores de ostras; mas não ganhavam a vida duramente como esses.

31 Citação das palavras de Pôncio Pilatos, ao ser interpelado pelos judeus quanto à inscrição que mandou fazer na cruz: Jesus de Nazaré, Rei dos Judeus: "Quod scripsi, scripsi".

32 Jacques Couer, rico financista a serviço de Carlos VII, foi condenado por malversação de fundos públicos. Carlos VII confiscou seus bens. Fugindo da prisão, o papa encarregou-o de uma expedição contra os turcos. Fez-se exemplo de riqueza que não traz felicidade ao portador.

33 Os Salmos de Davi. Conforme os comentadores mais recentes, Villon refere-se ao salmo CII, 16 (cf. J. Rychner & A. Henry).

34 Indireta com os dominicanos, ou jacobinos (porque seu convento era em Saint-Jacques), chamados de "irmãos pregadores", que eram dominicanos e mestres em teologia.

35 Uma teoria bíblica antiga, e que se encontra entre os filósofos da patrística, especula sobre os "filhos de anjos", nascidos de anjos e mortais, e conservando dos primeiros, além da imortalidade, maior saber que o dos teólogos. Não sendo "filho de anjo", Villon não sabe qual o destino de Jacques Coeur. O diadema angélico levado pelos "filhos de anjo" era um símbolo, de estrela ou qualquer outro astro sidéreo.

36 Refere-se à moda de coletes femininos abertos na frente.

37 Refere-se à moda de cabelos ataviados para as damas e de turbantes para as mulheres da burguesia.

38 Páris, filho de Príamo, que raptou Helena, esposa de Menelau, segundo a legenda da guerra de Troia. São aqui tomados como emblemas da beleza e da juventude.

39 Há referência a uma cortesã romana Flora nas *Sátiras*, II-9, de Juvenal, e também em Lactâncio, em *Divinarum institutionum, libri* VII, I-20. O nome foi tido como símbolo do mundo galante na Idade Média.

40 Trata-se, na verdade, de Alcebíades, amigo de Sócrates, que foi tomado por nome de mulher na Idade Média, através de um erro de interpretação dos comentadores de Boécio, que persistiu até o séc. XV. Provavelmente Villon retirou a citação do *Roman de la rose*. Taís seria uma cortesã grega do séc. IV a.C. Villon lhe atribui um parentesco fantasista com a outra cortesã, Flora.

41 Villon segue, provavelmente, a versão do mito contada por Ovídio nas *Metamorfoses* e seguida no *Roman de la rose*. Nessa versão, a ninfa Eco favorece os amores de Zeus com outras ninfas.

Hera, esposa de Zeus, castiga-a, condenando-a a repetir a última sílaba das palavras.

42 Villon teria conhecido a tradução das cartas de Abelardo e Heloísa por Jean de Meung. Acusado de seduzir sua aluna, Abelardo teve a castração por castigo, e refugiou-se depois na abadia de Saint-Denis. Heloísa fez-se também religiosa.

43 Segundo uma lenda, que se provou inteiramente falsa, o filósofo nominalista Jean Buridan (que morreu após 1358) teria sido seduzido pela rainha de Navarra, e ela teria ordenado que o atirassem ao Sena dentro de um saco. Buridan teria escapado, sendo salvo pelos discípulos.

44 Supõe-se que seja a rainha Blanche de Castille, mãe de Luís IX (São Luís) e amada pelo poeta Thibault de Champagne, que lhe teria dedicado canções por ela cantadas.

45 Berte au Grant Pié, mulher de Pepino, o Breve, e mãe de Carlos Magno. Berte au Grant Pié, Bietrix e Alix encontram-se na canção de gesta *Hervi de Metz*.

46 Arembourg, filha do conde de Maine e esposa de Foulques d'Anjou, com a morte do pai conseguiu unir os dois condados, sendo por isso heroína do Maine. Encontra-se como Haremburgis na *Gesta pontificum Cenomannensium*, possível fonte de Villon, segundo Longnon.

47 Joana d'Arc, nascida, na verdade, em Domrémy, nos limites da Champagne com a Lorraine, era, na época, tida como de Lorraine.

48 Calisto III, do ramo dos Borgia, morreu em 1458 e foi papa durante pouco mais de três anos, entre 1455 e 1458.

49 Afonso V, como rei de Aragão, e Afonso I, como rei de Nápoles e da Sicília. Morreu em Nápoles em 1458.

50 Carlos I, de Bourbon, falecido em 1456, foi pai de João II, o duque de Bourbon a quem Villon dirigiu a sua petição após sair de Meung.

51 Artur III, duque da Bretanha, falecido em 1458, que teve um papel de destaque na guerra contra os ingleses.

52 Carlos VII, rei da França, falecido em 1461. Contesta-se historicamente o epíteto "o bom", não tendo sido Carlos VII nem bravo nem bom. Foi vitorioso perante os ingleses só graças a Joana d'Arc, a quem, diz-se, nada fez para salvar. O epíteto seria assim a força da tradição, apenas.

53 Jaime II, rei da Escócia, falecido em 1460, o qual, segundo Jacques Du Clerc nas suas *Memórias*, tinha a metade do rosto vermelho como sangue desde o nascimento (cf. Thuasne).

54 João III de Lusignan, rei de Chipre, falecido em 1458.

55 Segundo alguns, Henrique II, que por seus êxitos contra os mouros, justificava o epíteto "le bon" ("o bravo"); segundo outros, João II, rei de Castela e León, falecido em 1454.

56 Ladislau V, o Póstumo, rei da Hungria e da Boêmia, falecido em 1457, aos 18 anos. A morte teve grande repercussão na França, pois preparava-se o seu pedido de casamento com a filha de Carlos VII.

57 No or., "son tayon" (seu avô), cuja evocação é feita, parece, por simples exigência de rima.

58 Claquin: Bertrand du Guesclin, morto em 1380. Condestável de França, morreu no cerco de Chateauneuf-de-Randon, combatendo os ingleses.

59 Segundo alguns, Beroldo II, conde de Clermont e delfim de Alvérnia, que morreu em 1401. Segundo outros, Beroldo III, filho do precedente, que morreu em 1426.

60 João I, duque de Alençon, falecido em 1415 na batalha de Azincourt contra os ingleses. Julga-se que esta é a hipótese mais provável.

61 Villon evoca cenas de exorcismos que terá lido, nas quais o papa faz uso da estola para "puxar" o demônio pelo pescoço.

62 No or., "Aussi bien meurt que cilz servans" [Pl.: "Aussi bien meurt que filz servans"]. Trata-se dos irmãos leigos que se dedicam

a trabalhar como serventes na Igreja, por não terem estudo nem acesso a ordens sagradas.

63 O imperador, símbolo do poder oriental, era representado comumente com um globo de ouro (o "poing dorez" do or.), *i.e.*, a esfera do mundo.

64 Refere-se, provavelmente, a Luís IX, rei de França, dito São Luís, fundador de numerosos mosteiros e conventos.

65 São diversas as atribuições históricas dadas ao personagem, inclusive uma muito duvidosa a Luís IX. Importa mais o valor simbólico do título, pois o delfinato era dado aos filhos de reis.

66 Dijon, Salins e Dolles, senhorias do ducado de Borgonha. Os direitos de herança do poder eram dados aos primogênitos.

67 No or., "Ont ilz bien boutez soubz le nez ?", expressão popularesca significando "comeram bem e beberam bem?".

68 No or., "Autant en emporte ly vens !", é também um adágio popular, de algum uso literário anterior, mas revigorado pelo poeta no contexto linguístico em que o coloca.

69 No or., "Moy, povre marcerot de Renes", *marcerot* significando um pequeno comerciante, ambulante ou bufarinheiro. A expressão tem valor proverbial: "A petit mercier, petit pennier" (*panier*, cesto, canastra). Italo Siciliano e outros entenderam no sentido geral de "eu, um pobre diabo" etc. Outros (Rychner & Henry) levantaram hipóteses mais complicadas, tendo por base o equívoco entre Rennes e *regnes*, de pronúncia igual.

70 Alusão à história da espada de Dâmocles. Gozando de familiaridade junto a Dionísio, tirano de Siracusa (c. 400 a.C.), tanto exaltou Dâmocles a felicidade do poder que Dionísio lhe concedeu o reino por um dia. Assumindo o trono por alguns instantes, feliz, Dâmocles logo percebeu uma espada sobre ele suspensa por um fio de crina de cavalo, símbolo das incertezas do poder. Suplicou então para que o retirassem do trono.

71 Alude à prestação de serviços amorosos; é uma das interpretações.

72 "La Belle Heaumière" foi personagem real. Nasceu por volta de 1375 e teria sido amante de Nicolas d'Orgemont, cônego de Notre Dame. Privada, mais tarde, desse protetor que caíra em desgraça, teve outro *souteneur* até 1426. Em 1456, teria 80 anos.

73 "Homem nascido" era expressão corriqueira na época; mas há quem leia, sem para isso ter muita base, "homem bem-nascido".

74 No or., "Ce que reffusent truandailles", ou seja, "o que hoje até a canalha recusa".

75 No or., "A qui que je feisse fynesse", *i.e.*, fazer coqueterias "profissionais" para a conquista amorosa.

76 No or., "M'embrassoit... J'en suis bien plus grasse !". Significando, ironicamente: "Que proveito tirei disso e guardei!".

77 A imagem é corrente, encontrando-se em Charles d'Orléans.

78 Villon finge que tem um *clerc* auxiliar, um secretário, embora tenha existido na época um certo Fremin le May, escrivão público, que talvez lhe tenha servido de modelo.

79 Vide nota 68 a *O legado*. O "Fogo de Santo Antônio" era também chamado de "mal dos ardentes", daí a conotação erótica.

80 Refere-se ao *Decretum Gratiani*, do jurista Graciano, do qual retém chistosamente o seguinte trecho: *Tolerabilior est, si lateat, culpa quam si culpae usurpetur auctoritas*, ou seja, "a falta é mais desculpável se for oculta do que se ela se der como exemplo público". O decreto refere-se à prevaricação.

81 No or., "Or ont ces folz amans le bont/ Et les dames prins la vollee". Há uma referência ao *jeu de paume* nos dois versos. A expressão "avoir le bont" significava estar na obrigação de deixar a bola saltar outra vez antes de poder rebatê-la, ou talvez não poder recuperá-la; "prendre la vollee" era apanhar a bola antes de ela tocar o solo. A primeira expressão significa ter desvantagem

no jogo ou, simbolicamente, ser abandonado, que é o que significava "avoir le bont de sa damme". Contrariamente, "prendre la vollee" significava ter toda a vantagem no jogo, estando o jogador em condições de impor o jogo ao adversário (cf. a interpretação de Rychner & Henry).

82 Refere-se a ocupações senhoriais. A expressão é proverbial e usada poeticamente no séc. XIII por Martial d'Auvergne (cf. Thuasne).

83 Salomão, *c.* 970-930 a.C. Segundo o Livro dos Reis (XI-3-8), teve setecentas esposas e trezentas concubinas, que o levaram à idolatria dos sidônios e dos amonitas.

84 Sansão, segundo a lenda, teve a sua força extinta porque Dalila, uma filisteia, cortou seus cabelos. Os inimigos lhe furaram os *olhos*. No or., "Sanson en perdit ses lunectes", diz Villon.

85 Na mitologia grega, Cérbero é o cão de três cabeças e cauda de serpente que guarda a entrada dos Infernos. Consta que Orfeu, ao descer aos Infernos em busca de Eurídice, encantou o cão Cérbero com as suas melodias. Não se sabe por que Villon atribui quatro cabeças ao cão, quando sua possível fonte, Renaut de Luhant, ou ainda Jean de Meung, no *Roman de la rose*, dizem três.

86 As prováveis fontes de Villon quanto ao mito de Narciso poderiam ser *As metamorfoses*, de Ovídio, e *Le Roman de la rose*. Nenhuma dessas dá a versão de um Narciso afogado, que o poeta teria retirado de *Ospital d'Amours*, de Achille Caulier (cf. Thuasne).

87 Os comentadores concordam em que o Sardana do verso original de Villon se identifica com o rei assírio Sardanapalo, que, diz a lenda, queria juntar-se às donzelas para fiar. A conquista de Creta seria uma confusão da qual não se pode precisar a origem.

88 A história do rei Davi, que viu banhar-se Betsabá, mulher de Urias, está narrada no Livro dos Reis, II-II.

89 Ainda no Livro dos Reis, II-13, consta a história de Amon, filho de Davi, com a sua irmã Tamar. Querendo possuí-la, fingiu-se

doente e chamou-a para que lhe preparasse umas tortas. Aproveitando-se da sua boa-fé, tentou violentá-la, sendo repelido. Absalão, seu irmão, vingou-a três anos depois, matando Amon.

90 Consta que Herodes Antipas, tetrarca da Galileia (4 a.C.-39 d.C.), mandou degolar São João Batista, que reprovara o seu casamento com a cunhada Herodíades. Diz-se que Herodes atendera ao pedido de Salomé (a cabeça de São João Batista) após esta executar a dança dos véus.

91 A hipótese é a de que Villon tenha sofrido uma punição, não está claro em que circunstâncias, sendo vergastado por injúria e difamação.

92 Catherine de Vausselles (ou Vauxelles), a presumível amada de quem se queixa sempre, aparece citada uma única vez em *O testamento*.

93 Noel Jolis, o terceiro, teria sido testemunha do castigo, ou dessas "núpcias" dolorosas, e por isso odiado pelo poeta.

94 Era de uso corrente a expressão "cracher un jacobin", revelando-se o desprezo agressivo contra certas ordens monásticas, como a dos dominicanos. O terceiro verso refere-se ainda ao *jeu de paume*.

95 No or., "Jehanneton", nome dado às moças de vida alegre.

96 Tacque Thibault era um favorito do duque de Berry, referido pelo cronista Froissart como personagem execrado por todos; Villon o aproxima, como insulto, do seu inimigo Thibault d'Aussigny, que é, assim, igualado a um velhaco.

97 Duplo sentido. Não só se refere ao regime de "pão e água" como alude a um suplício que teria sofrido na prisão, em que se forçava a absorção lenta de muita água.

98 No or., "Menger d'angoisse mainte poire". Refere-se a outra espécie de tortura. Angoisse era uma aldeia do Périgord que produzia muitas espécies de peras. Por ironia, chamava-se "poire d'angoisse" um instrumento que se introduzia na boca e que se dilatava aos poucos.

99 Refere-se a Etienne Plaisance, nome com o qual Villon faz um jogo ao chamá-lo de agradável, naturalmente por antífrase.

100 Esse "Robert" pensou-se ter sido o carrasco que executou suplícios em Villon. Hoje, interpreta-se que foi o assessor da corte episcopal.

101 Expressão que antes se julgava aludir aos lombardos como usurários. Interpretou-se depois como alusão a Pedro Lombardo, teólogo do séc. XII que defendeu com intransigência a inseparabilidade das pessoas da Santíssima Trindade. No caso, Villon nomeia a sua diabólica trindade.

102 Desde a época do poeta, verificou-se o hábito de chamar de *Testament* o seu *Legado*. Em alguns manuscritos, vinha o nome de *Le petit testament* em lugar de *Le lais*, o que, como se vê, era errado.

103 O Bastardo da Barra, cf. nota 47 da estrofe XXIII de *O legado*.

104 Moreau, Provins, Robin Turgis, eram, os três, especialistas em comestíveis e bebidas. O primeiro, no ramo dos assados; o segundo, da pastelaria; e o terceiro era dono da taverna *La Pomme de Pin*. A todos, pelo que se entende, devia muito o poeta.

105 Fremin, cf. nota 78.

106 No or., "Qui bien se croit peu ne merit,/ Gens mors estre faiz petiz dieux". "Petits dieux", *i.e.*, santos. A observação é irônica em relação ao ensino escolástico.

107 No or., "Car, selon ma concepcïon,/ Oncques grant chault n'eurent aux fesses". Segundo essa concepção, que seria a da sua época, haveria o limbo dos patriarcas e dos profetas, que, assim, escapariam ao inferno.

108 Parábola do rico e do lázaro encontrada no Evangelho de São Lucas, XVI, 19-24. Ao morrer, o pobre é levado ao céu pelos anjos; o rico, que sempre lhe negara esmola, logo vai atrás, sendo atirado ao inferno. Pede, então, a Abraão que lhe envie o pobre com o dedo molhado para lhe abrandar a sede infernal.

109 Refere-se à *febris ephimera* ou a uma alteração devido a esgotamentos físico e psíquicos.

110 Alude provavelmente às penas sofridas, inclusive a sua provável degradação e perda da condição de *clerc*.

111 A expressão "chambre de la divinité" do or. é encontrável em outros autores mais antigos, inclusive Rutebeuf.

112 Refere-se às nove ordens das hierarquias dos anjos que compõem a corte celestial em torno do Trono.

113 A expressão era corrente na Idade Média e encontra-se no *Roman de la rose*.

114 Refere-se ao Gênese, III, 18-19.

115 Refere-se a um romance perdido ou, mais provável, imaginário. O assunto seria o episódio, que se tornou famoso na época, em que os estudantes levaram uma pedra que servia de limite à estalagem com esse nome. Os estudiosos discordam entre si quanto à existência da obra, ou se era em verso ou em prosa.

116 Guy Tabarie tomou parte com Villon no roubo do Colégio de Navarra e depois delatou toda a trama. Motivo pelo qual Villon o chama, ironicamente, de "homem verdadeiro".

117 Alguns veem que o romance, na verdade, oculta outra "obra": o roubo do Colégio de Navarra. Conquanto sua "rudeza", nem por isso o assunto (*la matière*) é menos digno de atenção.

118 Refere-se à legenda de Santa Maria Egipcíaca, que era uma mulher de má vida, depois convertida.

119 Refere-se a outra legenda, a do clérigo Teófilo, que teria feito um pacto com o diabo. No entanto, arrependido, foi salvo pela intercessão da Virgem Maria.

120 Refere-se ao sacramento da Eucaristia, no qual está presente o corpo de Cristo.

121 O mosteiro referido aqui é o dos celestinos, cuja igreja era também paroquial. Nela, havia uma pintura do céu e do inferno.

122 Os comentadores concluíram que o nome Rosa é aqui usado como um nome alegórico substitutivo, por trás do qual se ocultaria outro nome, que se supõe ser Catherine de Vausselles, já referido anteriormente.

123 No or., "Ne luy laisse ne cueur ne foye", com um equívoco intraduzível entre *foy* (*foi*) e *foye* (*foie*), com o mesmo valor fonético e sentidos diferentes: fé e fígado.

124 No or., o poeta refere-se, na sua autoimprecação, à sua obsessão (ou temor) da forca. Contudo, o final da estrofe traz ainda algumas insinuações eróticas.

125 As virtudes amorosas desse personagem são referidas na segunda redação de *Renart le Contrefait*, no séc. XIV.

126 Pernet de la Barre é o mesmo Bastardo citado em *O legado* (cf. nota 47) e em *O testamento* (nota 103).

127 O termo *faulse* usado aqui vem do espanhol, significando uma beleza enganosa. Nesse sentido deve ser entendido na tradução.

128 Para alguns, alude a Charles d'Orléans, então com a idade de 60 anos. Para outros, a René d'Anjou, rei da Sicília e de Jerusalém, então com 48 anos.

129 Ythier Marchant, cf. nota 14 de *O legado* e nota 25 de *O testamento*.

130 Jean le Cornu, cf. nota 15 de *O legado*. Deixa-lhe um jardim em ruínas.

131 Pierre Baubignon, procurador ou advogado no Châtelet, que parece ter tido fama de avaro.

132 Se a casa tem na fachada uma marca de gancho, observam os comentadores, é que se trata de um covil de ladrões. O último verso propõe uma noite nas grades para quem a rouba.

133 Pierre de Saint-Amant, cf. nota 16 de *O legado*.

134 Cf. nota 17 de *O legado*. Na estrofe, Villon sugere ter sido maltratado pela mulher de Saint-Amant, a quem talvez tivesse ido pedir

auxílio. Outra hipótese dos comentadores é que talvez Villon tivesse sido rechaçado por ela.

135 O "eleito" de Paris era um juiz indicado pelo poder real para cuidar da administração dos impostos extraordinários (entre os quais sobre as bebidas). Denis Hesselin, quem Villon ironiza aqui, e sua inclinação pelo copo, foi mais tarde preboste e recebedor de taxas de Paris.

136 Robin Turgis, cf. nota 104 de *O testamento.*

137 Guillaume Charruau: há dúvidas sobre esse personagem. Os comentadores levantam a hipótese de um licenciado em artes em 1449, contemporâneo do poeta que se teria tornado advogado. Ou então de um comerciante de sal de Étampes. Tinham o mesmo nome.

138 Refere-se a um terreno cultivado fora dos muros da cidade e pertencente à comendadoria da ordem do *temple*. No or. se refere a "la grant closture (cultura) du Temple". Não se entende como se encontraria uma moeda de ouro nesse terreno pantanoso. O legado ilusório seria, então, uma *plaisanterie* perversa.

139 Fournier, cf. nota 40 de *O legado.*

140 Chamava-se *havée* o direito de retirar uma *poignée* (um punhado), ou uma certa quantidade de gêneros (víveres) no mercado. Há quem assinale aqui um equívoco irônico de *havees* e *aves* (saudações), com o que não se dava nada ao legatário.

141 Jacques Raguier, cf. nota 34 de *O legado.*

142 Nome de uma taverna situada na Place de Grève.

143 Moeda flamenga cujo valor decresceu progressivamente.

144 Taverna na Cité de propriedade de Robin Turgis. Cf. notas 104 e 136 de *O testamento.*

145 Cf. notas 69 e 70 de *O legado*. Villon continua a zombar em *O testamento* das pretensões de nobreza desses dois personagens, deixando-lhes falcoeiros para a caça, esporte nobre.

146 Refere-se à viúva de um comerciante de assados, Arnoulet Machecou, que tinha uma *rotisserie* próxima ao Châtelet. Daí, Madame Machecoue (com o acréscimo de um e, feminilizando o nome). Já falecida em 1461, há uma suposição de que a estrofe tenha sido escrita antes.

147 Cf. notas 104, 136 e 144 de *O testamento*.

148 A província do Poitou era um nome usado em *argot* para designar um país imaginário, não existente, ou onde se diz não, diz-se que por causa da política ambígua dos senhores da região. Assim, o poeta diz falar *poictevin*, isto é, uma linguagem duvidosa para fazer promessas inúteis.

149 Considerando-se que Saint-Generou e Saint-Julien-de-Vouvantes não são próximas, suspeita-se que os termos são usados como *calembours*. Um comentador propôs que Generou, pronunciado Genesou, seria "Je ne sous" (não pago) e Vouvantes seria "vos ventes", o que daria uma frase com o seguinte sentido: "Je ne paye pas ce que vous m'avez vendu" (cf. Rychner & Henry citando M. Dubois).

150 Jean Raguier, cf. nota 29 de *O legado*.

151 Jean de Bailly, procurador no Parlamento e escrivão da Justiça do Tesouro.

152 Refere-se à fonte Maubué, ainda hoje existente em Paris, que ficava nas proximidades da casa de Bailly.

153 O Príncipe dos Tolos, cf. a nota 72 de *O legado*.

154 Michault du Four tinha o posto de sargento no Châtelet em 1457, tendo participado do inquérito relativo ao roubo do Colégio de Navarra. Era conhecido na vida noturna e Villon tenta desacreditar a sua inteligência nessa passagem.

155 Uma canção muito divulgada na época.

156 Refere-se aos 220 agentes da guarda encarregados de policiar a cidade de Paris.

157 Denisot Richer e Jean Valet eram guardas reais que serviam no Châtelet, os quais Villon seleciona como representantes dessas "bonnes et doulces gens". Ao lhes oferecer uma "grant cornecte/ Pour pendre [...]", oferece-lhes uma corda para se enforcar, sugerem alguns.

158 Os guardas eram divididos em dois grupos: guardas a pé, para fiscalizarem a cidade no perímetro urbano, e a cavalo, que policiavam os arredores da cidade, fora dos muros. Evidentemente só os primeiros interessavam à ironia de Villon.

159 Perrenet Marchant... ainda uma vez. Cf. nota 47 de *O legado* e notas 103 e 126 de *O testamento*.

160 Febres intermitentes com dois dias de intervalo.

161 Cholet, cf. nota 48 de O legado.

162 Espada lionesa: Lyon era reputada pela fabricação de espadas. Villon alude à entrada de Cholet para o corpo da guarda.

163 Jean le Loup, cf. nota 48 de *O legado*.

164 Refere-se às galinhas roubadas.

165 Possivelmente, segundo Marcel Schwob (cf. André Lanly), refere-se a Jean Mahé, dito "L'Orfevre de Boys", sargento do Châtelet que participava dos interrogatórios. Villon alude à violência desses agentes.

166 Dizia-se que o gengibre sarraceno tinha virtudes afrodisíacas, o que se liga às alusões eróticas da estrofe.

167 Nessa estrofe violenta, o poeta alude aos supostos efeitos fisiológicos de excitação provocados pelo espancamento com chicotes, através da linguagem de duplo sentido. Há ainda os que supõem uma alusão ao rufianismo do personagem.

168 Jean Riou era comerciante de peles e capitão do corpo de 120 arqueiros da cidade de Paris, que era, segundo Champion, "uma espécie de guarda nacional, solene e burguesa" (cf. Rychner & Henry).

169 Quer significar que a carne não foi retirada da caça, mas retirada das presas dos mastins, com os quais foi disputada, sugerindo uma cena de roubo, segundo Thuasne. Ou, ainda, segundo André Lanly, carne conseguida com o auxílio dos mastins, supondo-se que a estes não interessasse tal alimento, sendo muito dura a carne dos lobos. O original é ambíguo. Na tradução, procurou-se manter a ambiguidade.

170 "Vin de buffet", vinho ordinário.

171 Alusão ao ofício de peleteiro do capitão Jean Riou.

172 Robinet Trascaille, alto funcionário do Tesouro, recebedor de impostos e posteriormente secretário do rei Luís XI. Na ocasião em que Villon escreve, ele é recebedor, e o poeta alude ao seu enriquecimento ilícito.

173 Segundo uma hipótese, a gamela poderia lhe servir de elmo, na qualidade de pretenso cavaleiro. Noutra hipótese, o poeta oferece uma mulher tirada "do seu próprio guarda-louça", *i.e.*, seu próprio harém, a um amador de amores fáceis (hipótese de Dufournet, cf. André Lanly).

174 O ofício de barbeiro incluía, na época, a licença para fazer pequenas intervenções cirúrgicas, e por isso "barbeiro jurado". Há quem veja na oferta de "Deux bacins et ung cocquemart" uma alusão obscena. Levanta-se a hipótese de que Villon insinua que Girart ganha com outra coisa: a locação de quartos por uma jornada ou menos. Não ficou esclarecido por que Villon diz ter estado uma semana nessa casa de Bourg-la-Reine. Talvez na fuga após o roubo do Colégio de Navarra?

175 Villon invoca um desconcertante testemunho da sua estadia em Bourg-la-Reine. A abadessa de Pourras (*i.e.*, de Port-Royal). A abadessa Huguette du Hamel destacou-se por levar uma vida dissoluta, supondo-se ter sido amante do procurador da abadia e ter outras aventuras galantes. Denunciada e presa por algum tempo, conseguiu ser reintegrada, mas foi finalmente afastada de vez

de Port-Royal. Supõe-se que Villon tenha ouvido falar da história (Thuasne crê que ele conheceu a abadessa), mas a invocação permanece obscura, havendo, conforme o seu espírito peculiar, alguma alusão, mas não decifrada.

176 Voltando a atacar as irmandades, não se sabe por que Villon associa as devotas (filhas de Deus) e as beguinas com os turlupinos, uma seita herética vinda do séc. XIV que, entre outras coisas, advogava o andar nu e se denominava Fraternidade dos Pobres. A seita sofreu as punições da Inquisição. A associação seria apenas no sentido de grupos rivais ou oponentes do clero regular e, assim, merecedores da antipatia do poeta em geral.

177 As "sopas jacobinas" eram sopas robustas com pedaço de assados, queijos e pães tostados, sendo assim, na visão do poeta, emblemáticas do bom passadio nas ordens mendicantes.

178 Villon usa os termos religiosos "oblação" e "contemplação" com evidentes intenções: se no primeiro alude ao desregramento da gula dos frades, no segundo há subentendidos fesceninos. Há quem veja em *contemplation* um equívoco com a palavra *complantation*, de *planter*, *complans*, com conotações eróticas. E, depois, as cortinas referidas só podem ser as dos leitos.

179 Jean de Poullieu, pregador e teólogo da Universidade de Paris, sempre combateu o privilégio da confissão dado aos frades. Foi, assim, condenado em 1431 pelo papa João XXII, sendo forçado a se retratar publicamente, ato deplorado pelo poeta.

180 Villon busca o apoio de Jean de Meung, que atacou as ordens mendicantes no *Roman de la rose*.

181 Mathieu, ou Matheolus, autor do *Liber lamentationum*, também não se mostrava favorável aos mendicantes.

182 A referência à Igreja de Deus é ironia para com o Santo Ofício, que forçara a retratação de Jean de Poullieu.

183 Refere-se, naturalmente, aos protegidos pelo poder de Roma,

i.e., todos os membros da irmandade, junto aos quais recomenda prudência.

184 Refere-se a Baude de la Mare, irmão carmelita. Há um equívoco com o nome Baude, que significa alegre, ardente e sensual, na língua da época, contrastando com a imagem real do frade.

185 O convento dos carmelitas situava-se na praça Maubert. Os carmelitas eram pregadores cujas regras eram muito rígidas, mas foram abrandadas pelo papa Eugênio IV em 1431.

186 Por antífrase, o irmão Baldo deveria ser o contrário do que aqui se diz, ironicamente.

187 As peças da armadura são tomadas, por equívoco de linguagem, em um sentido erótico.

188 Quanto ao personagem Detusca, cujo nome seria uma deformação, surgiram várias hipóteses de identificação, mas nenhuma certeza, exceto a de ser integrante da corporação da polícia. A Caixa Verde, além de sugerir um antro mal-afamado, Le Panier Vert (A Canastra Verde), traz uma alusão erótica e seria o substitutivo de uma amante do frade.

189 O solar de Vauvert, nas proximidades do castelo de Vauvert, ganhou fama de mal-assombrado. Haveria ali um monstro verde, cabeça humana e corpo de serpente, que à noite se lançava sobre quem encontrasse. A lenda se dissolveu depois de São Luís doar o solar aos cartuxos em 1257. Villon usa a lenda para significar algo sobre-humano, inclusive do ponto de vista erótico. O irmão Baldo seria "o próprio Diabo de Valverde" por não depor as "armas", apesar da idade.

190 Refere-se ao selador do bispado. A suposição de Thuasne é que Villon teria algum processo no Tribunal da Oficialidade. O funcionário seria Richard de la Palu e Villon zomba de suas "desocupações". Há suposições, mas nenhuma certeza quanto ao que significa "Maint estront de mouche a machié". As "fezes de mosca" seriam a cera de abelha usada na selagem, mas o "mastigar"

não se sabe o porquê. Há só a hipótese de força de expressão para significar comprimir a cera.

191 Segundo Thuasne, "um polegar achatado que se comprimisse sobre o selo de metal era necessário para que a pressão fosse igual em toda a superfície, e ao mesmo tempo energética; além disso, para uma impressão perfeitamente nítida, seria preciso obtê-la de um golpe só [...]".

192 Refere-se aos auditores do Tribunal de Contas (ou Câmara de Finanças). Os membros se reuniam em edifício contíguo ao palácio, que estava então em muito mau estado.

193 Refere-se às hemorroidas de que seriam vítimas os personagens evocados. Há quem veja outras alusões, mais pérfidas, aos personagens.

194 A referência a essa Macée d'Orléans ocultaria outro nome, entre outros o de um juiz desonesto. Cinto: bolsa em que se guardavam os valores.

195 François de la Vacquerie, um dos magistrados eclesiásticos encarregados da instrução do processo no caso do roubo do Colégio de Navarra, tendo sido particularmente severo no interrogatório de Guy Tabarie.

196 O gorjal escocês era uma peça da armadura que protegia o pescoço dos cavaleiros. Ao oferecer um gorjal "sem ourivesaria", Villon na verdade oferece uma corda para o pescoço.

197 Na cerimônia em que se era armado cavaleiro, o pretendente recebia um breve golpe simbólico atrás do pescoço com a mão espalmada. Villon, porém, alude aqui ao fato de François de la Vacquerie, devido aos ódios que suscitava como promotor, ter sido surrado numa esquina escura, quando teria proferido em voz alta as maldições referidas.

198 Jean Laurens, também promotor da oficialidade, teria participado igualmente do interrogatório de Guy Tabarie. Tendo os olhos vermelhos, Villon lhe atribui uma herança alcoólica.

199 Para secar os olhos, Villon oferece um bornal sujo de viagem.

200 Cendal, peça de tecido fino. O arcebispo de Bourges era filho de um financista de Carlos VII.

201 Jean Cotart era procurador da corte de justiça episcopal, *i.e.*, um advogado defensor que representava a causa dos acusados; de 1460 à sua morte em 1461, tornou-se promotor eclesiástico. Sobre Cotart e a balada que o poeta lhe dedica, há duas teses contrárias. Os que pensam, com Italo Siciliano e outros, que Villon testemunha certa simpatia, vendo nele só um beberrão pitoresco. Outros, como Dufournet, julgam que na verdade Villon tem rancor em relação a Cotart e procura ridicularizá-lo. Sobre Cotart, cf. também a nota 6 à estrofe V de *O testamento*.

202 *Patart*, moeda de valor muito fraco. Seria a prova, segundo Dufournet, de que Villon não dava valor aos serviços prestados por Cotart.

203 Quem teria sido Denise, não se sabe. Há suposições de que o nome ocultaria o de Catherine de Vausselles, pois há sinais de que Villon a teria injuriado. Considerava-se a maldição passível de punição penal.

204 Cf. Gênese 9, 20-21, a história de Noé, plantador e ébrio.

205 Cf. Gênese 20, 30-38, a história de Lot e suas filhas, que o embebedaram para que ele as "conhecesse", e assim pudesse ser preservada a descendência. Ele o fez inconscientemente.

206 Arquitriclino seria, na verdade, em grego, o mestre-sala do repasto das bodas de Caná, mas na Idade Média foi entendido como nome próprio, sendo confundido com o esposo.

207 No or., "Certes, sur tous c'estoit ung bon archer", verso com o equívoco intraduzível da palavra *archer*, significando ao mesmo tempo "arqueiro da polícia" e "beberrão". Preferiu-se, pois, uma adaptação.

208 Dufournet tem por antífrase o verso-refrão "L'ame du bon feu

maistre Jehan Cotart". O *envoi* perderia, assim, o caráter de pitoresco e significaria uma condenação de Jean Cotart ao inferno, sem amenizar a sua sede infinita. Mas é só uma das várias interpretações da balada.

209 Personagem que pode ser tanto Germain de Merle quanto o seu pai Jean de Merle, ambos banqueiros que lidavam com o câmbio. Sendo o segundo bem mais velho, o "jovem Merle" seria na verdade uma antífrase (segundo Dufournet), carregando a estrofe toda essa ironia.

210 Villon, que não tinha dinheiro, joga com a palavra câmbio, no sentido financeiro de *change* e no sentido existencial de mudança: "Car de changer enviz me mesle". Enfada-se, pois, à ideia de mudar (de vida).

211 Moedas: a targa bretã ou targa, simplesmente, era uma moeda feudal de pouco valor; o anjo, moeda feudal de ouro que circulou a partir dos fins do séc. XIV e já ilegal na época em que Villon escreve; e angelote, moeda de ouro inglesa fora de circulação desde 1436. As trocas seriam sempre favoráveis ao cambista: moedas fracas (*targas*) por fortes (*escudos*), ou ilegais (*o anjo*) por duas moedas já retiradas, mas de ouro (*os angelotes*). Há insinuações na troca das targas (fálicas) por escudos: o jovem (velho) Merle seria, além de usurário, impotente.

212 Os três usurários já referidos em *O legado*: Colin Laurens, Girart Gossouin e Jean Marceau. Cf. nota 49 de "O legado".

213 Salins: os três usurários são especuladores de sal, portanto o nome da cidade não será fruto do acaso.

214 A ordem dos Mathelins ou dos Mathurins, dos monges trinitários, foi fundada em 1198 por São João da Matha e São Félix de Valois. Estabeleceram-se em Paris numa capela dedicada a São Maturino (Mathurin), tido como curador dos loucos. O mesmo se dizia dos matelinos ou maturinos, que terminaram por se identificar com os próprios loucos na expressão corrente "fol mathelineux".

Daí a ironia de Villon ao invocar os maturinos para "dar juízo" aos três "pobres órfãos".

215 Pierre Richier era o mestre de uma excelente escola, segundo consta de documentos da época.

216 Donat: refere-se a uma gramática latina ainda em uso: o *Aelius Donatus*, do séc. IV. Segundo alguns, há um jogo do nome Donat com o verbo *donner*, equívoco que zomba do pão-durismo dos personagens.

217 *Ave salus, tibi decus*. Fragmentos de um cântico à virgem. Joga com a palavra *salus*, que lembra uma moeda, o *salut* (além de *Salins* e de *sel*). Thuasne vê um equívoco em *decus*. *Tibi decus* seria "à toi *des culs*", ou, em versão mais leve, "à toi, d'écus" ("para ti, escudos de ouro").

218 Possível alusão à derrota dos melhores clérigos da Universidade de Paris por Fernando de Córdova quando este passou por Paris em 1445 (cf. André Lanly).

219 O termo *Credo* evoca o termo *crédit*. Mas, segundo os comentadores, a partir de Thuasne, a facécia foi usada por outros, inclusive Rutebeuf.

220 Evocação da história de São Martim, que era soldado e filho de um tribuno militar romano; ao passar uma vez pelas ruas de Amiens (séc. IV), viu um indigente no frio e rasgou em dois o seu manto com a espada para dar proteção ao pobre.

221 No or., "Pour leur en achecter des flans" [Pl.: "Pour eulx en achecter des flans"]. A palavra *flan* está carregada de duplo sentido: tanto designa (comumente) um doce, como uma peça metálica em forma de disco com a matriz para gravação de moedas.

222 Uma maneira de se fingir de distraído para negar seus próprios débitos.

223 Refere-se a Guillaume Cotin e Thibault de Victry. Cf. nota 53 de *O legado* sobre esses "bons meninos".

224 Por antífrase, evidentemente, pois são velhos curvados.

225 Casa de Gueuldry Guillaume, cf. nota 54 de *O legado*.

226 Refere-se ao Colégio dos Dezoito Clérigos do claustro de Notre Dame, fundado para a hospedagem dos clérigos doentes. Assim, Villon oferece os bons ofícios que eles já têm.

227 Evocando animais que hibernam no inverno, insinua que passam a vida dormindo. De fato, teriam sido surpreendidos roncando durante um ofício religioso em Saint-Benoît.

228 Os comentadores supõem uma autorreferência nos versos finais.

229 Refere-se ao prelado encarregado da distribuição dos benefícios eclesiásticos.

230 Quer dizer que não foi seduzido pelo encanto das mães dos prelados... as quais, evidentemente, já estavam mortas.

231 Michault Cul d'Oue, ou Culdoe, e Charlot Taranne, ricos burgueses parisienses que deixaram Paris com a ocupação inglesa e tiveram os bens confiscados, dedicaram-se, ao voltar, a reconstituir as fortunas.

232 Aos que ganham dinheiro facilmente, Villon propõe a irrisória quantia de 100 soldos, que lhe caíram "qual maná".

233 O oferecimento de *houses de basanne* constitui-se, tal como outros legados semelhantes de Villon, alusão à impotência dos velhos legatários, que devem ir "saudar" (eufemismo) a uma Joana qualquer anônima, condição (impossível de se cumprir) para receberem o legado.

234 Joana: nome para significar uma jovem de "vida alegre".

235 Philippe Brunel, cf. nota 30 de *O legado*.

236 A Torre de Billy oferecida na Rive Droite estava, como o Castelo de Vicestre, em péssimo estado.

237 Villon finge equivocar-se quanto ao nome, mas qualquer dos dois, Thibault ou Jean, eram sinônimos de cornudo.

238 Jean de la Garde, cf. nota 65 de *O legado*.

239 Isto é, depois de tudo o que perdeu. Refere-se, provavelmente, ao fato de ter perdido a sua condição de *clerc* após a sua prisão em Meung.

240 Nome de uma taverna das mais frequentadas, nas imediações do Granel Châtelet.

241 Pierre Genevois, procurador de Notre Dame, teria sustentado a sua causa contra a comunidade de Saint-Benoît. Fazia parte, com Jean de la Garde, de uma confraria de ébrios.

242 Pierre Basenier, ou Basanier, cf. nota 39 de *O legado*.

243 Jean Mautaint, cf. nota 38 de *O legado*. Jean de Rueil, ou Rueil, era auditor das causas no Châtelet, tendo, assim, direito a receber especiarias; Nicolas de Rosnel, examinador no Châtelet (encarregado de ouvir testemunhas), tinha sido encarregado de defender o reitor da Universidade de Paris num processo contra Robert d'Estouteville.

244 Robert d'Estouteville, preboste de Paris, que fora destituído por Luís XI, e ao qual se submetiam hierarquicamente todos os nomeados na estrofe, era devoto de São Cristóvão.

245 René d'Anjou, duque d'Anjou e rei da Sicília, promoveu em 1446, em Angers, um torneio no qual se concedia ao vencedor a mão de Ambroise de Loré, filha de Abroys de Loré, barão d'Ivry.

246 Alude nesse verso a Louis de Beauvau, senescal de Anjou, que foi vencido no torneio por Robert d'Estouteville e que traduzira o *Filostrato* de Boccaccio, em que se trata dos amores de Troilo, filho de Príamo, e de Briseida. Heitor: refere-se ao herói lendário da Guerra de Troia.

247 Há dúvidas sobre a época da composição da balada por causa do estilo de retórica cortês, só cultivado pelo poeta na juventude. Algumas alusões levaram especialistas (Dufournet, Jean Frappier e outros) a concluírem ser posterior a 1461, pois Villon certamente

sabia da destituição de Robert d'Estouteville por Luís XI, por motivos políticos.

248 No or., "Lorrier soüef", que se constituiria num jogo de palavras com o nome Ambroise de Loré, esposa de Robert d'Estouteville, cujo nome aparece também em acróstico nas duas primeiras estrofes da balada.

249 Referência à Epistola aos Romanos, XI, 16-24, e ao Êxodo, XV, 22-25.

250 Estariam nesses versos, segundo Dufournet, alusões às desventuras sofridas por Robert d'Estouteville ao ser destituído do seu cargo. Estando na prisão o preboste, seu domicílio foi invadido, tendo os inquisidores se defrontado com a sua esposa, Ambroise (cf. André Lanly).

251 Alguns comentadores observam, nessa alusão erótica, uma quebra em relação ao tom de amor cortês que atravessa a balada. Outros, no entanto, sustentam que Villon sempre quis conservar o "tom sublime" da balada, e não fez mais que usar uma imagem consagrada pela tradição (*Le Roman de la rose*) para simbolizar a fecundidade conjugal.

252 Os irmãos Jean e François Perdrier, pertenciam a família muito rica e ocuparam cargos administrativos importantes. Deve ser tido por antífrase o auxílio prestado a Villon, *i.e.*, nenhum (cf. Rychner & Henry).

253 As línguas fritas estão em duplo sentido: o de um prato saboroso recomendado ao poeta para ser provado em Bourges e as más línguas que ali atuavam, flamantes por ardentes e cáusticas, e vermelhas por malignas. A maldição das línguas cai sobre quem as recomenda.

254 O *Taillevent* ou *Taillevant* era um célebre livro de receitas do séc. XIV. Nele não consta nenhum capítulo referente a frituras nem receita alguma de línguas fritas.

255 No séc. XIV, já se falava de um certo cozinheiro Macário. No *Martyre de Saint Baccus*, de Geofroy de Paris, fala-se de um cozinheiro Macário que "toujours oeuvre par contraire". Outros veem uma confusão com São Macário, do qual a legenda exalta o poder sobre os demônios.

256 No or., "Serpens, laissars et telz nobles oiseaux", havendo várias interpretações quanto à palavra "pássaros", que alguns tomam por um antigo uso de *oiseaux*. Outros, supõem apenas ser uma antífrase irônica.

257 Bacias de cobre em que os barbeiros recolhiam o sangue daqueles nos quais eram feitas sangrias (cf. nota 174 de *O testamento*) e o expunham à janela, segundo um hábito antigo. A referência à lua cheia se deve ao fato de se julgar uma época adequada às sangrias.

258 Higiene das prostitutas após as relações sexuais.

259 Andry Courault ou Couraud, procurador no Parlamento, amigo e protetor do poeta, quis recomendá-lo a René d'Anjou, duque de Angers e rei da Sicília, mas não parece ter tido êxito, conforme se depreende dos versos 3º e 4º da estrofe.

260 *Il dit de Franc Gontier* foi um idílio composto no séc. XIV por Philippe de Vitry, bispo de Meaux, secretário de Carlos IV e Filipe VI, e conselheiro de João Segundo, no qual se exaltava a vida do campo. Posteriormente, Pierre d'Ailly, cardeal, já no séc. XV, escreveu poema complementar exaltando a vida feliz de Gontier em oposição à vida amedrontada do tirano em seu palácio. Não tendo o poeta recebido a acolhida esperada em Angers, levanta-se a hipótese de que, disfarçadamente, alude a René d'Anjou, o qual seria adepto de festas pastoris e compôs o idílio *Renault et Jehanneton ou les amours du Bergier et de la Bergeronne*, exaltando seus amores com Jeanne de Lanval, a qual esposara em segundas núpcias.

261 Citação do Eclesiastes, VIII, 1: "Non litiges cum homine potente, ne forte incidas in manus illius".

262 Catherine de Bruyères, rica e devota, proprietária da hospedaria Pet au Diable, celebrizou-se porque a grande pedra que lhe servia de limite foi retirada pelos estudantes durante os distúrbios no Quartier Latin em 1451. A "Mademoiselle" (na verdade viúva) de Bruyères dedicava-se à pregação do Evangelho com uma espécie de "exército da salvação" organizado por ela para salvar as mulheres "perdidas".

263 Suas discípulas, ditas ironicamente "bachelières".

264 A missão de "salvar" era evidentemente facilitada quando as abordagens eram feitas nos cemitérios, lugar de natural reserva. Villon propõe o mercado, onde se falava mais desabridamente.

265 A região picarda se estendia até a Wallonie e ao Hainaut, onde se encontra Valenciennes.

266 Macróbio (Macrobe) viveu do fim do séc. IV aos começos do séc. V, sendo autor das *Saturnais* e de um *Comentário ao sonho de Cipião*. Sua obra comporta juízos e sentenças morais.

267 Refere-se, naturalmente, à maledicência das comadres.

268 Refere-se a uma antiga abadia de monjas em Montmartre, fundada no séc. XII, mas já decadente no séc. XV.

269 No or., "Qu'on dit le mont Valerïen", equívoco com a expressão oculta "le mont valent rien". O monte Valérien, a oeste de Paris, possuía, de fato, uma pequena capela servida por religiosas. Não a estas, porém às de Montmartre, parece dirigir-se a ironia de Villon, insinuando costumes suspeitos, ao dizer, às ocultas, que "ne valent rien" (cf. André Lanly).

270 Concedia-se aos peregrinos um ano de indulgência, ou seja, remissão de pecados por esse prazo. Villon volta de Roma e concede um trimestre às necessitadas religiosas.

271 Ironicamente, Villon quer dizer, por antífrase, que: numa abadia onde com certeza já entravam tantos homens (o inverso de "nem por engano"), outros mais irão em romaria muito suspeita ("irão em penitência").

272 "O jogo do asno", *i.e.*, o jogo do amor, no sentido físico. A simbologia vem da poesia dos goliardos, sendo o asno metáfora do vigor amoroso.

273 A expressão é ambígua, pois "Que se perdem" tanto podem ser as iguarias finas como as "meninas de bem" ou "pobres coitadas".

274 Cartuxos e celestinos, cf. notas 29 e 30 de *O testamento*.

275 Villon chama suas amigas de má fama em testemunho do bom passadio dos frades, ao passo que nem elas nem as pobres coitadas "meninas de bem" têm tanto assim.

276 Sobre o personagem da Gorda Margot, há várias suposições, porém não mais do que isso. Alguns, como Thuasne, supõem a sua existência real, considerando a balada como fruto legítimo da experiência. Outros, que se trata apenas de um nome de estabelecimento, uma tabuleta de taverna ou hospedaria. Villon teria criado em cima a ficção de uma marafona e seu cáften. Outros supõem que havia muitas Margots em Paris etc. Na hipótese de Italo Siciliano, a balada seria apenas uma *sotte chanson* no estilo goliárdico e burlesco, mito e farsa a um só tempo. Tal interpretação não biográfica predomina hoje.

277 A expressão, no or., "*brulare bigot*", é a deformação de expressão inglesa "by'r Lord, by God!", ou seja, "por Nosso Senhor, por Deus!", reminiscência, como tantas outras expressões, da época da ocupação da França pelos ingleses.

278 No or., "Assez devocte creature", mas alguns pensam ser o sentido de *dévouée* (cf. André Lanly). Na tr., deixou-se "devota" por sua maior carga irônica, devendo-se entender ao contrário todos os gentis atributos.

279 No or., "S'ilz paient bien, je leur diz *bene stat*" [Pl.: "S'ilz paient bien, je leur diz que bien *stat*"], *i.e.*, "Está bem".

280 No or., "En ce bordeau ou tenons nostre estat". A expressão "ou tenons nostre estat" significa "onde exercemos nossa profissão" ou "onde temos nossa situação".

281 No or., "Par les costez se prent ; cest Antecrist". Noutras versões consta "c'est Antecrist", entre aspas. Há diversas leituras dessa passagem, ora no sentido de uma imprecação da mulher ao seu *partner*, ora no de uma qualificação que lhe dá o narrador, caso em que a expressão significaria que ela, Margot, "c'est un vrai diable, elle se défend comme um beau diable", conforme a interpretação de Rychner & Henry.

282 No or., "Plus enfflé q'un velimeux escarbot", ou seja, um "venenoso escaravelho". Na tr., preferiu-se outro bicho venenoso mais próximo da nossa realidade.

283 No or., "Gogo me dit, et me fiert le jambot". A expressão "Gogo" é interpretada como reminiscência do inglês "Go, go". Cf. nota 278 de *O testamento*.

284 No or., "Monte sur moy, que ne gaste son fruyt", sendo, para alguns, alusão a uma gravidez de Margot e, para outros, apenas uma alusão erótica ao apetite amoroso da heroína ao acordar.

285 Marion I'Idole e Jeanne de Bretanha são moças de vida alegre. Deduz-se que tipo de "escola" é referido. O sentido é que, nesse tipo de escola, os "mestres" (*i.e.*, as mulheres) se submetem aos "alunos" (*i.e.*, os clientes). Tal tipo de relação, evidentemente, não foi o que Villon encontrou em Meung, onde não existe esse jogo, pois lá são os "clientes" que se submetem. Assim viram os intérpretes a alusão a Meung, e Thibault d'Aussigny, por tabela, um "mestre" que deu lições cruéis aos "alunos".

286 Sabe-se que, na Idade Média, as casas tinham tabuletas com o nome dos habitantes, particularmente as casas de negócios, que indicavam o ofício de quem ali morava.

287 Noel Jolis, cf. nota 93 de *O testamento*.

288 Henry Cousin, um carrasco, executor judiciário encarregado das penas corporais, nomeado em documentos da época.

289 Hôtel-Dieu (Casa de Deus), hospital fundado em 660 na Île

de la Cité. Segundo uma descrição da época em que Villon escreveu, tinha cerca de 500 leitos, sendo um hospital de pobres.

290 O "ganso" dado aos mendicantes é uma alusão obscena.

291 Colin Galerne, barbeiro e copista, segundo comprovam dois manuscritos de obras de Pierre de Nesson. Villon brinca com o seu nome, que significava também um vento do nordeste muito frio.

292 Isto é, ficará doente e terá estado febril.

293 Refere-se aos "enfants trouvés" do asilo fundado pelo Capítulo de Notre Dame, destinado às "crianças recolhidas na via pública". Villon faz um equívoco entre o termo *enffans trouvés*, *i.e.*, menores encontrados, com os *perdus*, *i.e.*, jovens desviados da trilha social normal, seus comparsas, aos quais vota mais simpatia.

294 Villon se refere naturalmente àqueles com quem conviveu na trilha dos assaltos e dos roubos.

295 Marion l'Idole, cf. nota 285 de *O testamento*.

296 Senso figurado: os mais belos dias da vida (*i.e.*, a juventude) perdidos em ações criminosas.

297 Sentido figurado: a própria vida que se pode perder em atividades perigosas.

298 Colin de Cayeux, que participou com Villon do roubo ao Colégio de Navarra (cf. Cronologia). Julgando poder livrar-se da pena de morte através da apelação, Colin de Cayeux terminou sendo enforcado.

299 As bulas eram documentos pelo quais os papas concediam privilégios ou indulgências, particularmente às ordens monásticas ou dignitários da Igreja. Vendedores de bulas autênticas ou falsas percorriam as estradas na época, tal como os traficantes de relíquias.

300 Os falsários eram condenados a um castigo impiedoso: a serem escaldados em óleo fervente.

301 Nas *soties*, espécies de farsas populares que eram levadas nas ruas, os participantes, chamados de *fous* (loucos) ou *sots* (tolos), fingiam-se de loucos ou alheados da realidade. Havia também, na época de Villon, a Festa dos Loucos, com disfarces, troças e facécias públicas.

302 Ao contrário das farsas e dos jogos (ou *soties*), as *moralidades* medievais tinham, como o próprio nome o indica, uma finalidade educativa do povo. No século XV, não se fazia muita distinção entre moral e religião, de modo que é difícil distinguir as *moralidades* dos *milagres* ou *mistérios*. De qualquer forma, nelas entravam elementos históricos ou legendários de forte apelo popular.

303 Refere-se ao escurecimento das peles pelo sol nos enforcados, que ficavam expostos ao ar livre.

304 Os Quinze-Vingts, hospital para os cegos fundado por São Luís em 1260. A casa comportava 300 cegos, aos quais Villon lega piedosamente as suas lentes imaginárias.

305 O prior de Saint-Ayoul de Provins ofereceu aos Quinze-Vingts uma casa e um jardim no Petit Hôtel-Dieu da cidade. Há, no caso, uma distinção entre os cegos dos Quinze-Vingts e os pensionários de Provins.

306 Refere-se aos mortos no cemitério dos Innocents. Como a morte iguala a todos, sem distinção de condições sociais, não é possível distinguir nada, particularmente no amontoado de ossos e crânios na parte superior das galerias que formavam o claustro, ali em exposição para a meditação pública. Nesse cemitério, os irmãos dos Quinze-Vingts esmolavam pelos seus cegos.

307 Enquanto o pecado era transgressão da lei divina, a culpa era tida como a "mancha do pecado".

308 A Chambre aux Deniers era encarregada do controle das despesas da casa real.

309 No or., "Clerc ne maistre ne s'i appelle". O *clerc* era o secretário do *maistre*, havendo um grau hierárquico de um para outro, mas

não uma oposição. Por sua vez, distinguiam-se dos servidores e dos que tinham trabalhos manuais e não intelectuais. De qualquer modo, a frase indica que com a morte se encontram abolidas todas as hierarquias.

310 Há aqui, segundo os intérpretes, uma alusão à Inquisição, se bem que São Domingos não foi o fundador da Inquisição, pois morreu em 1221. Só em 1223 foi instituído o tribunal especial contra os heréticos albigenses, por iniciativa de Gregório IX, conforme exigência do Concílio de Toulouse em 1229. O tribunal foi entregue à organização dos Irmãos Pregadores, ou seja, os dominicanos, confundidos com São Domingos, que sempre buscara persuadir os heréticos de seus erros. Villon invoca, nessa generalização, um tribunal de julgamento severo, que se estenderia após a morte dos pecadores.

311 Havia dois irmãos Cardon, Jacotin e Jacques Cardon, a referência sendo provavelmente ao último, que teria o apelido familiar de Jacquet. Quanto ao último, cf. nota 27 de *O legado*.

312 A propósito da *bergeronnette* (cf. or.) oferecida a Cardon, ou cançoneta pastoril, em geral delicada e suave, Villon pede, paradoxalmente, que seja cantada com a melodia de canções populares como a "Marionnette" ou "Abre a porta, Guillemette". Em tal paradoxo estaria a ironia do legado, sendo a última canção, inclusive, de fundo obsceno.

313 Na época, as crianças iam em busca de vinho ou mostarda fresca cantando canções muito livres pelo caminho. A palavra "mostarda" aqui ocultaria, no entanto, uma alusão obscena, comum na época.

314 A *bergeronnette* seria uma canção ou rondó de caráter alegre e jovial. Em vez disso, a canção aqui oferecida não tem caráter alegre algum. Segundo J. Dufournet (cf. A. Lanly), há três níveis perceptíveis na canção: 1º) um poema amoroso, na sua origem; 2º) um poema da prisão "onde se perfila a sombra da morte", após a

experiência de Meung; 3º) uma canção acusatória, que transfere ao legatário a responsabilidade pelos seus reveses. Através da leitura desse último nível se compreenderia o contraste entre o legado e o legatário, ou seja, uma canção de sentimentos delicados oferecida a um personagem grosseiro, que seria "a própria antítese da poesia". Tal interpretação, aceita por Lanly e outros (cf. Emma Stojkovic Mazzariol), difere de P. Champion e I. Siciliano, que veem na lembrança de Cardon a de um legítimo amigo de Villon.

315 Pierre Lomer, pertencente ao cabido dos cônegos de Notre Dame, que queria fazer evacuar certas ruas da cidade habitadas por mulheres de "má vida" (cf. Thuasne), pretensão aqui ironizada pelo poeta.

316 A exclusão de mulheres de cabeça descoberta ou de cabeça coberta não deixa mais nenhuma opção ao cônego no campo feminino. Os intérpretes julgam haver aqui uma insinuação de Villon quanto aos "costumes especiais" do cônego.

317 No or., "Faire ung soir foiz la faffee" [Pl.: "Faire ung soir cent foiz la faffee"], sendo a expressão equivalente a "faire la bagatelle", *i.e.*, "faire l'amour", sentido em que é tomada por Villon (cf. Thuasne).

318 Personagem heroico de uma canção de gesta que livra uma donzela de ser violentada pelos sarracenos que a tinham raptado, sendo, assim, guardião da honra feminina. Eis a ironia da alusão (cf. Thuasne).

319 Alain Chartier (1385-1433), poeta e prosador, autor do poema "La Belle Dame sans mercy", escreveu: "Je laisse aux amoureulx malades/ Qui ont espoir d'allegement/ Faire chansons, ditz et balades,/ Chacun en son entenment". Aos amantes doentes, Villon deixa, além disso, uma pia cheia de lágrimas... evidentemente em homenagem à poesia lacrimal do amor cortês.

320 Como aspersório, Villon deixa um talo de roseira sempre verde, símbolo poético mas também uma insinuação erótica. De fato, o aspersório e a pia seriam, em termos da poesia libertina,

o equivalente dos órgãos complementares do homem e da mulher, segundo J. Dufournet (cf. A. Lanly). As insinuações obscenas de Villon são a antítese de todo o clima idealista do amor cortês.

321 Esse mestre Jacques James teve contas a prestar à justiça, tendo sido prisioneiro do Châtelet. Era proprietário de uma casa de banhos públicos, e tais casas eram, de ordinário, mal-afamadas, sendo um disfarce de outras atividades. A hipótese (de Dufournet e outros) é de que o personagem fosse um proxeneta, o que esclarece toda a estrofe.

322 Alusão à pouca generosidade do personagem com as suas "noivas".

323 Uma maneira de dizer que o ganho das meretrizes volta para o bolso dos seus "protetores" ou rufiões.

324 Há várias hipóteses sobre o personagem. Segundo Marcel Schwob, apoiado depois por outros (Champion, Foulet, Dufournet), seria Pierre de Brezé, senescal da Normandia, que foi prisioneiro ao ascender Luís XI ao trono, por motivos políticos. Por que Villon zombaria dele? Talvez por não ter tido o seu auxílio na época de Carlos VII (cf. André Lanly).

325 Villon joga com o duplo sentido da palavra "marechal" em francês, que tanto pode ser marechal do exército como "marechal-ferrant" ou ferrador. Mas, como não se ferra ganso nem pato, joga também com a expressão "ferrer oyes et canectes", ou seja, se ocupar de coisas inúteis. Na verdade, o personagem é ridicularizado por se pavonear e posar de grão-senhor, sendo reduzido a ferrador.

326 No or., "S'il veult, face en des alumectes :/ De bien chanter s'enuyt on bien" [Pl.: "De beau chanter s'enuyt on bien"]. Alusão à prisão do personagem, onde só podia cantar no escuro. Propõe-lhe o "jeu des allumettes" ou a fabricação de mechas para iluminar sua cela.

327 Jean du Harlay, cf. nota 44 de *O legado*.

328 Dois velhos policiais, um deles muito gordo, que deveriam ser motivo de risos para os contemporâneos.

329 Por antífrase, supõe-se que tenham cometido trapalhadas junto ao "prevost des mareschaulx", Tristan l'Hermite, na época de Luís XI, que impôs dura disciplina às tropas.

330 Jean Chappelain, um dos doze agentes da guarda do Preboste de Paris. Com a associação do nome Chappelain, o poeta lhe doa a sua *chapelle*, *i.e.*, o seu direito, por ser *clerc*, ao benefício eclesiástico, que, aliás, jamais recebeu.

331 Missa seca: missa dita por um leigo, abreviada, sem consagração nem comunhão. Em resumo, nela o oficiante não bebe, insinuação sobre ebriedade constante do legatário.

332 Villon legaria a sua cúria (que não tinha), mas não pode fazê-lo ao agente que, além de iletrado e ébrio, teria a fama de incurável conquistador.

333 Jean de Calais, escrivão do Châtelet encarregado da verificação dos testamentos dos leigos, a serem aprovados ou contestados.

334 Invertendo a fórmula comum de passar da vida para a morte, Villon alude não só à ressurreição dos mortos para a vida eterna como talvez à crença dos mortos virarem santos (*petits dieux*), ironizando com os legatários.

335 Trata-se de uma facécia, pois a capela de Sainte-Avoye ficava num primeiro andar do convento dos agostinianos, onde não se poderiam abrir sepulturas. Trata-se, pois, de uma sepultura imaginária.

336 Após ser degradado, como se insinua nos versos da estrofe anterior ("Il fut rez, chief, barbe et sourcil,/ Comme ung navet c'on ret ou pelle"), o rigor da Justiça o condenou à prisão (o "exílio"), onde foi tratado duramente ("Et lui frappa au cul la pelle").

337 No or., "Non obstant qu'il dit : 'J'en appelle !'". Segundo alguns intérpretes, Villon acreditava que o bispo de Orléans, Thibault d'Aussigny, cometeu em relação a ele, um *clerc* de Paris, um abuso de poder ao degradá-lo (é o que se supõe) e prendê-lo em Meung. Mas não se sabe a quem se dirigiria tal apelação aludida no verso.

338 No or., "Le groz beffroy qui est de voirre". Trata-se do grande sino que anunciava catástrofes, invasões etc. numa torre de Notre Dame. Esse sino tinha sofrido rachaduras em 1429, foi reparado em 1434 e refundido em 1451. Por tal fragilidade é que Villon diz do sino "que é de vidro". Eliminou-se o qualificativo na tr. por não ser considerado essencial.

339 Isto é, duros como pedra. Refere-se ao martírio de Santo Estêvão, que foi apedrejado. (Como os ricos avaros no inferno.)

340 Guillaume Vollant, rico mercador de sal. Villon insinua aqui a sua sovinice. Os "sineiros" são velhos muito ricos.

341 Jean de la Garde, cf. notas 65 de *O legado* e 238 de *O testamento*.

342 Como um grão-senhor, Villon nomeia uma diretoria de execução dos seus solenes funerais.

343 Martin Bellefaye, oficial do Preboste de Paris e depois conselheiro do Parlamento.

344 Guillaume Colombel, encarregado do pagamento aos membros do Parlamento, secretário e depois conselheiro do rei, era homem de grande fortuna e teria enriquecido com o tráfico ilegal.

345 Michel Jouvenel, bailio (magistrado provincial) de Troyes, teria sido encarregado das exéquias de Carlos VII.

346 Philippe Brunel, senhor de Grigny, cf. notas 30 de *O legado* e 235 de *O testamento*.

347 Jacques Raguier, cf. notas 34 de *O legado* e 141 de *O testamento*.

348 Jacques James, cf. nota 321 de *O testamento*.

349 O Mestre dos Testamentos era juiz especial eclesiástico encarregado, junto ao bispado parisiense, de regulamentar os testamentos de todos aqueles que estavam submetidos à justiça eclesiástica.

350 *Quid ne quod, i.e.*, nada. Se, conforme alguns intérpretes, Villon foi destituído da sua condição de *clerc* por Thibault d'Aussigny,

estaria então fora da jurisdição eclesiástica, pelo que não dependeria em nada da avaliação do Mestre dos Testamentos.

351 Thomas Tricot, Maître ès Arts em 1452, foi contemporâneo de Villon na universidade. O poeta parece lhe manifestar simpatia, mas julgá-lo ingênuo em sua pureza, embora o juízo possa também ser irônico.

352 A oferta de *Le Trou Perrette* é de duplo sentido, pois o nome da taverna tem associações eróticas. Assim, poderia lhe ser dado como símbolo erótico "S'il sceust jouer en ung tryppot", *i.e.*, tivesse alguma experiência no jogo do amor, o que também pode ser antífrase.

353 Guillaume de Ru, burguês rico, comerciante de vinhos. Villon o encarrega de fornecer as luminárias porque, nos meios boêmios de Paris, chamava-se o vinho de "óleo". A ideia de que as luminárias fossem alimentadas pelo "huile du bon saint" é anterior à facécia de Villon, que apenas segue a tradição.

354 No transe da morte, mandava a tradição que o moribundo pedisse perdão a todos. Villon o faz, mas sem esquecer os desafetos.

355 Quanto aos cartuxos e celestinos, cf. notas 29 e 30 de *O testamento*. Quanto às ordens mendicantes, cf. nota 60 de *O legado* e notas 94, 176, 177, 183, 185, 273, 274, e 290 de *O testamento*. As devotas, cf. nota 61 de *O legado* e nota 176 de *O testamento*.

356 Era hábito dos elegantes da época usar roupas muito justas, particularmente das moças que desejavam atrair a atenção para as formas do corpo, sendo censuradas pelos defensores de uma postura mais "honesta", como a poetisa Christine de Pisan.

357 No or., "A cuidereaux d'amours transsiz/ Chauçans sans mehain fauves boctes". Na época, os elegantes usavam botas fulvas e apertadas, sofrendo, impávidos, em nome da elegância e do amor cortês.

358 Mocinhas com vestidos abaixados para mostrar espáduas e seios nus, com grande escândalo para os moralistas da época.

359 Os participantes das *soties*, que andavam em grupos de seis e eram chamados *fous* ou *sots*, indiferentemente.

360 Existem divergências quanto ao verso 7º desta estrofe, pois, segundo os manuscritos em que se baseiam as lições textuais existentes, há duas versões completamente distintas. A edição de Louis Thuasne, assim como a de Auguste Longnon (e outras, anteriores e posteriores), registra a versão "A marmosetz et marïoctes", *i.e.*, "a rapazotes e a mocinhas"; a edição de Jean Rychner e Albert Henry prefere a lição "A vecyes et marïoctes", apoiando-se numa interpretação de Felix Lecoy, que invoca exemplos de Rabelais como fundamento. André Lanly, tradutor do texto para o francês moderno, aceita a interpretação, traduzindo como "avec des vessies et des marottes". Esta tradução incorporou a mesma lição (cf. Rychner & Henry e André Lanly).

361 Refere-se, evidentemente, a Thibault d'Aussigny e a todos que participaram da sua prisão em Meung, tanto no nível judiciário (os juízes) quanto no policial (os guardas).

362 No or., "Je ne puis, car je suis assiz", *i.e.*, "Não posso porque estou sentado". Sentado no leito, entenda-se.

363 No or., "Vestuz rouge com vermeillon". Pretendendo-se mártir do amor, Villon quer que os que seguirem o seu enterro se vistam de vermelho, assim como eram vermelhos os paramentos dos padres e dos acólitos na festa dos santos mártires, sendo o vermelho a cor do sangue.

364 No or., "Prince, gent comme esmerillon". O esmerilhão é uma pequena ave de rapina, domesticável, como o falcão.

365 O vinho *morillon*, ou seja, vinho tinto pesado de muito consumo popular. Há quem veja um equívoco com *mort*, ou ainda uma alusão a Hervé Morillon, abade de Saint-Germain-des-Prés, que morreu em 1460 e tinha tido desentendimentos com a universidade. A alusão seria inteligível aos *clercs* e aos estudantes (cf. André Lanly).

/ LE TESTAMENT

II

*Pl.: Soubz luy ne tiens s'il n'est en friche ;

III

*Pl.: Non faiz, se bien me scet comprendre ;

IV

*Pl.: Et s'esté m'a dur ne cruel,

**Pl.: Trop plus que cy je ne raconte,

***Pl.: Je vous dis que j'ay, tort et honte,

****Pl.: Quoy qu'il m'aist fait, a Dieu remys.

V

*Pl.: Pour l'ame du bon feu Cotart ;

VI

*Pl.: Combien, souvent je veul qu'on prie

**Pl.: Le verset escript septïesme

VIII

*Pl.: Tant qu'il a de long ne de lé,

IX

*Pl.: Conceuz ou ventre nuptial,

**Pl.: Et puis paradis en la fin.

x

*Pl.: Et pour ce que foible me sens,

xi

*Pl.: Et escript l'an soixante et ung,

**Pl.: Lors que le roy me delivra

***Pl.: Dont suis, tant que mon cueur vivra,

****Pl.: Se que feray jusque il moura :

xiii

*Pl.: Combien, au plus fort de mes maulx,

**Pl.: Combien que pechiez si soit vile,

xiv

*Pl.: Soit vraye voulenté ou ennort

xvi

*Pl.: Griefz ne faiz a jeunes ne vieux,

xvii

*Pl.: Comme larron, car il fut des

xviii

*Pl.: « Pourquoy es tu laron en mer ? »

**Pl.: « Pourquoy laron me faiz clamer ? »

XIX

*Pl.: Excusez moy aucunement

**Pl.: Et saichiez qu'en grant povreté

XX

*Pl.: Valere pour vray le vous dit

XXI

*Pl.: Qui m'eust fait en bon cueur entrer,

XXII

*Pl.: Në a cheval. Las ! comment don ?

XXIII

*Pl.: Triste, pally, plus noir que meure,

**Pl.: Qui n'ay n'escus, rente n'avoir.

XXIV

*Pl.: Que nulz me puisse reprouchier

**Pl.: – Au moins leur a esté moult cher !

XXV

*Pl.: Qui est remply sur les chantiers :

**Pl.: Car de la pance vient la dance !

XXVI

*Pl.: Bien sçay, se j'eusse estudïé

XXVII

*Pl.: Le dit du Saige trop lui feiz

XXVIII

*Pl.: Comme, Job dit, d'une touaille

**Pl.: Sont les filletz, quant tixerant

***Pl.: Soudainement il est ravis.

****Pl.: Sy ne crains riens que plus m'assaille,

*****Pl.: Car a la mort tout assouviz.

XXIX

*Pl.: Respit aient en paradis,

XXX

*Pl.: Voyez l'estat divers d'entr'eux !

XXXI

*Pl.: Aux grans maistres Dieu doint bien fere,

**Pl.: Comme moy, Dieu doint pascïence.

XXXIV

*Pl.: Povreté, chagrine, doulente,

XXXVII

*Pl.: Seigneur, lasse ! ne l'est il mais ?

**Pl.: Selon ce que David en dist

***Pl.: Et du seurplus, je me desmez.

XL

*Pl.: Et meure ou Paris ou Elayne,

**Pl.: Cellui qui pert vent et alaine,

***Pl.: Puis sent Dieu scet quelle sueur.

****Pl.: Et qui de ses maulx si l'alege ?

XLI

*Pl.: Le corps enffler, lascher, moslir,

**Pl.: Joinctes, oz, nerfz croistre et estendre.

BALLADE [DES DAMES DU TEMPS JADIS]

*Pl.: Pour qui fut chastré et puis moyne

**Pl.: Berte au plat pié, Bietrix, Aliz,

***Pl.: Ou sont ilz, ou, Vierge souveraine ?

****Pl.: Qu'a ce reffraing ne vous remaine :

BALLADE [DES SEIGNEURS DU TEMPS JADIS]

*Pl.: Ce n'est que toute abusïon ;

[AUTRE BALLADE À CE PROPOS, EN VIEUX LANGAGE FRANÇAIS]

*Pl.: Aussi bien meurt que filz servans,

**Pl.: De ceste vie cy brassez :

***Pl.: Ou soit de Vïenne ou Grenobles

****Pl.: Ly daulphin, le preux, ly senez,

*****Pl.: Ly sires filz le plus esnez,

******Pl.: Ou autant de leurs gens prenez,

*******Pl.: Prince, a mort sont tous destinez

XLII

*Pl.: Moy, povre marcerot de regnes,

XLV

*Pl.: Ores plus riens ne dit qu'il plaise

**Pl.: Moue ne fait qu'il ne desplaise.

[LES REGRETS DE LA BELLE HEAUMIÈRE]

XLVII

*Pl.: Qui me tient, qui, que ne me fiere

XLVIII

*Pl.: « Tolu m'a ma haulte franchise

L

*Pl.: Sy m'eust dit que je le baisasse,

LI

*Pl.: « Or est mort passé a trente ans,

**Pl.: – Quelle suis, quelle devenue ! –

***Pl.: Que me regarde toute nue

LII

*Pl.: Cheveux blons, ses sourciz voultiz,

**Pl.: Grant entreuil, ce regard joly,

LIII

*Pl.: Eslevees, propres et faictises

BALLADE

[DE LA BELLE HEAUMIÈRE AUX FILLES DE JOIE]

*Pl.: Qui escolliere souliez estre,

**Pl.: Ores est temps de vous congnoistre.

***Pl.: Katherine la bourcïere,

LVII

*Pl.: Aussi rassiz que je pense estre.

**Pl.: Il me desment ? Je le mauldiz :

LVIII

*Pl.: Ouquel l'omme amoureux se boute.

LIX

*Pl.: Et rient lors quant bourse pleure.

LXI

*Pl.: Pour estaindre d'amours leurs flasmes,

LXII

*Pl.: Or firent selon ce decret

**Pl.: Car autre d'eulx n'y avoit part.

***Pl.: Touteffoiz celle amour se part,

LXIII

*Pl.: Sans l'amour des dames blasmer,

**Pl.: Qui tout unyement veult amer.

LXIV

*Pl.: C'est le droit loier qu'amans ont,

**Pl.: – C'est pure verté decellee –,

***Pl.: « Pour une joye cent doulours ».

[DOUBLE BALLADE CONTINUANT LE PREMIER PROPOS]

*Pl.: Et n'y romperez que voz testes.

**Pl.: En fut en danger de murtrier

***Pl.: Et Narcisus ly beaulx honnestes

****Pl.: Qui fut chose moult deshonnestes ;

*****Pl.: Comme ung chevaucheur d'escrinnectes,

LXVI

*Pl.: Joignant d'elle, pres sacouter,

LXVII

*Pl.: D'un viel machefer que feust peaultre,

**Pl.: D'ambesars que c'estoient ternes

***Pl.: – Tousjours trompoit ou moy ou autre

****Pl.: Et rendoit vecyes pour lanternes –

LXVIII

*Pl.: Du main que se soit le serain,

LXX

*Pl.: Et si ne leur vault pas d'un blanc.

LXXI

*Pl.: Poursuivre je vueil mon entente.

**Pl.: « Qui meurt a ses loix de tout dire. »

LXXIII

*Pl.: En ung bas, non pas en ung hault,

LXXIV

*Pl.: Pour lui, et pour son lieutenant,

LXXV

*Pl.: Sy me souvient, ad mon advis,

**Pl.: Leur plaisir fut, non pas le myen.

LXXVI

*Pl.: Et soy soustenir sur les pates.

LXXVII

*Pl.: Mais qui sont ilz ? Si le demande

LXXIX

*Pl.: Que l'en ne m'y viengne espïer.

**Pl.: Pren ancre tost, plume, pappier,

LXXXIII

*Pl.: Dieux nous garde de la main mise !

LXXXV

*Pl.: Premier doue de ma povre ame

**Pl.: La glorïeuse Trinité,

LXXXVII

*Pl.: Enffant eslevé de maillon

LXXXIX

*Pl.: Ou me retraye corps ne ame

BALLADE [QUE VILLON FAIT À LA REQUÊTE DE SA MÈRE POUR PRIER NOTRE-DAME]

*Pl.: Les biens de vous, ma dame, ma maistresse,

**Pl.: Preservez moy que ne face jamaiz ce,

***Pl.: Vous portastes, digne Vierge, princesse,

****Pl.: Offrit a mort sa tres clere jeunesse.

XCII

*Pl.: D'amours une seule estincelle

XCIII

*Pl.: « Triste paillarde, dont viens tu ? »

BALLADE [DE VILLON À SON AMIE]

*Pl.: Viel je seray, vous laide, sans couleur.

**Pl.: Mais tout franc cueur doit, par Nostre Seigneur,

LAY [OU PLUTÔT RONDEAU]

*Pl.: Oncques puis n'eus force, vigueur.

**Pl.: Mort.

***Pl.: Voirë, ou que vive sans vie,

****Pl.: Mort [etc.].

XCIX

*Pl.: Quoy ? que Marchant ot pour estat,

**Pl.: Il aura avec ce ung reau

CI

*Pl.: Aler nues jambes en chappin,

CII

*Pl.: Mais chiens, a porter espreviers,

**Pl.: Et pour prendre perdrys, ploviers,

CIII

*Pl.: Plus fort fera que le devin.

CIV

*Pl.: Marche de Bretaigne a Poictou.

**Pl.: Yquelles pensent tous les jours ;

***Pl.: M'arme ! i ne suy moy si treffou,

CX

*Pl.: Par les rues plustost qu'au champt,

**Pl.: Qu'il ne laira poullaille en voye,

***Pl.: Le long tabart est bien cachant

CXI

*Pl.: Mais pour joindre cuz et couëctes

CXII

*Pl.: Je donne six lyvres de lou,

CXVI

*Pl.: Et puis aprés, soubz ses courtines,

CXVII

*Pl.: Ilz ayment ainsi les marys.

CXVIII

*Pl.: Coustant et en publicque lieu

**Pl.: Voulsist ou nom s'en revocqua.

CXXII

*Pl.: L'amende en soit bien hault tauxee,

CXXIII

*Pl.: — Parler n'en oit qu'il ne s'en rie —

CXXIV

*Pl.: Pour le pechié de ses parens

**Pl.: Qui boivent en baris et courges,

CXXV

*Pl.: Mon procureur de court d'Eglise,

**Pl.: Ceste orroison j'ay cy escripte.

BALLADE [ET ORAISON]

*Pl.: De bien boire ne fut oncques fetart.

**Pl.: Comme homme viel qui chancelle et trespigne

***Pl.: L'ay veu souvent, quant il s'alloit coucher,

****Pl.: Et une foiz il se fist une bigne,

*****Pl.: Bien m'en souvient, pour la pie juchier.

CXXVI

*Pl.: Soit a privé ou a estrange,

CXXVII

*Pl.: Item, j'ay sceu a ce voyage

cxxix

*Pl.: Quant d'entendre la grant *credo*,

**Pl.: Trop forte elle est pour telz enffans.

***Pl.: Mon grant tabart en long je fens,

****Pl.: Pour eulx en achecter des flans,

cxxx

*Pl.: Sy vueil qu'ilz soient informez

cxxxi

*Pl.: Item, a mes povres clergons,

cxxxii

*Pl.: Soient, en riens il ne m'en plaist :

cxxxv

*Pl.: Et une houlse de basenne,

cxxxvi

*Pl.: Face argent a destre et senestre,

cxxxvii

*Pl.: — Assez j'ay perdu tout cest an,

cxxxviii

*Pl.: De giroffle plain ung panier

CXXXIX

*Pl.: C'oncques Hector fist ne Troïlle.

BALLADE

[DONNÉ PAR VILLON À UN GENTILHOMME MARIÉ DEPUIS PEU, AFIN QU'IL L'ENVOIE À L'ÉPOUSE QU'IL A CONQUISE À LA POINTE DE L'ÉPÉE]

*Pl.: Reçoyt son per et se joinct a sa plume,

**Pl.: Sachiez qu'Amour l'escript en sa volume,

***Pl.: Ne plus ne moins que le vent fait la fume.

CXLI

*Pl.: Afin qu'il sentist bon l'arseure,

BALLADE

*Pl.: En fiel de loups, de regnars, de blereaux,

**Pl.: Soient frictes ces langues ennuyeuses !

***Pl.: Soient frictes ces langues ennuyeuses !

****Pl.: En chancre et fix et en ses cleres eaues

*****Pl.: Soient frictes ces langues ennuyeuses !

******Pl.: En estamine – si sac n'avez ne bluteaux –

*******Pl.: Soient frictes ces langues ennuyeuses !

CXLII

*Pl.: Item, a maistre Jehan Courault

**Pl.: Et qu'il ne trebuche en ses las.

CXLIII

*Pl.: Lequel a tort ? Or en discute.

BALLADE

[LES CONTREDITS DE FRANC GONTIER]

*Pl.: Eussent celle doulce vie amee,

**Pl.: Sy se vantent couchier soubz le rosier,

***Pl.: De groz pain bis vivent, d'orge et d'avoyne,

****Pl.: A tel escolle une seulle journee

BALLADE

[DES FEMMES DE PARIS]

*Pl.: De beau parler tiennent chayeres,

**Pl.: Et que bonnes sont cacquetieres

***Pl.: Brectes, Souyssez ne scevent guerres,

****Pl.: Gasconnes ne Toullousïenes :

CXLV

*Pl.: Tire t'en pres et ne te hobes ;

**Pl.: Ce sont tous beaux enseignemens.

CXLVI

*Pl.: Qu'on dit de mont Valerïen,

CXLVII

*Pl.: Faisans tartes, flans et goyeres

CXLVIII

*Pl.: Car tout ont eu varletz, servantes ;

**Pl.: Qu'ilz se perdent aux Jacoppins,

BALLADE

[DE VILLON ET DE LA GROSSE MARGOT]

*Pl.: Se j'ayme et sers la belle de bon het,

**Pl.: S'ilz paient bien, je leur diz que bien *stat* :

***Pl.: Que non fera. Lors empoingne ung esclat,

****Pl.: Puis paix se fait et me fait ung groz pet,

*****Pl.: L'un vault l'autre, c'est a mau rat mau chat.

******Pl.: Ordure aimons, ordure nous affuyt,

CLII

*Pl.: Livrez par les mains de Henry.

CLIII

*Pl.: Chacun leur envoye les oz.

**Pl.: Au fort, et ilz auront les oz.

CLV

*Pl.: Escoute ! et vecy la derniere.

CLVI

*Pl.: « Beau frere, vous perdez la plus

CLVII

*Pl.: Qui pert, riens n'y font repentailles

**Pl.: C'on en meurre a honte et diffame,

CLVIII

*Pl.: S'argent avez, il n'est quicté,

**Pl.: Mais le despens et tost et viste ;

BALLADE [DE BONNE DOCTRINE À CEUX DE MAUVAISE VIE]

*Pl.: « Ryme, raille, cymballe, fluctes,

**Pl.: S'aucunement tu es lectrez,

CLIX

*Pl.: Qui estes de tous bons accors :

**Pl.: Une foyz viendra que mourrez. »

CLXI

*Pl.: Engloutir vins, engrossir pances,

**Pl.: De ce fere prest a toute heure ?

CLXII

*Pl.: Ou tous de la Chambre aux deniers,

CLXIV

*Pl.: Et les oz declinent en pouldre,

CLXVII

*Pl.: Faire ung soir cent foiz la faffee,

CLXVIII

*Pl.: Oultre le laiz Alain Chartier,

**Pl.: En tous temps vert pour guepillon,

***Pl.: Pourveu qu'ilz diront le psaultier

CLXIX

*Pl.: Et qu'il fut aux truyes, je tiens

CLXX

*Pl.: Item, le camus seneschal,

**Pl.: Sera pour ferrer oyes, canectes,

***Pl.: En lui envoyant ses sornectes

****Pl.: Pour ce dissimuler ; combien,

*****Pl.: De beau chanter s'enuyt on bien.

CLXXI

*Pl.: Lesquelz servy, dont sont plus saiges,

**Pl.: La plus partie de leurs aages,

CLXXIII

*Pl.: Et ne scet comment on me nomme,

CLXXV

*Pl.: Car s'il l'applicquoit par envye,

CLXXVI

*Pl.: Et afin q'un chascun me voye,

CLXXVII

*Pl.: — Qui n'auroit point d'escriptouoire,

CLXXVIII [ÉPITAPHE]

*Pl.: Pour Dieu, dictes en ce verset :

VERSET

*Pl.: Il fut rez, chief, barbe, sourcil,

**Pl.: Repoz

***Pl.: Repoz

CLXXIX

*Pl.: Sauvé a mainte belle terre,

CLXXXIV

*Pl.: Mais a leur seul plaisir en taillent.

CLXXXV

*Pl.: Mais ce fera ung jeune prestre

CLXXXVI

*Pl.: Trop plus me font mal c'oncques maiz

**Pl.: Barbe, cheveux, penil, sourcys ;

[BALLADE PAR LAQUELLE VILLON CRIE MERCI À CHACUN]

*Pl.: A ribleurs, menneurs de hutins,

**Pl.: A folz, folles, a sotz, a soctes,

***Pl.: A vecyes et marïoctes,

****Pl.: Macher mains soirs et mains matins,

Poésies diverses

Poesias diversas

Aultre ballade
[ou Ballade de bon conseil]

Hommes failliz, bersaudez de raison,
Desnaturez et hors de congnoissance,
Desmis du sens, comblez de desraison,
Folz abusez, plains de descongnoissance,
Qui procurez contre vostre naissance,
Vous submettans a detestable mort
Par lascheté, las ! que ne vous remort
L'orribleté qui a honte vous maine ?
Voyez comment maint jeunes homs est mort
Par offenser et prendre autruy demaine.

Chascun en soy voye sa mesprison !
Ne nous vengons, prenons en pacïence :
Nous congnoissons que ce monde est prison
Aux vertueux franchis d'impacïence.
Batre, rouiller, pour ce n'est pas scïence ;
Tollir, ravir, piller, meurtrir a tort :
De Dieu ne chault, trop de verité se tort
Qui en telz faiz sa jeunesse demaine,
Dont a la fin ses poins doloreux tort,
Par offenser et prendre autruy demaine.

Que vault piper, flater, rire en trayson,
Quester, mentir, affermer sans fïance,
Farcer, tromper, artifïer poison,

Balada do bom conselho

Homens falidos, faltos de razão,
Desnaturados, falhos de ciência,
Sem qualquer senso, em plena desrazão,
Loucos logrados, cheios de inciência,
Contra a origem, contra a consciência,
A expor-se já à detestável morte,
Por temor, ah, não lamentais a sorte
Desta ação em que o opróbrio vos venceu?
Vede quantos tão jovens vão à morte
Por usurpar o que não era seu.

Cada um veja em si a ilusão,
Não nos vinguemos, por ter paciência;
Sabemos que este mundo é só prisão
Aos justos livres da impaciência;
Bater, zurzir, é prova de ciência?
Nem pilhar ou matar, sem que se importe.
E quem na juventude se comporte
Assim, a Deus não teme, e pereceu
Em si, o justo. E treme, sem suporte,
Por usurpar o que não era seu.

Vale adular e rir-se à traição,
Pedir óbulos, fiar sem fiança,[1]
Fingir, mentir, pôr veneno em ação,

Vivre en peché, dormir en deffiance
De son prouchain sans avoir confïence ?
Pour ce conclus : de bien faisons effort,
Reprenons cueur, ayons en Dieu confort ;
Nous n'avons jour certain en la sepmaine.
De noz maulx ont noz parens le ressort,
Par offenser et prendre autruy demaine.

Vivons en paix, exterminons discord ;
Ieunes et vieulx, soyons tous d'ung accord :
La loy le veult, l'appostre le ramaine
Licitement en l'epistre rommaine.
Ordre nous fault, estat ou aucun port.
Nottons ces poins, ne laissons le vray port,
Par offenser et prendre autruy demaine

E na culpa dormir sem confiança? ◆
Em resumo: quem faz o bem é forte,
E de alma firme, em Deus que se conforte
Quem na semana o inferno padeceu;
Ou quem aos pais os erros desconforte
Por usurpar o que não era seu.

Viver em paz, vencer o que é discorde,
Ide, jovens e velhos, mais concordes:
Lei divina o requer, que se teceu
Legítima, na epístola romana;[2]
Ordem se impõe a nós de certo porte:
Não desprezemos mais este suporte
Por usurpar o que não era seu.

◆ Na edição de 1987-8 da tradução de Sebastião Uchoa Leite, pela editora Guanabara, este verso era "E em culpa dormir com desconfiança", sendo sucedido por outro "Sem ter no próximo nenhuma confiança?". Na edição de 2000, pela editora da Universidade de São Paulo, o tradutor parece ter preferido fundi-los em um só verso, diminuindo assim o número total de versos na estrofe, que fica com um verso a menos do que no texto original.

[Ballade des proverbes]

Tant grate chievre que mau gist ;
Tant va le pot a l'eaue qu'il brise ;
Tant chauf'on le fer qu'il rougist,
Tant le maill'on qu'il se debrise ;
Tant vault l'omme comme on le prise,
Tant s'eslongne il qu'il n'en souvient,*
Tant mauvais est qu'on le desprise ;
Tant crie l'on Noël qu'il vient.

Tant parl'on qu'on se contredit ;
Tant vault bon bruyt que grace acquise ;
Tant promest on qu'on s'en desdit ;
Tant pri'on que chose est acquise,
Tant plus est chere, et plus est quise,
Tant la quiert on qu'on y parvient,
Tant plus commune, et mains requise ;
Tant crye l'on Noël qu'il vient.

Tant ayme on chien qu'on le nourrist ;
Tant court chanson qu'elle est aprise ;
Tant gard'on fruit qu'il se pourrist ;
Tant bat on place qu'elle est prise ;
Tant tarde on que fault l'entreprise ;
Tant se haste on que mal advient ;
Tant embrasse on que chiet la prise ;
Tant crye l'on Noël qu'il vient.

Balada dos provérbios

Tanto raspa uma cabra que mal pasce
Tanto mais água e o pote se corrompe
Tanto arde o ferro e ele rubro faz-se
Tanto se malha algo que se rompe,
Tanto mais valha o homem mais se preza,
Tanto é mais longe e o olvido advém
Tanto é vilão que tanto se despreza,
Tanto o Natal se clama que ele vem.[3]

Tanto se fala que se contradiz,
Tanto vale o bom nome ou ter na praça,
Tanto promessas faz que se desdiz,
Tanto se roga e logo vem a graça,
Tanto mais raro quanto mais se caça,
Tanto se busca e de algo se provém
Tanto mais é comum menos tem graça,
Tanto o Natal se clama que ele vem.

Tanto se ame o cão e mais se afaga,[4]
Tanto a canção se ouve que se aprende,
Tanto se guarde a fruta mais se estraga,
Tanto se ataca o forte que se rende,
Tanto se tarde e nada se empreende,
Tanto se apressa que algo não convém,
Tanto se abraça alguém que se desprende,
Tanto o Natal se clama que ele vem.

Tant raille on que plus on n'en rit ;
Tant despend on qu'on n'a chemise,
Tant est on franc que tout s'i frit ;
Tant vault « tien » que chose promise ;
Tant ayme on Dieu qu'on suyt l'eglise ;
Tant donne on qu'emprunter convient ;
Tant tourne vent qu'il chiet en bise ;
Tant crye l'on Noël qu'il vient.

Prince, tant vit fol qu'il s'avise,
Tant va il qu'aprés il revient,
Tant le mate on qu'il se ravise ;
Tant crye l'on Noël qu'il vient.

Tanto se troça que ninguém mais ri,
Tanto se gasta que falta a camisa,
Tanto se dá que não se tem pra si,
Tanto faz "toma" ou prenda que se avisa,
Tanto mais ama a Deus a Igreja segue
Tanto se oferta que pedir convém,
Tanto mais sopra o vento e mais se ergue,
Tanto o Natal se clama que ele vem.

Príncipe: tanto é louco que se assenta,
Tanto se vai que logo se revém,
Tanto o corrigem que ele enfim atenta,
Tanto o Natal se clama que ele vem.

[Ballade des menus propos]

Je congnois bien mouches en laict,
Je congnois a la robe l'omme,
Je congnois le beau temps du let,
Je congnois au pommier la pomme,
Je congnois l'arbre a voir la gomme,
Je congnois quant tout est de mesmes,
Je congnois qui besoigne ou chomme,
Je congnois tout fors que moy mesmes.

Je congnois pourpoint au colet,
Je congnois le moyne a la gonne,
Je congnois le maistre au varlet,
Je congnois au voille la nonne,
Je congnois quant pipeur jargonne,*
Je congnois folz nourriz de cresme,
Je congnois le vin a la tonne,
Je congnois tout fors que moy mesmes.

Je congnois cheval et mulet,
Je congnois leur charge et leur somme,
Je congnois Bietrix et Belet,
Je congnois gect qui nombre et somme,**
Je congnois visïon et somme,
Je congnois la faulte des Boesmes,
Je congnois le pouvoir de Romme,
Je congnois tout fors que moy mesmes.

Balada das coisas sem importância

Conheço a mosca em leite branco,
Conheço o homem pela veste,
Conheço o tempo mau e o brando,
Conheço no ramo o cipreste,
Conheço a fruta onde se colga,
Conheço quando tudo é o mesmo,
Conheço quem trabalha ou folga,
Conheço bem, fora a mim mesmo.

Conheço o gibão no colete,
Conheço no hábito o monge,
Conheço o patrão no valete,
Conheço pelos véus a monja,
Conheço o engano na lisonja,[5]
Conheço o louco solto a esmo,[6]
Conheço o vinho bom de longe,
Conheço bem, fora a mim mesmo.

Conheço o jegue e o ginete,
Conheço a carga que os assoma,
Conheço Bia e Elisabete,
Conheço a ficha que faz soma,[7]
Conheço a visão e o sonho,
Conheço os hereges Boêmios,[8]
Conheço os poderes de Roma,[9]
Conheço bem, fora a mim mesmo.

Prince, je congnois tout en somme,
Je congnois colorez et blesmes,
Je congnois Mort qui tout consomme,
Je congnois tout fors que moy mesmes.

Príncipe, bem conheço, em suma:
Conheço os bons e os enfermos,
Conheço a morte e o que se esfuma,
Conheço bem, fora a mim mesmo.

Ballade
[des contre-vérités]

Il n'est soing que quant on a fain
Ne service que d'ennemy
Ne mascher qu'ung botel de faing
Ne fort guet que d'homme endormy
Ne clemence que felonni
N'asseurence que de peureux
Ne foy que d'homme qui regnye
Ne bien conseillé qu'amoureux.

Il n'est engendrement qu'en boing
Ne bon bruit que d'homme benny
Ne riz qu'aprés ung cop de poing
Ne lotz que debtes mectre en ny
Ne vraye amour qu'en flaterye
N'encontre que de maleureux
Ne vray rapport que menterye
Ne bien conseillé qu'amoureux,

Ne tel repos que vivre en soing
N'onneur porter que dire fy
Ne soy vanter que de faulx coing
Ne santé que d'homme bouffy
Ne hault vouloir que couardye
Ne conseil que de furïeulx
Ne doulceur qu'en femme estourdye
Ne bien conseillé qu'amoureux.

Balada das contraverdades

Não há mimos fora da fome,
Nem favor que dos inimigos,
Nem mais gosto a quem feno come,
Nem vigília que o sono amigo,
Nem clemência que a felonia,
Nem firmeza que a dos medrosos,
Nem mais fé que a da apostasia,
Nem juízo que em amorosos.

Não se gera mais que nos banhos,[10]
Nem há mais nome que em bandidos,
Nem mais rir do que quem apanha,
Nem mais bem que negar devidos,
Nem amor que em lisonjeria,
Nem encontro que o de inditosos,
Nem bons laços que em hipocrisia,
Nem juízo que em amorosos.

Não há mais paz que a do fadário,
Nem louvor do que dizer: "Fora!",
Nem vanglória que a do falsário,
Nem saúde que a da descora,
Nem audácia que em covardia,
Nem bom senso que em furiosos,
Nem dulçor que em mulher bravia,
Nem juízo que em amorosos.

Voulez vous que verté vous dye ?
Il n'est jouer qu'en maladie,
Letre vraye que tragedye,
Lasches homs que chevalereux,
Orrible son que melodye
Ne bien conseillé qu'amoureux.

Verdade quereis que vos diga?
Isto: prazer só na anemia,
Lição veraz só a lenda abriga,
Langor não há mais que em valorosos,
O horrível som que em melodia,
Nem juízo que em amorosos.

[Ballade contre les ennemis de la France]

Rancontré soit des bestes feu gectans
Que Jason vit, querant la thoison d'or,
Ou transmué d'omme en beste sept ans
Ainsi que fut Nabugodonosor,
Ou perte il ait et guerrë aussi villaine*
Que les Troyens pour la prise d'Elayne,**
Ou avallé soit avec Tantalus***
Et Proserpine es infernaulx palus,
Ou plus que Job soit en griefve souffrance,
Tenant prison en la tour Dedalus,
Qui mal voudroit au royaume de France !

Quatre mois soit en ung vivier chantans,
La teste au fons ainsi que le butor,
Ou au Grand Turcq vendu deniers contans
Pour estre mis au harnoys come ung tor,
Ou trente ans soit, comme la Magdelaine,****
Sans drap vestir de linge ne de layne,*****
Ou soit noié comme fut Narcisus,
Ou aux cheveux, comme Absalon pendus,
Ou, comme fut Judas, par Desperance,******
Ou puist perir comme Simon Magus*******
Qui mal vouldroit au royaume de France !

D'Octovïen puist venir le temps :
C'est qu'on luy coulle ou ventre son tresor,
Ou qu'il soit mis entre meulles flotans

Balada contra os inimigos de França

Que se defronte a bestas fumegantes
Qual Jasão ao buscar o velo de ouro;[11]
Ou de homem em besta mude-se durante
Sete anos qual Nabucodonosor;[12]
Sofra guerra cruel com muitas penas
Como em Troia ao raptarem Helena;[13]
Ou a Tântalo e Prosérpina iguais[14]
Atirados aos charcos infernais;
E, mais que Jó, sofra a desesperança,
Ou na torre de Dédalo sem paz,[15]
Quem mal deseje ao nosso reino, a França!

Por quatro anos num viveiro cante,
Alcaravão imerso, ou com desdouro[16]
Ao Grão-Turco se venda em vil sonante,
E a ser subjugado como um touro;[17]
Em trinta anos, igual a Madalena,
Nem de linho ou de lã um fio apenas;[18]
Ou, qual Narciso, afogue-se, ou mais:[19]
Como Absalão, suspenso nos fatais[20]
Cabelos (ou Judas, sem esperança);
Ou que pereça igual a Simão Mago,[21]
Quem mal deseje ao nosso reino, a França!

De Otaviano volte o tempo de antes:
Que se escorra no ventre o seu tesouro[22]
Ou seja posto em rodas circulantes

En ung moulin, comme fut sainct Victor,
Ou transglouty en la mer sans aleine,
Pis que Jonas ou corps de la ballaine,*********
Ou soit bany de la clarté Phebus,
Des biens Juno et du solas Venus,
Et du dieu Mars soit pugny a oultrance
Ainsi que fut roy Sardanapalus,
Qui mal voudroit au royaume de France !

Prince, porté soit des serfs Yolus
En la forest ou domine Glocus
Ou privé soit de paix et d'esperance,*********
Car digne n'est de possider vertus
Qui mal voudroit au royaume de France !

De um moinho, como foi São Victor;[23]
Ou, sem alento, o sorva a maré cheia
Mais que a Jonas no corpo da baleia;[24]
Que das luzes de Febo nunca mais
Goze, ou de Juno e Vênus bens vitais
Tenha, e de Marte a pena por herança
Como a Sardanapalo foi demais,[25]
Quem mal deseje ao nosso reino, a França!

Príncipe: de Éolo o levem os serviçais
Aos domínios de Glauco triunfais;[26]
Seja privado de paz e esperança:
Virtudes de que não é digno jamais
Quem mal deseje ao nosso reino, a França!

Rondeau

Jenin l'Avenu,
Va t'en aux estuves ;
Et toy la venu,
Jenin l'Avenu,

Si te lave nud
Et te baigne es cuves.
Jenin l'Avenu,
Va t'en aux estuves.

Rondó

Jenin, o advindo,
Vens direto às tinas,[27]
E aqui hás de, vindo,
Jenin, o advindo,

Banhar-te, e hás de, vindo,
Tirar-te as botinas.
Jenin, o advindo,
Vens direto às tinas.

Ballade Villon

[Ballade du concours de Blois ou ballade des contradictions]

Je meurs de seuf auprés de la fontaine,
Chault comme feu et tremble dent a dent,
En mon pays suis en terre loingtaine ;
Lez ung brasier frissonne tout ardent,
Nu comme ung ver, vestu en president ;
Je riz en pleurs et attens sans espoir,
Confort reprens en triste desespoir,
Je m'esjouys et n'ay plaisir aucun,
Puissant je suis sans force et sans pouoir,
Bien recueully, debouté de chascun.

Riens ne m'est seur que la chose incertaine,
Obscur fors ce qui est tout evident,
Doubte ne fais fors en chose certaine,
Scïence tiens a soudain accident,
Je gaigne tout et demeure perdent.
Au point du jour diz « Dieu vous doint bon soir ! »,
Gisant envers j'ay grant paeur de cheoir,
J'ay bien de quoy et si n'en ay pas ung,
Echoicte actens et d'omme ne suis hoir,
Bien recueully, debouté de chascun.

De riens n'ay soing, si mectz toute ma paine*
D'acquerir biens et n'y suis pretendent,
Qui mieulx me dit, c'est cil qui plus m'actaine,

Balada do concurso de Blois[28]

Morro de sede quase ao pé da fonte,
Quente qual fogo, mas batendo os dentes;
Em meu país vivo além do horizonte;
Junto a um braseiro tremo e fico ardente;
Nu como um verme. O traje: um presidente;
Rio no pranto e espero sem esperança;
Conforto acho na desesperança,
E alegro-me sem ter prazer algum;
Tenho o poder sem força ou segurança;
E sou bem-vindo a todos e a nenhum.

Só me é certo algo com que eu não conte;
Nada é obscuro, exceto o que é evidente;
E sem dúvidas, fora as que defronte,
Tomo a ciência por mero acidente;
Conquisto tudo e fico dependente;
Digo "Boa noite" se a aurora avança;
Deito-me sem controle em confiança;
Tenho alguns bens, mas sem vintém algum;
Sou um herdeiro mas sem ter herança,
E sou bem-vindo a todos e a nenhum.

Descuido-me de tudo e suo a fronte
Para ter bens, sem ter um pretendente;
Com quem mais me afague, me confronte,

Et qui plus vray, lors plus me va bourdent.
Mon ami est qui me faict entendent
D'ung cigne blanc que c'est ung corbeau noir,
Et qui me nuyst, croy qu'i m'ayde a pourvoir.
Bourde, verité, au jour d'uy m'est tout ung,
Je retiens tout, riens ne sçay concepvoir,
Bien recueully, debouté de chascun.

Prince clement, or vous plaise sçavoir
Que j'entens moult et n'ay sens ne sçavoir ;
Parcïal suis, a toutes loys commun.
Que sais je plus ? Quoy ! les gaiges ravoir,
Bien recueully, debouté de chascun.

Quem mais me é veraz é quem mais mente;
É meu amigo quem diz procedente
De um cisne alvo e um corvo a semelhança;
Em quem me nega enxergo uma aliança;
A patranha e a verdade acho comum;
Recordo tudo sem a menor lembrança
E sou bem-vindo a todos e a nenhum.

Príncipe brando: se isso não vos cansa,
De tudo eu sei, e a mente não alcança;
Sou faccioso e sigo a lei comum.
Que faço? O quê? Dos meus bens a cobrança,[29]
E sou bem-vindo a todos e a nenhum.

[Louange à Marie d'Orléans]

Jam noua progenies celo demittitur alto.

I

O louee concepcïon
Envoiee sa jus des cieulx,
Du noble lis digne sÿon,
Don de Jhesus tres precïeulx,
Marie, nom tres gracïeulx,
Fons de pitié, source de grace,
La joye, confort de mes yeulx,
Qui nostre paix batist et brasse !

II

La paix, c'est assavoir des riches,
Des povres le substantament,
Le rebours des felons et chiches ;
Tres necessaire enfantement,
Conceu, porté honnestement
– Hors le pechié originel –,
Que dire je puis sainctement
Souverain bien de Dieu eternel.

III

Nom recouvré, joye de peuple,
Confort des bons, des maulx retraicte,
Du doulx seigneur premiere et seule

Epístola a Marie d'Orléans[30]

Composta no nascimento de Marie d'Orléans

Jam noua progenies celo demittitur alto.

I

Ó louvada concepção,
Vinda dos céus, e do cioso
E nobre lírio eleição,
De Jesus é dom precioso.
MARIA, nome gracioso,
Fonte de graça e piedade,
Vinde, ó olhar caricioso,
Dar paz sem contrariedade.

II

A paz, quer dizer, a dos ricos;
E dos pobres, só o sustento;
Que se afastem os impudicos.
Se tão forçoso nascimento
Foi concebido honestamente
Sem o pecado original,
Posso dizer: foi santamente,
Sumo bem do Deus imortal.

III

É nome caro, ao povo brilha,
Folga dos bons, dos maus reparo;
Do bom senhor é prima filha

Fille de son cler sang extraicte,
Du dextre costé Clovis traicte,
Gloriëuse ymage en tous fais,
Ou hault ciel creee et pourtraicte
Pour esjouyr et donner paix.

IV

En l'amour et crainte de Dieu
Es nobles flans Cesar conceue,
Des petis et grans en tout lieu
A tres grande joye receue,
De l'amour Dieu traicte, tissue
Pour les discordez ralïer
Et aux encloz donner yssue,
Leurs lïans et fers deslïer !

V

Aucunes gens qui bien peu sentent,
Nourriz en simplesse et confiz,
Contre le vouloir Dieu attentent,
Par ignorance desconfiz,
Desirans que feussiez ung filz ;
Mais qu'ainsy soit, ainsy m'aist Dieux,
Je croy que ce soit grans proufiz ;
Raison : Dieu fait tout pour le mieulx.

VI

Du Psalmiste je prens les dictz :
Delectasti me, Domine,
In factura tua, si diz :

E única, do seu sangue claro,[31]
Da direita de Clóvis vinda;[32]
Gloriosa imagem se faz
Descer dos altos céus bem-vinda,
Para alegrar e dar a paz.

IV

No amor e no temor a Deus
E em nobres flancos concebida,
Sem distinção foi pelos seus
Com muitas festas recebida;
Só no amor de Deus foi tecida
Para unir mais a quem discorda
E aos confinados dar saída,
Rompendo os ferros e as cordas.[33]

V

Mas há os que não se contentam.
E suas rudezas assomam:
Contra o querer de Deus atentam
E na desrazão se consomem
Ao querer que ela fosse um homem;
Mas seja assim, se a Deus apraz
Que todos os proveitos somem.
A razão: Deus sabe o que faz.

VI

Ao psalmista então bendigo:[34]
Delectasti me, Domine,
In factura tua, e assim digo:

Noble enfant, de bonne heure né,
A toute doulceur destiné,
Manna du ciel, celeste don,
De tout bienfait le guerdonné
Et de noz maulx le vray pardon.

[DOUBLE BALLADE]

Combien que j'ay leu en ung dit :
Inimicum putes, y a,
Qui te presentem laudabit,
Toutesfois, non obstant cela,
Oncques vray homme ne cela
En son courage aucun grant bien
Qui ne le monstrast ça et la :
On doit dire du bien le bien.

Saint Jehan Baptiste ainsy le fist,
Quant l'Aignel de Dieu descela ;
En ce faisant pas ne mesfist,
Dont sa voix es tourbes vola,
De quoy saint Andry Dieu loua,
Qui de lui si ne sçavoit rien,
Et au Filz de Dieu s'aloua :
On doit dire du bien le bien.

Envoiee de Jhesucrist
Rappeller sa jus par deça
Les povres que Rigueur proscript
Et que Fortune betourna,

Nobre infante o céu nos dispensa
A toda doçura propensa.
Maná do céu, é que nos dão,[35]
Das ações boas recompensa
E dos pecados o perdão.

(DUPLA BALADA)

E embora sabendo o ditado:
Inimicum putes — diz —
Qui te presentem laudabit,[36]
Não obstante, não condiz
A homem vero, é o que se diz,
Calar-se o que se fez de bem,
E nisso não se contradiz:
Deve-se do bem dizer bem.

São João Batista assim o fez
Ao Cordeiro de Deus mostrar,
E se, ao fazê-lo, não desfez,
Só queria o bem demonstrar.
E Santo André, sem se prostrar,
Cantou louvor Àquele a quem,
Desconhecendo, quis prestar.[37]
Deve-se do bem dizer bem.

Enviada de Jesus Cristo
A cobrir com o vosso amparo
Todos que são da lei proscritos,
Tendo a fortuna ao desamparo:

Si sçay bien comment y m'en va :
De Dieu, de vous, vie je tien,
Benoist celle qui vous porta !
On doit dire du bien le bien.

Cy devant Dieu fais congnoissance
Que creature feusse morte,
Ne feust vostre doulce naissance,
En charité puissant et forte,
Qui ressuscite et reconforte
Ce que Mort avoit prins pour sien.
Vostre presence me conforte :
On doit dire du bien le bien.

Cy vous rans toute obeÿssance,
Ad ce faire Raison m'exorte,
De toute ma povre puissance ;
Plus n'est deul qui me desconforte
N'aultre ennuy de quelconque sorte,
Vostre je suis et non plus mien.
Ad ce, Droit et Devoir m'enhorte :
On doit dire du bien le bien

Sei por mim, que tenho preparo,
Dele e de vós essa luz vem.
Salve, pois, o vosso anteparo!
Deve-se do bem dizer bem.

Pois ante Deus estou atento:
Seria criatura morta
Não fosse o vosso nascimento,
Numa caridade tão forte
Que ressuscita e reconforta
Aos que por seus a Morte tem;[38]
Vossa presença me conforta:
Deve-se do bem dizer bem.

Eis me prostro em obediência
E faço o que a razão me exorta
Com a minha pobre potência;
Não há mais dor que desconforte,
Nem há pesar de qualquer sorte.
Doo-me a vós, e a mais ninguém,
Só a Lei e o Dever me porta:
Deve-se do bem dizer bem.

O grace et pitié tres immense,
L'entree de paix et la porte,
Some de benigne clemence
Qui noz faultes toust et supporte,
Se de vous louer me deporte,
Ingrat suis, et je le maintien,
Dont en ce refrain me transporte :
On doit dire du bien le bien.

Princesse, ce loz je vous porte
Que sans vous je ne feusse rien ;
A vous et a tous m'en rapporte :
On doit dire du bien le bien.

VII

Euvre de Dieu digne, louee
Autant que nulle creature,
De tous biens et vertus douee
– Tant d'esperit, que de nature,
Que de ceulx qu'on dit d'aventure –,
Plus que rubis noble ou balais,
Selon de Caton l'escripture :
Patrem insequitur proles.

VIII

Port asseuré, maintien rassiz
Plus que ne peut nature humaine,
Et eussiez des ans trente six ;
Enfance en rien ne vous demaine.
Que jour ne le die et sepmaine,

Graça e Piedade em essência
Que é da paz umbral e porta!
Ó soma de branda clemência
Que dá tudo e que nos suporta![39]
Se de vos louvar se deporta
A alma, e em falta se tem,
A um refrão já se transporta:
Deve-se do bem dizer bem.

Princesa: quem isso vos porta,
Sabe que não é nada sem
Vós, e que a todos se reporta:
Deve-se do bem dizer bem.

VII
Obra de Deus, e tão louvada,
Como nenhuma criatura,
E de todos os bens dotada,
Em espírito e em natura,
Dos quais se disse, com ventura,
Serem, mais do que o rubi, nobres;[40]
Pois diz Catão na escritura:
Patrem insequitur proles.[41]

Porto tão firme e abrigo, eis,
Mais do que pode a espécie humana
E se tivésseis trinta e seis;[42]
A infância não vos é tirana,
A vós, dizer dia e semana,

Je ne sçay qui le me deffant.
Ad ce propoz ung dit ramaine :
De saige mere saige enfant.

IX

Dont resume ce que j'ay dit :
Nova progenies celo,
Car c'est du poete le dit,
Jamjam demittitur alto.
Saige Cassandre, bele Echo,
Digne Judich, caste Lucresse,
Je vous congnois, noble Dido,
A ma seule dame et maistresse.

X

En priant Dieu, digne pucelle,
Qu'i vous doint longue et bonne vie
– Qui vous ayme, damoiselle,*
Ja ne coure sur lui envie ! –,
Entiere dame et assouvie,
J'espoir de vous servir ainçoys,
Certes, se Dieu plaist, que devie
Vostre povre escolier Françoys.

Nada me tolhe, nem me cansa.
E disso um conceito se emana:
"Se é sábia a mãe, tal a criança".

Resumo, pois, o que foi dito:
Nova progenies celo,
Porque é de algum poeta o dito
jamjam demittitur alto.[43]
Sábia Cassandra, ou Eco bela,
E Judith ou Lucrécia casta,
Ou nobre Dido a quem apelo;[44]
Única dama que me basta.

Rogo a Deus, ó nobre donzela,
Que vos dê longa e boa vida;
A quem vos ama e por vós zela
Não lhe seja a inveja devida.
Dama tão plena, quem duvida?
Sou quem a vosso serviço há
De estar, se Deus quiser, na vida:
Vosso pobre escolar, FRANÇOIS.

Espitre
[à ses amis]

Aiez pictié, aiez pictié de moy,
A tout le moins, s'i vous plaist, mes amis !
En fosse giz, non pas soubz houz ne may,
En cest exil ouquel je suis transmis
Par Fortune, comme Dieu l'a permis.
Filles amans jeunes gens et nouveaulx,
Danceurs, saulteurs faisans les piez de veaux,
Vifz comme dars, aguz comme aguillon,
Gousiers tintans clers comme gascaveaux,
Le lesserez la, le povre Willon ?

Chantres chantans a plaisances, sans loy,
Galans, rians, plaisans en faiz et diz,
Coureux alans francs de faulx or, d'aloy,
Gens d'esperit, ung petit estourdiz,
Trop demourez, car il meurt entandiz.
Faiseurs de laiz, de motés et rondeaux,
Quant mort sera, vous lui ferez chaudeaux !
Ou gist, il entre escler ne tourbillon ;*
De murs espoix on lui a fait bandeaux.
Le lesserez la, le povre Willon ?

Venez le voir en ce piteux arroy,
Nobles hommes, francs de quars et de dix,
Qui ne tenez d'empereur ne de roy,
Mais seulement de Dieu de Paradiz ;

Epístola aos amigos

Tende piedade, ó tende piedade
Ao menos vós, amigos mais sentidos!
No fosso estou, e sem amenidades
Cá neste exílio ao qual fui remetido
Pela Sorte, e por Deus foi permitido.
Moças, amantes, jovens e donzéis,
Saltimbancos girando sobre os pés,
Velozes dardos, finos aguilhões,
Gargantas-guizos como cascavéis,[45]
Fica o pobre Villon sob os grilhões?

Cantores livres, soltos, à vontade,[46]
Galantes palradores desmedidos,
Biltres sem ouro falso ou de verdade,
Seres de tanto espírito aturdidos,
Tardais muito, porque morre estendido!
Com rondós e motetos, menestréis,
Dai-lhe, ao morrer, um bom caldo, ao invés!
Onde está, não vão raios, turbilhões:
Muros espessos são vendas cruéis.
Fica o pobre Villon sob os grilhões?

Vinde vê-lo em atroz calamidade,
Nobres homens, sem tributos retidos,
Que sois livres de império e majestades,[47]
E só a Deus no céu sois prometidos.

Jeuner lui fault dimenches et merdiz,
Dont les dens a plus longues que ratteaux ;
Aprés pain sec, non pas aprés gasteaux,
En ses boyaulx verse eaue a groz boullon,
Bas en terre – table n'a ne tresteaux.
Le lesserez la, le povre Willon?

Princes nommez, ancïens, jouvenciaulx,
Impetrez moy graces et royaulx seaulx
Et me montez en quelque corbillon.
Ainsi le font l'un a l'autre pourceaux,
Car ou l'un brait, ilz fuyent a monceaux.
Le lesserez la, le povre Willon?

Terça e domingo são jejuns batidos[48]
E tem os dentes mais longos que ancinhos;
Após pão seco — e nada de pastéis —
Corre nas tripas água aos borbotões.
Jaz no solo, sem mesa e sem tripés:
Fica o pobre Villon sob os grilhões?

Príncipes raros, velhos ou donzéis,
Dai-me o selo real sobre os papéis[49]
E tirai-me em canastra dos porões;[50]
Até os porcos juntos são fiéis:
Se um ronca, seguem outros em tropéis.
Fica o pobre Villon sob os grilhões?

[Requête au prince]

Le mien seigneur et prince redoubté,
Floron de lis, roialle geniture,
Françoys Villon, que Travail a dompté
A coups orbes, par force de batture,
Vous supplie par ceste humble escripture
Que luy faciez quelque gracïeux prest.
De s'obliger en toutes cours est prest,
Si ne doubtez que bien ne vous contante ;*
Sans y avoir dommage n'interest,
Vous n'y perdrés seulement que l'attente.

De prince n'a ung denier emprunсté,
Fors de vous seul, vostre humble creature.
De six escuz que luy avés presté,
Cela pieça il mist en nourriture,**
Tout se paiera ensemble, c'est droiture ;
Mais ce sera legierement et prest,
Car si du glan rancontre en la forest***
D'entour Pactay et chastaignes ont vente,
Paié serez sans delay ny arrest :****
Vous n'y perdrés seulement que l'attente.

Si je pouoie vendre de ma santé
A ung Lombart, usurier par nature,
Faulte d'argent m'a si fort enchanté
Qu'en prendroie, ce cuide, l'avanture.*****
Argent ne pend a gipon n'a saincture.

Petição ao senhor de Bourbon

Ó meu senhor e príncipe temido,[51]
Florão de lis, real progenitura,
François Villon, há muito consumido
Pelo trabalho, em sua desventura,
Vos suplica em tal simples escritura
Conceder-lhe um empréstimo honesto
E se obriga a todas as cortes, presto;
Não temais, a dívida não prospera,
Sem qualquer dano ou engano funesto.
Nisso não perdereis mais do que a espera.

A príncipe algum pedir já foi premido,
Fora a vós, vossa humilde criatura.
Seis escudos que destes, já sumidos,
O livraram da fome e da apertura.
Juntos se pagarão numa futura
Data, com muita folga e prazo lesto;
Se umas glandes encontra na floresta
De Patay, e castanhas vende (espera),
Sereis pago sem atrasos molestos:
Nisso não perdereis mais do que a espera.

Se a saúde vender fosse impelido
A um Lombardo — agiota por natura —,[52]
Pela pobreza há tempos oprimido,
Cuido que eu tentaria esta aventura.
Nenhuma bolsa trago na cintura,

Biaux Sire Dieux, je m'esbahis que c'est,
Que devant moy croix ne se comparest,******
Sinon de bois ou pierre, que ne mente ;
Mais s'une foiz la vraye m'apparest,*******
Vous n'y perdrés seullement que l'attente.

Prince du lis, qui a tout bien complest,
Que cuidez vous comment il me deplaist,********
Quant je ne puis venir a mon entente !
Bien entendez ? aydés moy, s'il vous plaist,*********
Vous n'y perdrés seullement que l'attente.

Au doiz de la letre :

Allés, letres, faictes ung sault,
Combien que n'aiez pié ne langue,**********
Remonstrez en vostre harangue
Que faulte d'argent si m'assault.

Senhor bom Deus, e eis que manifesto
Um pasmo: não ver cruzes — e protesto —[53]
Senão de pau ou pedra. E desespera!
Se as reais me surgem, então me apresto:
Nisso não perdereis mais do que a espera.

Príncipe de lis — a todos tão presto —
Sabeis acaso o quanto me é infesto
Não cumprir com o que de mim se espera?
Bem me entendereis, e, assim, sede presto:
Nisso não perdereis mais do que a espera.

(*No dorso da carta*)

Vai carta, correndo, e salta,
Mesmo sem pés e sem língua:
Vai dizer que morro à míngua
E que a penúria me assalta.

Autre ballade
[ou Débat de Villon et de son cœur]

Qu'est ce que j'oy? — *Ce suis je.* — Qui? — *Ton cueur,*
Qui ne tient mais qu'a ung petit filet.
Force n'ay plus, substance ne liqueur,
*Quant je te voy tetraict ainsi seulet,**
Com povre chien tapi en reculet.
— Pour quoy est ce ? — *Par ta folle plaisance.*
— Que t'en chault il ? — *J'en ay la desplaisance.*
— Laisse m'en paix ! — *Pour quoy ?* — G'y penseray.
— *Quant sera ce ?* — Quant seray hors d'enfance.
— *Plus ne t'en dis.* — Et je m'en passeray.

— *Que penses tu ?* — Estre homme de valeur.
— *Tu as trente ans !* — C'est l'aage d'un mulet.
— *Est ce enfance ?* — Nennil. — *C'est donc foleur*
Qui te saisist. — Par ou ? Par le collet ?
— *Riens n'y congnois.* — Si faiz. — *Quoy ?* — Mousche en lait :
L'ung est blanc, noir l'autre, c'est la distance.**
— *Est ce donc tout ?* — Que veux tu ? Que je tence ?
Se n'est assez, je recommenceray.
— *Tu es perdu !* — G'y mectray resistence.
— *Plus ne t'en dis.* — Et je m'en passeray.

— *J'en ay dueil, toy le mal et douleur.*
Se feusses ung povre ydiot et folet,
Encore eusses de t'excuser couleur ;
Si n'as tu soing, tout t'est ung, bel ou lait.

O debate do coração e do corpo de Villon

As queixas de Villon ao seu coração

— Que ouço? — *Sou eu!* — Mas quem? — *É o teu cor*
Ação, que pende só de um breve fio,
Sem substância, humor e sem licor,
Ao ver-te longe e só dias a fio
E ao léu deixado como cão vadio.
— E ao que se deve? — *À tua extravagância.*
— E o que te importa? — *Apenas fico em ânsia.*
— Deixa-me em paz! — *Por quê?* — Pensarei nisso.
— *Quando será?* — Quando eu deixar a infância.
— *Mais não te digo.* — E me faz falta isso?

— *No que sonhas?* — Ser homem de valor.
— *Tens trinta!* — Igual a um mulo, pois, confio.
— *É isso infância?* — Não. — *Louco é o palor*
Que te sustém? — Ao pescoço? Eu me fio?
— *Não sabes?* — Sei? A mosca em leite frio.
Um é branco, outra é negra: é a discordância.
— *Isso é tudo?* — Não queres concordância?
Se não te basta eu pensarei mais nisso.
— *Desesperas!* — Resisto na constância.
— *Mais não te digo.* — E me faz falta isso?

— *Estou sofrido. És tu, o mal e a dor.*
Se fosses só um tolo, desconfio
Que ainda houvesse algo abonador.
Belo ou feio, é igual: teu desafio.

Ou la teste as plus dure q'un jalet,
Ou mieulx te plaist qu'onneur ceste meschance :
Que respondras a ceste consequence ?
— J'en seray hors quant je trespasseray.
— *Dieux ! Quel confort ! Quelle sage eloquence !*
Plus ne t'en dis. — Et je m'en passeray.

— *Dont vient ce mal ?* — Il vient de mon mal eur :
Quant Saturne me fist mon fardelet,
Ces motz y mist, je le croy. — *C'est foleur :*
Son seigneur es et te tiens son varlet !
Voy que Salomon escript en son roolet :
« L'homme sage, ce dit il, a puissance
*Sur planetes et sur leur influence. »****
— Je n'en croy riens : tel qu'il m'ont fait, seray.
— *Que dis tu ?* — Dea ! certes, c'est ma creance.****
— *Plus ne t'en dis.* — Et je m'en passeray.

— *Veux tu vivre ?* — Dieu m'en doint la puissance !
— *Il te fault...* — Quoy? — *Remors de consciënce,*
Lire sans fin. — En quoy ? — *Lire en sciënce,******
Laisser les folz. — Bien j'y adviseray.
— *Or le retiens !* — J'en ay bien souvenance.
— *N'attens pas tant que tourne a desplaisance.*******
Plus ne t'en dis. — Et je m'en passeray.

Cabeça dura mais que o meio-fio,
Mais que a honra, te apraz a dissonância?
O que dizes de tudo, em substância?
— Bem, que ao morrer, estarei fora disso.
— *Que consolo, meu Deus! Que retumbância!*
Mais não te digo. — E me faz falta isso?

— *De onde vem este mal?* — Do amargor;
Pois Saturno ao tecer com poderio
O meu destino, o pôs. — *És o senhor:*
Ser valete da sina é desvario.
O que Salomão disse, ora copio:
"O homem sábio (disse) tem potência
Para agir nos astros e influência".[54]
— Mas, sem crer, sou ao fado submisso.
— *O que dizes?* — É a minha evidência.
— *Mais não te digo.* — E me faz falta isso?

— *Viver não queres?* — Deus me dê potência.
— *Isso, mas falta...* — ? — *A dor na consciência.*
Ler sem findar. — O quê? — *Ler na ciência.*[55]
Longe dos loucos! — Guardo o compromisso.
— *Ouve e retém.* — Guardo essa advertência.
— *Não esperes demais, por displicência.*
Mais não te digo. — E me faz falta isso?

Probleme
[ou Ballade de la fortune]

Fortune fuz par clercs jadiz nommee,
Que toy, Françoys, crye et nomme murtriere,
Qui n'es homme d'aucune renommee.
Meilleur que toy faiz user en plastriere,
Par povreté, et fouyr en carriere :
S'a honte viz, te dois tu doncques plaindre ?
Tu n'es pas seul, si ne te dois complaindre ;
Regarde et voy, de mes faiz de jadiz,
Mains vaillans homs par moy mors et roiddiz,
Et n'es, ce sais, envers eulx ung soullon.
Appaise toy et mect fin en tes diz,
Par mon conseil prens tout en gré, Villon !

Contre grans roys me suis bien animee
Le temps qui est passé ça en arriere :
Priame occis et toute son armee,
Ne lui valut tour, donjon ne barriere.
Et Hannibal demoura il derriere ?
En Cartaige par Mort le feiz actaindre,
Et Scypïon l'Affrequain feiz estaindre.
Julles Cesar au Senat je vendiz,
En Egipte Pompee je perdiz.
En mer noyay Jazon en ung boullon
Et une foys Romme et Rommains ardiz.
Par mon conseil prens tout en gré, Villon !

Problema

Balada em nome da Fortuna

Fortuna por letrados fui chamada,
A quem, François, tu chamas de assassina,
Sem seres, ora, alguém de nomeada.
A melhores que tu dei pior sina:
A mourejar em pedreiras ou minas.
A vida te envergonha. E os teus lamentos?
Não estás só. Mas chega de tormentos
E olha atrás e vê o que já fiz,
Que a tantos bravos dei morte infeliz!
Compara: és um criado sem bom-tom.
Calma, e cala essa boca que maldiz.
Ouve bem, e consola-te, Villon.

Contra os grandes eu fui sempre animada,
Noutros tempos, envoltos na neblina:
Príamo extingui e a sua guarda,[56]
Torre e bandeiras postas na ruína.
Ficou atrás, Aníbal, na surdina?[57]
Em Cartago, na morte o acolhimento.
Cipião, o Africano? Um fim cruento.[58]
No Senado, dei César a quem quis.[59]
Matei Pompeu no Egito — é o que se diz.[60]
No mar, lancei Jasão num turbilhão.[61]
E a Roma arder inteira um dia fiz.[62]
Ouve bem, e consola-te Villon.

Alixandre, qui tant fist de hemee,
Qu'il voulut voir l'estoille poucyniere,
Sa personne par moy fut envelimee.
Alphasar roy en champ sur sa baniere
Ruay jus mort. Cela est ma maniere :
Ainsi l'ay fait, ainsi le maintendray,
Autre cause ne raison n'en rendray.
Holofernés l'idolastre mauldiz,
Qu'occist Judic, et dormoit entandiz,
De son poignart dedens son pavillon.
Absallon, quoy ? en fuyant le pendis.
Par mon conseil prens tout en gré, Villon !

Pour ce, Françoys, escoute que te dis :
Se riens peusse sans Dieu de Paradiz,
A toy n'autre ne demourroit haillon,
Car pour ung mal lors j'en feroye dix.
Par mon conseil prens tout en gré, Villon !

Explicit le testament
maistre Françoys Villon.

E Alexandre, que em guerras desalmadas,[63]
Quis ver o Sete-estrelo que ilumina
O céu, lhe dei a morte envenenada.
A Alfasar, em luta na campina[64]
Fiz rodar morto. Eis minha rotina.
E será sempre, sem mudarem ventos,
Nem dou causas, razões ou fundamentos.
Holofernes, o idólatra renhido,[65]
Fiz Judith matá-lo, adormecido.
Com seu punhal, dentro do pavilhão.
E Absalão? Na fuga suspendido.[66]
Ouve bem, e consola-te, Villon.

Assim, François, escuta e tem juízo:
Se eu pudesse, sem Deus no Paraíso,
De ti ou de outros nem restava o som.
Pois, para um mal, são mais dez que improviso.
Ouve bem, e consola-te Villon.

[Quatrain]

Je suis François, dont il me poise,
Né de Paris emprés Pontoise,
Et de la corde d'une toise
Saura mon col que mon cul poise.

Quadra

Eu sou François, isso me pesa;[67]
Sou de Paris, junto a Pontoise:[68]
De uma corda que se retesa[69]
Verá o pescoço o que o cu pesa.

[Ballade des pendus]

Freres humains qui aprés nous vivez,
N'ayez les cueurs contre nous endurciz,
Car se pitié de nous povres avez,
Dieu en aura plus tost de vous merciz.
Vous nous voiez cy attachez, cinq, six :
Quant de la chair que trop avons nourrie,
El est pieça devoree et pourrie,
Et nous, les os, devenons cendre et pouldre.
De nostre mal personne ne s'en rie,
Mais priez Dieu que tous nous vueille absouldre.

Se vous clamons freres, pas n'en devez
Avoir desdaing, quoy que fusmes occis
Par justice. Touteffoiz vous savez
Que tous hommes n'ont pas bon sens rassis.
Excusez nous, puis que sommes transis*
Envers le filz de la Vierge Marie,
Que sa grace ne soit pour nous tarie,**
Nous preservant de l'infernale fouldre.
Nous sommes mors, ame ne nous harie,
Mais priez Dieu que tous nous vueille absouldre.

La pluye nous a debuez et lavez
Et le soleil deseichez et noirciz.
Pies, corbeaulx nous ont les yeulx cavez
Et arraché la barbe et les sourcilz.

Epitáfio Villon
Balada dos enforcados

Irmãos humanos que ainda viveis,
Não sejais corações endurecidos;
Tendo pena de nós, pobres, talvez
De Deus sereis mais cedo merecidos.
Vede os pescoços, cinco ou seis, torcidos;
A carne, que sorveu tanto alimento,
Está hoje devorada e em fermento,
E, ossos, a cinza e pó vamos volver.
Ninguém ria de tal padecimento:
Clamai a Deus a nos absolver.

Se de irmãos vos chamamos, não deveis
Tratar-nos com desdém por termos sido
Justiçados. Contudo, vós sabeis:
Nem por todos o senso é conhecido,
Desculpai-nos, por sermos falecidos,
Junto ao filho da Virgem, seu assento.
Conserve-nos da graça o acolhimento:
Livre-nos de no inferno dissolver.
Eis-nos mortos, ninguém nos dê tormento:
Clamai a Deus a nos absolver.

A chuva nos lavou, limpou de vez,
E o sol secou e pôs enegrecidos;
Corvos cravam os olhos de avidez,
Barba e fios puxando enfurecidos.

Jamais nul temps nous ne sommes assis :
Puis ça, puis la, comme le vent varie,
A son plaisir sans cesser nous charie,
Plus becquetez d'oiseaulx que dez a coudre.
Ne soiez donc de nostre confrairie,
Mais priez Dieu que tous nous vueille absouldre.

Prince Jesus qui sur tous seigneurie
Gardez qu'enfer n'ay de nous la maistrie :***
A luy n'ayons que faire ne que souldre !
Hommes, icy n'a point de mocquerie,****
Mais priez Dieu que tous nous vueille absouldre.

Não nos firmamos mais, enrijecidos,
Balançando de um lado a outro, ao vento,
Sempre ao seu bel-prazer em movimento,
Mais furos que em dedal, a revolver.
Evitai da irmandade o envolvimento:
Clamai a Deus a nos absolver.

Príncipe Jesus, guiai-nos o tento,
Cuidai que o Inferno não esteja atento:
Lá, não há o que ver ou resolver.
Homens, do riso aqui há banimento:
Clamai a Deus a nos absolver.

La louange que feist Villon à la Court quant fu dist que il ne mourroit point et puis requist trois jours de relache [Louange et requête à la Cour quand il fut dit à Villon qu'il ne mourrait pas et qu'il demanda trois jours de délai]

Tous mes cinq sens, yeulx, oreilles et bouche,
Le nez et vous, le sensitif, aussi,
Tous mes membres — ou il y a reprouche —
En son endroit ung chascun die ainsi :
« Souveraine court par qui sommes icy,
Vous nous avez gardez de desconfire ;
Or la langue seule ne peut souffire
A vous rendre souffisantes louanges,
Si parlons tous, fille du souverain Sire,
Mere des bons et seur des benoistz angles. »

Cueur, fendés vous ou percez d'une broche
Et ne soiez, au moins, plus endurcy
Qu'au desert fut la forte bise roche
Dont le peuple des Juifz fut adoulcy ;
Fondez larmes et venez a mercy
Comme humble cueur qui tendrement souspire ;
Louez la court conjointe au saint empire,
L'heur des François, le confort des estranges,
Procreee lassus au ciel empire,
Mere des bons et seur des benoistz angles.

Louvor à Corte
Requisição à Corte do Parlamento

Os meus sentidos todos: olhos, boca,
Nariz, orelha e mais o sensitivo,
Meus membros todos, de nobreza pouca,
Todos em seu lugar, afirmativos:
“Suprema Corte, por quem somos vivos,
Guardastes-nos de todo perecer
E a língua agora não parece ser
Bastante a tais louvores serem ditos:
Filha do Rei, é o nosso parecer:[70]
A mãe dos bons, a irmã de anjos benditos”.

Coração, abre, ou te perfure a broca;
Não sejas mais tão duro e defensivo
Do que foi no deserto a dura roca
Que do povo judeu foi lenitivo;[71]
Verte as lágrimas, vem, perdão ativo;
Mísero coração, louva em prazer
A Corte e o Santo Império por trazer[72]
Sorte aos franceses, sem os interditos
Aos de fora. Do céu vem aprazer
A mãe dos bons, a irmã de anjos benditos.

Et vous, mes dens, chascune si s'esloche,
Saillez avant, rendez toutes mercy
Plus haultement qu'orgue, trompe ne cloche,
Et de mascher n'ayés ores soucy ;
Considerez que je fusse transsi,
Foye, polmon et rate qui respire ;
Et vous, mon corps, qui vil estes et pire
Qu'ours ne pourcel qui fait son nyt es fanges,
Louez la court avant qu'il vous empire,
Mere des bons et seur des benoistz angles.

Prince, trois jours ne vueillez m'escondire
Pour me pourvoir et aux miens adieu dire ;
Sans eulx argent je n'ay, icy n'aux changes.
Court triumphant, *fiat*, sans me desdire,
Mere des bons et seur des benoistz angles !

Vós, meus dentes, o júbilo convoca
A render graças mil. Riso emotivo,
Que mais alto que trompa ou sino toca,
Pois para mastigar não há motivo.
Ponderai que eu podia não estar vivo,
Baço, rins e pulmão — é o renascer.
Meu corpo, que mais vil pudeste ser
Que urso ou porcos, à lama só restritos,
Louva a Corte, antes de empalecer,
A mãe dos bons, a irmã de anjos benditos.

Príncipe, é só três dias conceder
Por me prover e aos meus "Adeus" dizer;
Sem eles não há câmbio e outros quesitos.[73]
Fiat, Corte, sem me desdizer,
A mãe dos bons, a irmã de anjos benditos.

L'Appel dudit Villon
[ou Question au clerc du guichet]

Que vous semble de mon appel,*
Garnier, fis je sens ou follye ?
Toute beste garde sa pel :
Qui la contraint, efforce ou lye,
S'elle peult, elle se deslye.
Quant donc par plaisir voluntaire**
Chanté me fut ceste omelie,***
Estoit il lors temps de me taire ?

Se fusse des hoirs Hue Cappel
Qui fut extrait de boucherie,
L'en ne m'eust parmy ce drappel
Fait boire en ceste escorcherie
— Vous entendez bien joncherie.
Mais quant ceste paine arbitraire****
On me juga par tricherie,*****
Estoit il lors temps de me taire ?

Cuydés vous que soubz mon cappel
N'eüst tant de philosophie
Comme de dire : « J'en appel » ?
Si avoit, je vous certifie
— Combien que point trop ne m'y fie.******
Quant on me dist, present notaire :*******
« Pendus serés », je vous affie,
Estoit il lors temps de me taire ?

Pergunta ao clérigo do postigo
Balada da apelação

Que vos parece o meu apelo,
Garnier? Tino ou desvario?[74]
Todo animal resguarda o pelo:
Se alguém o prende ao poderio
Evadir-se impõe o seu brio.
Quando um capricho voluntário[75]
Cantou-me a homilia tão a frio,[76]
Deveria calar ou o contrário?

Se herdeiro de Hugo Capeto,[77]
Que dos açougueiros viria,
Não me forçavam em pano preto
A beber na carniçaria.[78]
Entendeis esta algaravia?[79]
Quando pena tão arbitrária
Me deram por velhacaria,
Deveria calar ou o contrário?

Julgastes sob o meu capelo
Não haver mais filosofia
Para ali dizer: "Eu apelo"?
Mas sim, e isso vos confio,
Se bem que de algo desconfio.
Ao dizerem ante o notário
"Irás à forca", desafio:
Deveria calar ou o contrário?

Prince, se j'eusse eu la pepye,
Pieça je feusse ou est Clotaire,
Aux champs debout comme une espie.
Estoit il lors temps de me taire ?

Explicit

Príncipe, se o gogo eu tivesse,
Há muito que onde jaz Clotário[80]
Qual um espantalho estivesse.
Deveria calar ou o contrário?

NOTAS

/ POESIAS DIVERSAS

1 Refere-se aos que, fingindo-se de religiosos, pediam óbulos e fabricavam falsas bulas de indulgência.

2 São Paulo, Epístola aos Romanos, XII, 9-11.

3 O provérbio significaria que "de tanto se falar de uma coisa ela termina por chegar".

4 No or., "Tant ayme on chien qu'on le nourrist", ou seja, quanto mais se ama o cão mais se o alimenta.

5 No or., "Je congnois quant pipeur jargonne" [Pl.: "Je congnois quant parleur jargonne"], ou seja, "Conheço bem quando um trapaceiro fala seu jargão".

6 No or., "Je congnois folz nourriz de cresme", ou seja, "Reconheço os loucos porque se alimentam de cremes". Na verdade, popularmente, o atributo de um doido era se alimentar só de queijos. Villon troca *fromages* por *crèmes* por simples questão de rima.

7 No or., "Je congnois gect qui nombre et somme" [Pl.: "Je congnois gect qui nombre assomme"], ou seja, "Conheço a ficha que faz conta e soma", referente ao uso comum de fichas para fazer somas no jogo.

8 Refere-se à heresia dos hussitas na Boêmia e na Morávia, dos seguidores de Jean Huss, excomungado por Alexandre V. Condenado pelo Concílio de Constança, foi queimado vivo. O cisma proposto pelos hussitas causou grande celeuma e deve ter sido acompanhado com atenção por Guillaume de Villon, pai adotivo do poeta.

9 Vindo após o conhecimento da heresia hussita, o verso "Je congnois le pouvoir de Romme" significa "Reconheço o poder

do papado (ou melhor, do Vaticano)", tendo um acento irônico. Segundo Thuasne, a ironia se referia ao Concílio de Basileia, em 1431, em que o papa Eugênio IV foi posto em xeque e deposto, e sobretudo à Assembleia de Bourges, que reduziu os poderes do papa na França. Contudo, após a menção da heresia dos hussitas, permanece o sentido de que o poder de Roma é quem decide sobre as heresias e oposições. O que não impede a ambiguidade da enunciação (cf. A. Lanly).

10 Alusão às casas de banhos públicos, que muitas vezes eram disfarces para os "festoyements avec femmes" (cf. Thuasne).

11 Para ascender ao trono ocupado por seu tio, Jasão, herói da raça dos eólidas na mitologia grega, teve como "prova" e missão ir buscar o velocino de ouro em Cólquida, e para isso organizou a famosa expedição dos Argonautas, que reuniu inúmeros heróis sob o seu comando. Em Cólquida, entre outras façanhas, Jasão enfrentou e triunfou sobre touros que lançavam fogo pelas narinas, tendo sido auxiliado nisso por Medeia, a filha do rei, que era feiticeira.

12 Nabucodonosor, rei da Caldeia (605-552 a.C.), que ocupou Jerusalém em 596 a.C. A história de sua transformação em animal monstruoso pelo prazo de sete anos consta do Livro de Daniel, IV, 25-31.

13 Trata-se da lendária guerra dos gregos contra os troianos, motivada pelo rapto de Helena, esposa de Menelau, rei grego, por Páris, filho de Príamo, rei de Troia.

14 Rei da Lídia, filho de Zeus com uma mortal, segundo a mitologia, Tântalo foi condenado ao suplício nos Infernos por ter roubado o néctar e a ambrosia dos deuses, segundo uma versão; outra diz que Tântalo revelou aos homens os segredos dos deuses. Finalmente, que teria oferecido um banquete aos deuses no qual foi servido o seu próprio filho, Pélops. O suplício era a fome e a sede eternas, sem poder alcançar os frutos das árvores nem beber a água de uma fonte a seus pés. Prosérpina (ou Perséfone, na Grécia), filha de Júpiter (Zeus) e Ceres (Deméter), foi, na verdade, não condenada,

mas raptada por Plutão (Hades), tornando-se rainha dos Infernos. Juntar Tântalo, um condenado, e Prosérpina, a rainha dos Infernos, é um equívoco de informação.

15 Dédalo, arquiteto da familia real ateniense, foi condenado ao exílio por ter assassinado o próprio sobrinho. Refugiando-se em Creta, ali construiu o famoso Labirinto para o rei Minos, de complicados corredores, onde se encerrou o Minotauro. Dédalo, que teria auxiliado Ariadne e o herói Teseu, foi condenado pelo rei Minos a ficar preso com o filho, Ícaro, numa das torres do Labirinto. Ali, construiu asas artificiais com que fugiu da prisão, juntamente com Ícaro, que morreu na fuga.

16 Ave pernalta que solta um grito semelhante a um mugido de boi; presumia-se então que ficaria com a cabeça submersa ao lançar o seu grito, pois esta era a sua maneira de pescar.

17 Os cristãos, prisioneiros dos turcos, eram vendidos como escravos para trabalhos forçados.

18 Segundo Thuasne, há aqui uma confusão de Maria Madalena com Santa Maria Egipcíaca, que viveu retirada nos bosques sem ter o que vestir, segundo a legenda desta santa.

19 Versão do mito de Narciso segundo o qual ele teria se afogado ao tentar agarrar a si mesmo na fonte. Cf. nota 86 de *O testamento*.

20 Absalão, filho de Davi, rebelou-se contra o pai, cujos exércitos teve de enfrentar; vendo-se perdido, tentou a fuga, mas seus cabelos ficaram presos nos galhos de uma árvore, da qual ficou suspenso, sendo morto por Joab (cf. Livro de Samuel, II).

21 Simão Mago propôs aos apóstolos Pedro e João comprar-lhes os poderes que lhes eram dados pelo Espírito Santo, mas teve a sua proposta recusada (cf. Atos dos Apóstolos, VIII, 9-24). Outras fontes dão que Pedro e Paulo encontraram Simão Mago em Roma, flutuando entre o céu e a terra. As preces de Pedro afugentaram os demônios que sustentavam o mago no ar. Ele caiu e quebrou a cabeça. Villon refere-se provavelmente a este fato.

22 Lenda segundo a qual o imperador Otaviano, inimigo dos romanos, que figura na *História dos sete sábios*, romance de origem indiana, teria sido supliciado por sua cupidez. Os romanos fundiram uma bacia cheia de ouro que lhe foi escorrido goela abaixo.

23 Segundo a lenda, São Victor, que era oficial romano convertido ao cristianismo, foi supliciado tendo o corpo amarrado nas pás de um moinho, sendo assim despedaçado.

24 Segundo o Livro de Jonas, este não atendeu ao apelo de Deus, que o mandou pregar em Nínive. Ao embarcar em Jafa num navio fenício, Jonas foi jogado ao mar, sendo devorado por uma baleia. Nela passou três dias. Ao sair do ventre da baleia, dirigiu-se a Nínive para pregar.

25 Sardanapalo, rei lendário da Assíria, cujo nome em grego corresponde a Assurbanipal entre os assírios. A lenda o supõe levando uma vida de luxo e volúpia. Sitiado por uma revolta dos sátrapas, teria posto fogo em seu palácio, morrendo queimado com suas mulheres e seus tesouros.

26 Éolo é filho de Posídon, sendo o rei dos ventos. Nessa qualidade aparece na *Odisseia*. Numa versão mitológica, Glauco, filho de Sísifo, bebeu numa fonte que lhe deu a imortalidade. Para persuadir os homens, atirou-se ao mar e tornou-se um deus marinho, vagando sobre as ondas. No or., "En la forest ou domine Glocus"; no caso, seria o mar.

27 Refere-se aos banhos públicos. Cf. nota 10 de *Poesias diversas*.

28 O título da balada, dado por Auguste Longnon, remete para um concurso supostamente havido entre 1458 e 1460, na corte de Blois, do duque Charles d'Orléans. Seria uma disputa literária, comum na época, em torno de um tema, no caso a contradição. A balada foi encontrada, juntamente com peças de outros poetas sobre o mesmo tema, entre os manuscritos do duque (cf. André Lanly).

29 No or., "Que sais je plus ? Quoy ! les gaiges ravoir". O sentido de "les gaiges ravoir" tem sido muito discutido entre os comenta-

dores, sendo levantada, entre as hipóteses, o sentido de "reaver os bens que tinham sido postos em penhor", sabendo-se que deixar bens em penhor era uma fórmula de ter empréstimos com os grão-senhores.

30 A "Epístola a Marie d'Orléans" foi escrita em louvor do nascimento da princesa Marie d'Orléans, filha de Charles d'Orléans, persistindo dúvidas quanto à data. A epígrafe é o 7º verso da "Écloga IV" de Virgílio. Na Idade Média se considerava essa écloga como predição do nascimento do Messias. Daí as aproximações feitas entre o nascimento de Marie e a vinda do Messias, sendo também a recém-nascida identificada à Virgem Maria. Alguns supõem que os versos hiperbólicos testemunham a gratidão de Villon por sair da prisão com a entrada triunfante do duque de Orléans e sua filha (então com dois anos e sete meses) em Orléans, em 1460. Outros creem ser a composição mais antiga, de 1457 ou 1458, não vendo ligação com referências biográficas.

31 Na verdade, o duque Charles d'Orléans tivera antes uma filha, Jeanne, nas suas primeiras núpcias com a filha de Carlos VI, Isabelle. Mas essa filha morrera em 1434. Deve-se entender que Marie d'Orléans é a primeira filha do duque com Marie de Clèves, sua segunda esposa.

32 Marie d'Orléans descende da linhagem direta de Clóvis, fundador da dinastia dos francos, tal como a Virgem Maria descendia da linhagem de Davi, eleito de Deus.

33 Os comentadores que supõem ter Villon se livrado da prisão e mesmo de uma condenação à morte com a entrada de Marie d'Orléans na cidade, favorecendo a libertação dos presos, encontram nos versos finais desta estrofe a comprovação.

34 Refere-se a Davi. O Salmo é o 92, chamado "Cântico do Justo", significando: "Alegraste-me, Senhor, com a obra das tuas mãos".

35 No Evangelho segundo São João VI, 56-59, estabelece-se uma distinção entre o "pão divino", onde se dá o fenômeno da tran-

substanciação, e o maná que caiu dos céus como um socorro divino enviado aos homens. Marie d'Orléans se inclui no último caso (cf. A. Lanly).

36 Literalmente: "Considera como teu inimigo aquele que te louva em tua presença".

37 Santo André, irmão de São Pedro, juntou-se aos apóstolos de Cristo sem tê-lo conhecido antes.

38 Os intérpretes que supõem uma possível condenação à morte sofrida por Villon em Orléans encontram nessa estrofe a comprovação.

39 Aplicação a Marie d'Orléans da expressão relativa ao Messias no Evangelho segundo São João I, 19: "Eis aqui o Cordeiro de Deus que tira o pecado do mundo".

40 Na época de Villon, dizia-se da Virgem Maria ser "precieuse topasse et fin rubiz".

41 Literalmente: "Os filhos seguem os passos do pai".

42 Para alguns, há uma alusão a Marie de Clèves, mãe da infante; para outros, alude a uma passagem do protoevangelho do Pseudo Mateus VI, no qual se narra que a Virgem Maria, com apenas três anos, caminhava e falava de modo tão seguro que parecia uma adulta de trinta anos. O número trinta e seis dado pelo poeta seria só recurso de rima.

43 Cf. nota 1 de *Poesias diversas.*

44 Cassandra, filha de Príamo e Hécuba, recebeu de Apolo o dom da profecia, mas, por ter desobedecido ao deus, foi castigada, ao passar por louca, sem que dessem crédito às suas profecias; Eco, cf. nota 41 de *O testamento*; Judith, heroína judia, seduziu Holofernes, general de Nabucodonosor, cortando-lhe a cabeça durante o sono; Lucrécia, dama romana que, após ser ultrajada por Tarquínio, o Soberbo, suicidou-se, disso resultando a queda de Tarquínio e o estabelecimento da República; Dido, fundadora de Cartago,

apaixonou-se por Eneias e, após a partida do herói troiano, matou--se com a espada que ele lhe deixara.

45 Villon se referia às "cantadoras" (ou cantatrizes) que eram frequentes dos pregadores da época.

46 Existiam duas espécies de cantores públicos que exerciam o canto livre: os das tavernas e os ambulantes. Villon provavelmente se referia aos últimos, ou ainda aos bandos de estudantes de que participou.

47 Refere-se, naturalmente, aos clérigos, como ele próprio foi, isentos dos tributos por estarem submetidos à justiça eclesiástica, à exceção de delitos de maior gravidade.

48 Terças e domingos eram, justamente, os dias de maior fartura para os presos; portanto, se neles Villon jejuava, nesse caso era jejum para toda a semana.

49 Refere-se a cartas de remissão, que deveriam trazer o selo real.

50 Os prisioneiros eram descidos para o fosso das prisões através de roldanas. Villon faz aqui, segundo Thuasne, uma invocação de Virgílio amoroso sendo alçado à torre de sua amada numa canastra. Assim, ele quer ser retirado da sua prisão segundo essa tradição. Outra versão é que o poeta se teria inspirado na história de São Paulo sendo descido do alto dos muros de Damasco por seus discípulos, de acordo com os Atos dos Apóstolos, IX, 23-25 e a Segunda Epístola aos Coríntios, XI, 30-33 (cf. André Lanly).

51 Senhor é aqui tomado na acepção de senhor feudal, pois o pai de Villon era originário de Montcorbier, na região do Bourbonnais. Ali reinava, desde 1456, João II, duque de Bourbon. A suposição geral dos comentadores é que o poeta se dirige ao duque ao se encontrar em estado de penúria, após ter saído da prisão de Meung.

52 Existia em Paris uma corporação de lombardos usurários e, segundo um documento citado por Thuasne, havia em 1362 um "recebedor das dívidas dos lombardos usurários", nomeado pelo rei. Villon apenas segue uma tradição.

53 Villon refere-se aqui à cruz que aparecia nas moedas. É essa que ele nunca vê, vendo apenas as cruzes de madeira ou de pedra que se erguiam pelos caminhos. A real cruz seria apenas o dinheiro.

54 Ao que parece, Villon confunde Salomão, que disse "Ele [Deus] me deu a ciência verdadeira daquilo que é, fez-me conhecer a estrutura do mundo [...], o desenrolar do ano e a posição dos astros", e Ptolomeu, que disse "O homem de bem dominará os astros". Na Idade Média, havia uma oposição entre Salomão e Saturno (cf. André Lanly).

55 Segundo os comentadores, ciência poderia aqui ter duas interpretações, seja a de sabedoria contida em livros antigos ou modernos, seja a de teologia (cf. André Lanly).

56 Príamo era o rei de Troia, pai de Heitor e de Páris. Segundo a lenda da Guerra de Troia, misturando elementos históricos e imaginários, Príamo sustentou Troia no cerco que durou dez anos. Ulisses rompeu o cerco, e Príamo foi morto por Aquiles, ocorrendo o massacre dos troianos.

57 Um erro histórico do poeta: Aníbal não morreu em Cartago, mas na Bitínia, onde se refugiara da invasão romana. Sabedor de que o rei Prúsias II pretendia entregá-lo aos romanos, preferiu envenenar-se.

58 Outro engano de Villon: não se trata de Cipião, o Africano, o primeiro, mas certamente de Cipião Emiliano, ou o Segundo Africano, que destruiu Cartago no ano 146 a.C. e foi encontrado misteriosamente morto em seu leito, talvez envenenado. Cipião, o Africano, o primeiro, morreu pacificamente de morte natural em 183 a.C.

59 Trata-se do famoso assassinato de Júlio César no Senado romano, no complô armado por Marcus Junius Brutus contra ele.

60 Pompeu foi morto por ordem do rei Ptolomeu ao refugiar-se no Egito, após ser derrotado pelas tropas de César na Tessália.

61 Jasão, herói da mitologia grega que conquistou o velocino de

ouro, sendo auxiliado pela feiticeira Medeia, morreu, segundo a versão mais conhecida, sob uma viga do seu navio Argos, atirado contra as margens. Não se sabe qual a versão seguida por Villon.

62 Refere-se ao incêndio que destruiu Roma parcialmente no ano 64 d.C. A opinião pública julgou Nero responsável por um incêndio criminoso, mas este acusou os cristãos.

63 Segundo a lenda, Alexandre da Macedônia queria ascender ao céu para ver o Sete-estrelo, ou seja, a constelação das Plêiades. Outra lenda, que já consta de poeta anterior a Villon, Eustache Deschamps, diz que morreu envenenado, mas a história diz que morreu na Babilônia, em 323 a.C., de uma febre que o consumiu rapidamente.

64 Alfasar, ou Arfaxad, rei dos medos, que se vangloriava dos seus exércitos, foi derrotado por Nabucodonosor I, rei dos assírios, na grande planície de Ragau, Livro de Judith, VIII a XIII (cf. Emma Mazzariol).

65 Holofernes e Judith, Livro de Judith, XIII, 1-12, cf. nota 44 de *Poesias diversas.*

66 Absalão, cf. nota 20 de *Poesias diversas.*

67 A expressão "Je suis François" comportaria, segundo intérpretes, um equívoco de *François* com *français*, que se pronunciaria de maneira idêntica na época. O termo *français* seria restritamente aplicado aos da Île-de-France, e não aos normandos, picardos etc. Villon quer dizer que preferia estar fora dessa jurisdição, mas o fato é que o Preboste de Paris tinha sob a sua jurisdição todos os criminosos do reino.

68 Villon recorre a uma facécia comum que é a de inverter a hierarquia das cidades, como se Pontoise fosse mais importante do que Paris, para efeito de rima.

69 No or., "Et de la corde d'une toise" (na lição de A. Longnon), sendo *toise* a toesa, antiga medida de comprimento.

70 No or., "Si parlons tous, fille du souverain Sire". O Senhor soberano é o rei, que chamava a Suprema Corte de "sua filha".

71 Refere-se ao episódio do Antigo Testamento, no Êxodo, XVII. Os judeus reclamam a Moisés a falta de água no deserto. Invocando Deus, este determinou que Moisés conduzisse o povo até o rochedo Horeb, e nele batesse com o cajado, pois dali saltaria a água para saciar o povo.

72 Segundo Thuasne, o núcleo primitivo da Corte era a *curia regis*. Nessa interpretação, Villon renderia homenagem à Corte pela sua antiguidade e nobreza, que remontariam ao Império de Carlos Magno.

73 Villon pede três dias para se prover com seus parentes e amigos de cartas de câmbio pagáveis em um banco, a fim de poder viajar.

74 Etienne Garnier era um funcionário do cárcere do Châtelet, o qual provavelmente expressou dúvidas sobre o êxito da apelação de Villon à Corte para ser comutada a pena de morte.

75 No or., "Quant donc par plaisir voluntaire" [Pl.: "Quant a ceste paine arbitraire"]. Interpreta-se em geral como "por decisão arbitrária", tendo Villon entendido que a sua condenação à morte seria resultado de um abuso de poder.

76 Villon emprega por ironia, quanto ao enunciado do seu julgamento, termo relativo à matéria religiosa.

77 Hugo Capeto, à frente da terceira dinastia francesa, morto em 996. Entre o séc. XIII e o XV, correu uma lenda sobre as suas origens. Era filho de Hugo, o Branco, ou o Grande, duque de França, sendo este filho do rei Roberto I, morto em 923. Permaneceram obscuras as origens do pai deste último, Robert le Fort, conde de Anjou e de Blois, morto em 866. Daí se originou a lenda sobre as origens de Hugo Capeto, que se dizia descender de açougueiros, tradição seguida por Villon (cf. A. Lanly).

78 No or., "L'en ne m'eust parmy ce drappel,/ Fait boire en ceste

escorcherie". Villon refere-se à tortura de fazer o prisioneiro beber água sem parar, filtrada através de um pano de linho. A *écorcherie* (lugar onde se esfolam os animais) seria a prisão do Châtelet, cujas práticas denuncia. Mas vê-se também no termo uma alusão aos abates clandestinos de animais nas prisões, sobretudo na Conciergerie, para onde foi transferido após sua apelação à Corte.

79 No or., "– Vous entendez bien joncherie", ou seja, linguagem de duplo sentido, tal como se emprega na "Balada v" das baladas em *argot*.

80 O rei Clotário, filho de Clóvis, morto em 561. A escolha do nome seria arbitrária, em função da rima, ou uma expressão proverbial significando "no reino dos mortos".

/ POÉSIES DIVERSES

[BALLADE DES PROVERBES]

*Pl.: Tant eslongne on qu'il n'en souvient,

[BALLADE DES MENUS PROPOS]

*Pl.: Je congnois quant parleur jargonne,

**Pl.: Je congnois gect qui nombre assomme,

[BALLADE CONTRE LES ENNEMIS DE LA FRANCE]

*Pl.: Ou ait guerrë et perte aussi villaine

**Pl.: Que Troies ot pour la prise d'Elayne,

***Pl.: Ou mis de fait soit avec Tantalus

****Pl.: Ou trente ans soit, comme fut Magdelaine,

*****Pl.: Sans avoir drap de linge ne de layne,

******Pl.: Ou com Judas fut par Desesperance,

*******Pl.: Ou puist mourir comme Simon Magus

********Pl.: D'Octovïen puist revenir le temps,

*********Pl.: Pis que Jonas ou corps d'une ballaine,

**********Pl.: Et soit privé de paix et d'esperance,

BALLADE VILLON
[BALLADE DU CONCOURS DE BLOIS OU BALLADE DES CONTRADICTIONS]

*Pl.: De riens n'ay soing, si mectz toute m'atayne

[LOUANGE À MARIE D'ORLÉANS]

X

*Pl.: — Qui vous ayme, ma demoiselle,

ESPITRE [À SES AMIS]

*Pl.: Ou gist, il n'entre n'escler ne tourbillon ;

[REQUÊTE AU PRINCE]

*Pl.: Se doubte avés que bien ne vous contante ;

**Pl.: Lesquelx il mist pieça en nourriture,

***Pl.: Car se de glan rancontre la forest

****Pl.: Paié vous tiens sans delay ny arrest :

*****Pl.: Qu'en prendroie, se croy bien, l'avanture.

******Pl.: Car devant moy croix ne se comparest,

*******Pl.: Mais s'une foiz la vraye s'apparest,

********Pl.: Que pansés vous comment il me deplaist,

*********Pl.: Bien m'entendez : aydés moy, s'il vous plaist,

**********Pl.: Quoyque n'aiez ne piés ne langue,

AUTRE BALLADE [OU DÉBAT DE VILLON ET DE SON CŒUR]

*Pl.: *Quant je te voy retrait ainsi seulet,*

**Pl.: L'ung est blanc, l'autre noire, c'est distance.

***Pl.: *Sur les estoilles et sur leur influence. »*

****Pl.: – *Que dis tu ? Riens ?* – Certes, c'est ma creance.

*****Pl.: *Lire sans fin.* – Et quoy lire ? – *En scïence,*

******Pl.: – *N'attens pas trop, qu'il ne tiengne a plaisance.*

[BALLADE DES PENDUS]

*Pl.: Intercedez doncques de cueur assis

**Pl.: Que sa grace pour nous ne soit tarie,

***Pl.: Gardez qu'enfer de nous n'ay seigneurie :

****Pl.: Humains, icy n'a point de mocquerie,

L'APPEL DUDIT VILLON
[OU QUESTION AU CLERC DU GUICHET]

*Pl.: Que dictes vous de mon appel,

**Pl.: Quant a ceste paine arbitraire

***Pl.: On me juga par tricherie,

****Pl.: Ce fut son plaisir voluntaire

*****Pl.: De me juger par fausserie,

******Pl.: – Combien que point je ne m'y fie.

*******Pl.: Quant l'en me dist devant notaire :

NOTA SOBRE OS TÍTULOS DOS POEMAS

Em *O testamento*, muitos títulos são posteriores à primeira edição de Villon. São originais "Dupla balada", "Legado", "Canção", "Epitáfio" e "Outra balada". Idem quanto às séries de estrofes: "A velha que recorda o tempo de sua juventude" (encimado por "Os lamentos da Bela Armeira", título de Clément Marot) e "Lição útil aos meninos perdidos". Todos os outros são de Clément Marot, edição de 1533, e alguns resumidos pela tradição.

Em *Poesias diversas*, são originais: "Rondó", "Epístola a Marie d'Orléans", "Petição ao senhor de Bourbon" (resumido), "O debate do coração e do corpo de Villon" (ou "As queixas de Villon ao seu coração"), "Problema" (depois acrescentado de "Balada em nome da Fortuna", edição Pierre Jannet, 1867), "Louvor à Corte" (ou "Requisição à Corte do Parlamento") e "Epitáfio Villon", conhecido pela tradição como "Balada dos enforcados".

Os outros são de fontes diversas: de Clément Marot, a "Balada do bom conselho", "Balada da apelação" e "Quadra" (resumido); de P.-L. Jacob, "Balada das coisas sem importância" e "Balada dos provérbios"; de Auguste Longnon, "Balada das contraverdades", "Balada do concurso de Blois" e "Epístola aos amigos"; e, de Gaston Paris, "Balada contra os inimigos de França".

/ Estudo a-histórico de um texto: a "Balada das damas do tempo ido"[1]

Leo Spitzer

A interpretação da literatura medieval me parece sofrer, em todos os países, de um grave defeito: a carência de senso estético. Enquanto a apreciação estética, a questão da arte do escritor, é parte integrante da história literária quando se trata de obras modernas, os textos literários da Idade Média são abordados com um viés quase exclusivamente erudito e histórico, não sendo considerados primordialmente como obras de arte, mas como documentos ou testemunhos que servem a objetivos alheios à poesia. Mais comumente se discutirão a gênese e a evolução dessas obras, suas fontes e sua influência, suas relações com outras obras, a história dos usos e costumes ou da literatura — menos regularmente se descreverão seu ser, sua entidade, e menos se refletirá sobre a qualidade indestrutível dessa arte, sobre as razões pelas quais não apenas seus contemporâneos podiam, mas nós também, modernos, ainda podemos considerá-las como encarnações eternas da

1 Texto ligeiramente adaptado de uma palestra ministrada no Bryn Mawr College em 1938.

beleza.[2] E, no entanto, acredito que, após o primeiro período de nosso medievalismo, em que se exumavam tantos tesouros literários desconhecidos e se traçava a evolução dos gêneros, é chegado o momento de nos determos diante de certas obras capitais, assim como nos detemos diante de Racine e Victor Hugo — e explicar essas obras-primas em si mesmas, por assim dizer, mostrar seu organismo interno, não aquilo que as vincula a outras obras, mas aquilo que compõe sua singularidade, seu caráter de joia rara.

Todos concordam — e as antologias atestam — que a "Balada das damas do tempo ido", de Villon, é uma das glórias da

---

2 É muito curioso perceber que a beleza artística de uma das obras-primas da Idade Média, a *Canção de Rolando*, foi descoberta por acaso, pode-se dizer acidentalmente, por Joseph Bédier, quando, movido pela necessidade de provar sua teoria sobre a gênese das canções de gesta, precisou demonstrar que a *Canção de Rolando* é um organismo artístico que trai a vontade apenas de um grande poeta: a análise estética da obra em questão foi aqui uma espécie de *by-product*, de resultado acessório ou de epifenômeno da explicação histórica do gênero. A propósito, essa teoria sobre as canções de gesta é discutível, ao passo que a demonstração da unidade da *Canção de Rolando* terá valor eterno. Albert Pauphilet, em seus estudos magistrais sobre *Isembard* e a *Canção de Rolando*, superou seu mestre ao considerar essas obras como organismos artísticos e autárquicos e ao eliminar essa erudição histórico-biologista que ainda vincula a obra de Bédier àquela de seu mestre, Gaston Paris. Mas, no caso de Chrétien de Troyes, por exemplo, de tanto se buscar a origem de sua inspiração, ou inspirações, ainda não se chegou a uma compreensão nítida da essência de sua arte sutil, chamejante e ambígua. Talvez Dante e Chaucer, por meio de uma filologia italiana e inglesa eternamente inspiradas pela preocupação com a beleza, sejam os únicos a serem entendidos como artistas.

poesia francesa — mas é inútil procurar nos manuais ou nas edições científicas uma análise das razões que levam os franceses de hoje a preferirem essa poesia e não outras, igualmente renomadas, da Idade Média.[3, 4]

---

3 Algumas observações agudas encontram-se em Frédéric Paulhan, *La double fonction du langage*. Paris: Libraire Félix Alcan, 1929. p. 45.

4 Coloco em nota toda a passagem de *O testamento* que forma a moldura da balada:

XXXVIII

Sy ne suis, bien le considere,/ Filz d'ange portant deademe/ D'estelle ne d'autre sidoire./ Mon pere est mort, Dieu en ait l'ame !/ Quant est du corps, il gist soubz lame ;/ J'entens que ma mere mourra/ — Et le scet bien, la povre femme ! —/ Et le filz pas ne demourra.

XXXIX

Je congnois que pouvres et riches,/ Sagez et folz, prestres et laiz,/ Nobles, villains, larges et chiches,/ Petiz et grans, et beaulx et laitz,/ Dames a rebrassés colletz,/ De quelconque condicïon,/ Portans atours et bourreletz,/ Mort saisit sans excepcïon.

XL

Et meure Paris ou Elayne,*/ Quicunques meurt, meurt a douleur./ Telle qu'il pert vent et alaine,**/ Son fiel se criesve sur son cueur,/ Puis sue, Dieu scet quel sueur.***/ Et n'est qui de ses maulx l'alege ?****/ Car enffant n'a, frere ne seur,/ Qui lors voulsist estre son pleige. [*Pléiade: Et meure ou Paris ou Elayne,]; [**Pl.: Cellui qui pert vent et alaine,]; [***Pl.: Puis sent Dieu scet quelle sueur.]; [****Pl.: Et qui de ses maulx si l'alege ?].

XLI

La mort le fait fremir, pallir,/ Le nez courber, les vaines tendre,/ Le col enffler, la chair moslir,*/ Joinctes et nerfz croistre et estendre.**/ Corps feminin, qui tant est tendre,/ Poly, souëf, si precïeulx,/ Te fauldra il ces maulx attendre ?/ Oy, ou tout vif aler es cieulx. [*Pl.:

Em três estrofes, um cortejo de diversas belas mulheres des-

Le corps enffler, lascher, moslir,]; [**Pl.: Joinctes, oz, nerfz croistre et estendre.]

BALLADE [DES DAMES DU TEMPS JADIS]

Dictes moy ou n'en quel pays/ Est Flora la belle Romaine,/ Archipïadés ne Thaÿs,/ Qui fut sa cousine germaine,/ Echo parlant quant bruyt on maine/ Dessus riviere ou sur estan,/ Qui beaulté ot trop plus qu'umaine,/ Mais ou sont les neiges d'anten ?// Ou est la tres saige Esloÿs,/ Pour qui chastré fut et puis moyne*/ Pierre Esbaillart a Saint Denys ?/ Pour son amour eust ceste essoyne./ Semblablement, ou est la royne/ Qui commanda que Buriden/ Fust gecté en ung sac en Saine,/ Mais ou sont les neiges d'anten ? [*Pl.: Pour qui fut chastré et puis moyne]// La Royne blanche comme liz/ Qui chantoit a voix de seraine,/ Berte au grant pié, Bietrix, Aliz,**/ Haranburgis qui tint le Maine,/ Et Jehanne la bonne Lorraine/ Qu'Engloys brulerent a Rouen,/ Ou sont ilz, Vierge souveraine ?***/ Mais ou sont les neiges d'anten ? [**Pl.: Berte au plat pié, Bietrix, Aliz,]; [***Pl.: Ou sont ilz, ou, Vierge souveraine ?]// [ENVOI] Prince, n'enquerrez de sepmaine/ Ou elles sont ne de cest an/ Que ce reffraing ne vous remaine :****/ Mais ou sont les neiges d'anten ? [****Pl.: Qu'a ce reffraing ne vous remaine :]

BALLADE [DES SEIGNEURS DU TEMPS JADIS]

Qui plus, ou est ly tiers Calixte,/ Dernier decedé de ce nom,/ Quy quatre ans tint le papalixte,/ Alfonce, le roy d'Arragon,/ Le gracïeux duc de Bourbon,/ Et Artus le duc de Bretaigne,/ Et Charles septiesme le bon ?/ Mais ou est le preux Charlemaigne ?// Semblablement, le roy scotiste/ Qui demy face ot, ce dit on,/ Vermaille comme une emastiste/ Depuis le front jusque au menton,/ Le roy de Chippre de renom,/ Helas ! et le bon roy d'Espaigne/ Duquel je ne sçay pas le nom ?/ Mais ou est le preux Charlemaigne ?// D'en plus parler je me desiste,/ Le monde n'est qu'abusïon ;*/ Il n'est qui contre mort resiste/ Ne qui treuve provisïon./ Encore faiz une question :/ Lancellot, le roy de Behaygne,/ Ou est il ? ou est son

fila diante de nossos olhos para depois desaparecer no nada, tal como na sepultura, erigida por Canova, de uma princesa austríaca na igreja dos agostinianos de Viena, em que diversas estátuas de mármore se encaminham para um buraco escuro cavado na pedra, símbolo da morte. O poema, que se estende ao longo do tempo, evoca a passagem de um grupo no espaço que naturalmente também se prolonga por um certo tempo. A marcha desses seres tem um sentido e um objetivo: eles vêm do esquecimento do passado e se dirigem rumo ao abismo sombrio. A pergunta do início, "Dictes moy ou n'en quel pays" ["Dizei-me onde, em qual país"], que comporta duas partes, domina o poema, e seu final, o *envoi* dirigido ao príncipe de Puy, "[...] n'enquerrez de sepmaine/ Ou elles sont ne de cest an" ["(...) quereis na semana/ Ter resposta? Nem este ano"], responde a essa questão com a mesma simetria bipartida. Gaston Paris[5] costumava ver problemas na construção pleonástica "de sepmaine [...] ne de cest an" ["na semana (...) Nem este ano"], sem notar a correspondência entre o início e o fim do poema. É que a balada, que evoca de forma visual a passagem dessas mulheres pela terra, traduz também uma perplexidade absolutamente humana acerca do destino do homem (e, nesse caso, da mulher, representando a humanidade) em um sistema de perguntas e respostas que

---

tayon ?/ Mais ou est le preux Charlemaigne ? [*Pl.: Ce n'est que toute abusïon ;]// [ENVOI] Ou est Clacquin, le bon Breton,/ Ou le comte daulphin d'Auvergne,/ Et le bon feu duc d'Alençon ?/ Mais ou est le preux Charlemaigne ?

5 *Les Grands Écrivains français — François Villon* par Gaston Paris. Paris: Librairie Hachette et Cie, 1901. p. 108.

se renovam a cada bela cabeça de mulher que emerge do esquecimento para em seguida nele mergulhar. O início e o fim do cortejo, desse *trionfo*, para usar a expressão de Petrarca, devem ser bem marcados, já que a escolha das partes e a extensão do desfile estão subordinadas à pergunta que pesa sobre nós: o que é feito do homem, ou da mulher, após a morte? A pergunta angustiante fica sem resposta, ou melhor, o poeta nos proíbe de colocar a questão: jamais perguntem... — a poesia suprime a si mesma, o refrão deve "permanecer",[6] o cortejo deve desaparecer sem deixar vestígios, apenas o refrão está destinado à imortalidade segundo a vontade expressa do poeta, vontade que a humanidade respeitou, mas trata-se de um refrão que o próprio poeta nos apresenta como doloroso e assustador: adoraríamos traduzir o "que [...] ne" [que (...) não] por "de peur que [...] ne" [de medo que (...) não]. Não se pode apontar muitos outros exemplos de obras de arte que destruam a si mesmas dessa tal maneira diante do próprio público. Lembro-me apenas da peça musical de Haydn em que os diferentes instrumentos silenciam um após o outro, em que os instrumentistas apagam, um após o outro, as suas luminárias e deixam seus lugares — mas esse retorno gradual ao silêncio é antes uma ideia divertida e lúdica do músico quanto à discrição, não se encontra ali o simbolismo de Villon que, ao proibir que se coloque a questão "où sont-elles" [onde elas estão?], suprime, por assim dizer, o tempo no qual se passa nossa vida humana: nada deve restar do glorioso cortejo, a não

---

6 Faço minhas, com pequenas modificações, as observações finas de Friede Irmen, *Zeitschrift für Französische Sprache und Literatur*, LXII, p. 316.

ser um refrão poética leve e etéreo. Nenhuma revolta nessa queda tranquila, ao contrário, aceitação calmamente intrépida do inevitável. A ausência de resposta, que, no entanto, é uma resposta significativa, é um procedimento extremamente delicado, bastante clássico, em suma, se clássico for, conforme a definição de André Gide, toda expressão que permanece *aquém* do conteúdo afetivo expressado.

Teriam as estrofes precedentes nos preparado para esse aniquilamento plácido das belas damas? É o refrão que assume essa função preparatória. Ele acalma nossa angústia pelo simples fato de repetir os mesmos sons: uma repetição pode ser estimulante e instigante, como no refrão de outra balada de Villon com enumeração de mulheres, cujo som crepitante imita o palavrório de todas essas "linguistas": "Il n'est bon bec que de Paris" ["A língua fina é de Paris"]. Aqui a repetição nos acalma, como a tranquilidade segura, insistente e sempre constante de um pai ou uma mãe, mais velhos e mais sábios que nós. "Mais ou sont les neiges d'anten ?" ["E onde estão as neves dos anos?"] contém, de fato, uma reprimenda: "por que você está fazendo essa pergunta inútil?". Se desenvolvermos o raciocínio — pois há um raciocínio, aliás, muito preciso, por trás dessa pergunta — chegaremos a algo como: perguntar "où sont ces belles ?" [onde estão essas belas mulheres?] é tão útil quanto perguntar "où est l'année passée ?" [onde está o ano passado?]. Ou, se formularmos em termos um pouco mais abstratos: "é tão inútil querer se revoltar contra a realidade da morte humana quanto contra a sucessão das estações do ano". Ou, formulando de maneira ainda mais abstrata e eliminando o tom de reprimenda: "a vida humana está sujeita aos mesmos eclipses que a natureza, há um paralelismo entre o homem e a natureza". Levo deliberadamente o prosaísmo o mais longe possível para mostrar o quanto aquilo que é, em nossa poesia, segundo a terminologia de Valéry, "discurso" foi traduzido em "canto", o quanto o conteúdo ideal foi sublimado em matéria poética. Toda verdadeira poesia não expõe de início ideias sujeitas à razão discursiva, mas as canta, transpondo-as em música de ideias. Por quais meios essa musicalização do ideal foi efetuada? Por meio da questão que permanece neutra e impassível, "où sont ?" [onde estão?], e por meio do "mais" ["e"]. Costuma-se dizer que as conjunções não são apropriadas para a poesia, pois disparam o mecanismo intelectual de nosso cérebro e, por conseguinte, interrompem o fluxo poético. Mas nosso "mais" ["e"] não evoca um contraste de ideias, é um "mais" ["e"] emotivo que traduz um movimento da alma desse sábio pai ou dessa sábia mãe que não mais faz perguntas, porque *sabe*, e repreende a criança – tendo o leitor imperceptivelmente se tornado essa criança que escuta alguém mais sábio do que ela.

Mas a repetição do mesmo verso por quatro vezes não acabaria cansando o leitor, por mais que ele tenha se tornado criança? Observem que o verso impassível "Mais ou sont [...] ?" ["E onde estão (...)?"] exerce por três vezes sua virtude tranquilizadora no momento em que a estrofe parece se elevar em protesto, ou mesmo em revolta, contra a realidade da morte. A estrofe I deve abrir espaço para o refrão no momento em que a ninfa Eco aparece para nós, depois de outras três belas mortais, em seu esplendor de beleza "trop plus qu'umaine" ["(muito) mais que humana"] – aquilo que é sobre-humano deveria, no entanto, escapar à morte, o protesto do homem contra seu destino não é expresso em palavras, mas está no pensamento e penetra o tom da pergunta, que se torna mais agitada: a agitação recebe, assim, a resposta calma que conhecemos.

Na segunda estrofe, a revolta é mais amarga: não se trata apenas de belas mulheres como na estrofe I, em que a beleza era a nota de *basso ostinato* ("la belle Romaine" – *la beauté* "trop plus qu'umaine") ["a bela romana" – a beleza "(muito) mais que humana"]; na estrofe II, trata-se de dois exemplos de mulheres implicadas em histórias de amor passional – uma nota irônica perpassa a passagem relativa a Abelardo e Heloísa: "Pour son amour eust ceste essoyne" ["Por seu amor sofreu tão longe"]. G. Paris não gostava desse verso, provavelmente porque a ironia lhe parecesse desviar-se dessa poesia tão delicada. Mas essa crítica do amor humano foi desenvolvida por Proust em diversos volumes e condensada por outros em epigramas mordazes:[7] "eis o que ele recebeu como paga por seu amor", a saber — a palavra bruta está ali —, a castração e a reclusão monástica forçada. Essa crítica do amor serve de contrapartida a "la tres saige Esloÿs" ["(a tão) sábia Heloísa"] e ao amor de Abelardo: os comentadores nos dizem que "très sage" [muito sábia ou muito virtuosa][8] é a expressão que costuma aparecer nas cartas de Abelardo à religiosa que o desaconselhou a se casar com Heloísa. Mas o ponto importante aqui é que a *sabedoria* (castidade) de Heloísa e o amor de Abelardo não foram capazes de impedir a morte desses seres; "semblablement" ["também"], Villon nos diz, um monstro

---

7 Lope de Vega concluiu a peça *La Dorotea* com versos desiludidos: "Todo deleite es dolor,/ Y todo placer tormento/ Y el más verdadero amor/ Se vuelve aborrecimiento" [Todo deleite é dor,/ E todo prazer tormento/ E o mais verdadeiro amor/ Se torna aborrecimento].

8 Uma das acepções do termo "sage", em seu uso antigo ou ligado à religião, é "casto", "pudico", "virtuoso". [N. E.]

de crueldade, como aquela rainha que manda jogar seu amante "en ung sac en Saine" ["(em) um saco (...) ao Sena"] — a crueldade da mulher sensual que satisfez seus desejos é expressa com a mesma crueza de termos que a crueldade dos pais de Heloísa. Esse monstro de crueldade tampouco pôde se eximir do destino comum dos homens. O "semblablement" ["também"] reúne os dois extremos ou polos do amor: altruísmo-paixão egoísta, castidade-despudor. O pessimismo do poeta que, na vida que antecede a morte, descobre a paridade do destino dos virtuosos e dos indecentes ressoa amargamente em nossos ouvidos com "chastré" ["castrado"] e "sac en Saine" ["saco (...) ao Sena"] — já é tempo de o calmo refrão rechaçar nossos sentimentos de revolta.

A estrofe I nos dizia: a beleza sobre-humana não sobrevive; a estrofe II: a paixão, virtuosa ou despudorada, não apenas não sobrevive, mas sofre os mesmos infortúnios da vida; a estrofe III se dirigirá a um intercessor divino capaz de reparar a injustiça terrena, no caso em questão, uma vez que se trata de mulheres, à mulher que vive no céu, a Virgem livre da mortalidade, e o olhar do fiel, tendo assistido ao desfile de seis mulheres terrenas ou de semideusas, volta-se para o céu cristão, e a pergunta "où est ?" [onde está?] não mais é feita aos homens, ela é dirigida à própria divindade. Algumas edições modernas, após G. Paris, seguem a variante de uma das edições antigas: "Ou sont ilz, ou, Vierge souveraine ?" [Onde eles estão, onde, Virgem soberana?], e evidentemente a repetição patética desse "où" [onde] desesperado poderia contentar nossa emotividade moderna. Mas G. Paris foi levado a essa variante por meio de considerações métricas que hoje sabemos serem equivocadas. Não precisamos tornar a frase mais comovente do que ela já é: diante da "Vierge souveraine" ["Virgem Soberana"], o olhar do leitor, que se rebaixara até o "sac en Saine" ["saco (...) ao Sena"], eleva-se às serenas alturas — e a angústia do homem é medida pela distância da terra ao céu. Mas do céu não vem nenhuma resposta, e é a voz do sábio imperturbável que repete o que já sabíamos: "Mais ou sont [...] ?" ["E onde estão (...)?"]. Três vezes o olhar escrutinador do homem quis penetrar para além da morte, três vezes o fluxo ardente de sua revolta quis transpor os limites que lhe são designados — e três vezes o refrão lhe opõe uma barragem calma, sempre a mesma. O ritmo dessa poesia consiste nessa alternância entre a emoção e a calma: a impetuosidade dos sete primeiros versos é *refreada* pelo refrão. O *envoi*, "Prince, n'enquerrez [...]" ["Príncipe, quereis (...)"], ergueu um limite diante das múltiplas perguntas da balada, tendo *o refrão* a mesma função no interior de cada estrofe.

Até aqui, discuti a função do refrão "Mais ou sont [...]?" ["E onde estão (...)?"], mas o verso em si deve possuir certa magia intrínseca, já que uma espécie de plebiscito francês o classifica entre "os quatro ou cinco milagres da poesia francesa", a meio caminho entre os versos "mais revenons à ces moutons" ["mas voltemos a essas ovelhas"], de [*A farsa do advogado*] *Pathelin*, e "Et rose elle a vécu ce que vivent les roses, l'espace d'un matin" [E rosa ela viveu o que vivem as rosas, o espaço de uma manhã], de François de Malherbe. De fato, à primeira vista, o verso parece um daqueles provérbios de bom senso, sem transcendência e sem mirada sublime do mundo, partindo de um fato preciso, como tantos que fervilham na poesia do século XV. O provérbio é uma dessas "cristalizações do espírito", como diz Huizinga em seu livro sobre o declínio da Idade Média, apreciadas por uma civilização que tem uma visão prosaica do mundo. Villon valeu-se do patrimônio medieval dessas máximas que circulavam em seu entorno, tais como "or n'est-il rien dont on ne se tanne" [não há nada de que não nos cansemos], "il n'est chose plus certaine que la mort" [não há nada mais certo do que a morte] etc., e que traíam o racionalismo árido e desiludido próprio da época. Para falar a verdade, não aprendi o provérbio "Où sont les neiges d'antan ?" [Onde estão as neves de outrora?] em francês, mas em húngaro,[9] de modo que temos motivos para supor que ele pertença ao fundo comum de todos os povos e que, talvez, ele existisse também na França. Por outro lado, como tudo aquilo que foi herdado pela poesia de Villon se tornou individual e mais propriamente villoniano, o provérbio racionalista medieval se cerca aqui de contornos de devaneio e de infinito. Primeiramente, há o jogo de vogais. Depois, tem-se *les neiges* [as neves] — esse plural, que não existe em húngaro, não apenas nos faz ver uma camada branca que se estende ao infinito, mas o retorno infinito desse fenômeno branco desde tempos imemoriais *usque in aeternum* [até a eternidade]. E, ainda, tudo que há de poesia contida na palavra *antan* [antanho], que não expressa pura e simplesmente e de forma prosaica *l'année passé* [o ano passado], mas o ano passado que se tornou objeto de devaneio, o tempo decorrido e poetizado, a hera do esquecimento que invadiu o mármore da memória — *antan*

---

9 Ou, mais precisamente, uma comparação proverbial: alguma coisa desapareceu *mint a tavaszi hó* [como a neve da primavera], "comme la neige d'antan" [como a neve de outrora]. Gottschalk, *Die sprichwörtlichen Redensarten*, I, p. 11, acredita que locuções como "je n'en fais pas plus de cas que des neiges d'antan" [isso me importa tão pouco quanto as neves de outrora] derivem da poesia de Villon.

[antanho], que não é exatamente igual ao *jadis* [tempo ido] do título, o passado homogêneo e indistinto – mas que conserva ainda uma sutil alusão à parcela do tempo que é o ano, aquilo que o romântico inglês Rossetti traduz tão bem por *yesteryear* [antanho]. *Les neiges* e *antan* se completam e se interpenetram de modo a evocar essa maré branca intermitente e, no entanto, interminável. Seria possível objetar[10] que a palavra *antan* adquiriu sua transcendência somente após Villon, que, na época dele, a oposição entre *antan* = *ante annum* [um ano antes] e *ouan* = *hoc anno* [este ano] ainda não possuía o sabor arcaico que hoje possui: o que é muito verdadeiro, mas o destino de certos versos às vezes está relacionado ao acaso do desenvolvimento da língua. Os célebres versos de Racine

Ariane, ma sœur, de quelle amour blessée
Vous mourûtes aux bords où vous fûtes laissée[11]

tornaram-se ainda *mais* poéticos pelo fato fortuito do declínio do passado simples no francês pós-raciniano.[12] Estamos acostu-

---

10 Gerhard Moldenhauer, *Germanisch-Romanische Monatsschrift*, XXXII, p. 129.

11 [Ariádne, minha irmã a quem o amor também feriu,/ E abandonou nas escarpas onde foi seduzida!] Jean Racine, *Fedra*. Trad. Millôr Fernandes. Porto Alegre: L&PM, 1986. pp. 25-26. [N. E.]

12 Conforme Grevisse, há testemunhos de que, no século XVIII, o tempo verbal do passado simples, que não tem correspondente em língua portuguesa, não mais pertencia à oralidade espontânea, tendo cedido lugar ao passado composto. Na língua escrita, porém, ele permanece em pleno uso, tanto em periódicos como

mados a abarcar com o mesmo olhar a estátua antiga e a pátina que a recobre, só que a pátina sobre uma escultura pode ser removida por uma restauração hábil, enquanto a pátina linguística de um texto adere de modo bem mais tenaz às palavras da língua, que possuem uma evolução irreversível. Seja como for, por que não registraríamos no patrimônio do poeta a contribuição dos séculos posteriores? Ele utilizou *antan* [antanho], palavra suscetível de poetização, não empregou o banal *l'année passé* [o ano passado], que teria matado seu verso.

Observemos ainda o caráter vago e devaneador da pergunta "Mais ou sont [...] ?" ["E onde estão (...) ?"]. A correspondência entre o destino humano e as estações da natureza não é afirmada com todas as letras, mas sugerida. Aqui, também, pode ser que nossa concepção moderna da poesia, a poesia que não deveria nomear, mas sugerir, de acordo com o famoso programa de Mallarmé, tenha acrescentado um sabor poético ao texto de Villon — a verdade é que Villon escreveu um texto que se oferecia a essa reclassificação. A Idade Média moralizadora e didática teria preferido nomear, formular — mas aqui, ao menos, nosso poeta nos deixa entrever uma ordem irrevogável da natureza e uma aceitação dessa ordem que parece antecipar um pouco o Renascimento e o paganismo do *carpe diem* de Ronsard.[13]

---

na literatura. Cf. Maurice Grevisse e André Goosse, *Le Bon Usage 75 ans — Grammaire Langue Française*. Bruxelas: De Boeck Duculot, 2011. p. 1143. [N. E.]

13 Esse simbolismo discreto que não é dado a ênfases é bastante moderno: basta lermos "Booz endormi" ["Booz adormecido"], de Victor Hugo, em que a *nuit nuptiale, auguste et solennelle* [a noite nupcial, augusta e solene] e o céu repleto de estrelas colaboram

Além disso, a identificação da mulher com a natureza é sugerida duas vezes fora do refrão, no corpo da balada: "Echo parlant quant bruyt on maine/ Dessus riviere ou sur estan" ["Eco a falar, voz que se emana,/ Qual rumor, de rios e planos"] e a histórica "[La] Royne blanche comme liz/ Qui chantoit a voix de seraine" ["(A) Rainha Branca qual lis/ A cantar com voz de sereia"] são ao mesmo tempo mulheres terrenas, filhas da natureza e seres mitológicos que a preenchem com seus sons misteriosos, mais próximos das ninfas e das dríades da Plêiade do que da mulher-natureza Eva da Idade Média, instrumento da tentação diabólica, *janua diaboli* [a porta do demônio].

Passemos agora à enumeração das *clarae mulieres* [mulheres brilhantes] nesse *trionfo* villoniano! Não seria a enumeração um procedimento enfadonho, pouco lírico, já que pressupõe, da parte do leitor, uma operação aditiva, aritmética? E esses nomes que falavam à imaginação do tempo do poeta, exercem eles ainda o mesmo encanto sobre nós? É possível que sim quando se trata de Flora, Eco, Taís, Heloísa, a Donzela e, no limite, Berta Pé Grande. Mas Arquipíades, Beatriz, Alis, Haremburges, que não nos dizem nada, não seriam elas um peso morto nessa poesia tão etérea? Acredito que haja uma poesia inerente aos nomes próprios, enquanto sons, independentemente de estar em questão sua atribuição a um personagem em particular. Em todas as línguas, o nome próprio é mais resistente à análise etimológica do que o substantivo comum, consequentemente, pode-se

---

com a fecundação do velho patriarca, para perceber o quanto Villon preparou uma visão do homem como partícipe das transformações na natureza.

melhor saboreá-lo como matéria soante, como matéria de devaneio. O destino extraordinário conferido, a partir de Théophile Gautier, ao verso raciniano "La fille de Minos et de Pasiphaé" ["A filha de Minos e Pasífae"] deve-se, antes de mais nada, a essa poesia de sons inusitados em francês. Muito se destacou a poesia que Pascal, Bossuet e Victor Hugo extraem dos nomes próprios: eles formam uma mata virgem afastada da língua cotidiana, são uma espécie de *Urwörter* [palavras primordiais], inanalisáveis, subtraídos da história cujo fardo é carregado pelas outras palavras da língua. Quem negará a beleza musical desses nomes terminados em *-is*, *Thaïs, Héloïs, Haremburgis*, esse sussurro de folhas caindo — quem ousará me explicar este último nome apenas por uma latinização de *Harembourg*, enquanto toda a balada é construída no ritmo acalentador dos nomes em *-is* opondo-se às rimas em *-aine*: "La Royne blanche comme liz/ Qui chantoit a voix de seraine" ["A Rainha Branca qual lis/ A cantar com voz de sereia"]? Esse verso encontrou uma espécie de harmonia imitativa, uma espécie de expressão onomatopeica de seu ser: seu canto repercute no canto do poeta. Observemos que o desfile das belas mulheres se perfaz numa ordem absoluta: a primeira estrofe nos mostra as mulheres do mundo antigo, históricas ou lendárias; a segunda estrofe, duas amantes célebres da Idade Média; a estrofe III, uma multidão de mulheres históricas ou lendárias, seguidas, ao fim, por Joana d'Arc, quase contemporânea do poeta patriota.

Agora compreendemos por que essa balada se encontra em todas as antologias e por que o refrão está em tantas bocas francesas. Mas, do mesmo modo como pudemos mostrar que o refrão, além de seu valor intrínseco, exerce uma certa função na poesia, também essa poesia exerce uma certa função no conjunto de *O testamento*, do qual as antologias a desatrelam com tanta arbitrariedade. De fato, cometemos aqui um grande erro — erro, aliás, proposital, para mostrar suas consequências —, o de não cumprir a primeira exigência de uma análise: localizar, antes de mais nada, o texto a ser explicado. Nossa balada se encontra na introdução de cerca de oitocentos versos de *O testamento*, antes mesmo de o autor começar a testamentar, portanto, na parte mais pessoal e mais trágica dessa obra cuja estrutura bem estabelecida nos parece bastante convencional e rígida: esse gênero já adotado uma vez por Villon em uma obra juvenil, *O legado*, de um modo muito mais superficial, mostra o caráter ambíguo de sua poesia, restringida às antigas formas fixas da Idade Média, mas emancipando-se, pela contribuição pessoal, até mesmo autobiográfica, de formas por demais cristalizadas: um testamento é um documento jurídico, vinculado a determinadas formas protocolares — e quem diz texto "jurídico" diz "texto antipoético". Villon soube, com a força de sua personalidade, extrair o "canto" de uma matéria essencialmente concernente à prosa e ao discurso. Ele ainda não era suficientemente hábil para forjar uma forma independente, adequada a seus sentimentos, mas já era hábil o bastante para fazê-los atravessar a estrutura da poética medieval. A forma do testamento permite a Villon, esse *Janus bifrons* [Jano bifronte] do lirismo, expressar ao mesmo tempo seu terror perante a morte e seu amor pela vida, a esperança na redenção de sua alma pecadora e o torpor ou a torpeza de sua existência terrena, a consciência da fatuidade do carnal e a adoração dessa carne perecível e, no entanto, tão bela. Villon é realmente o poeta do declínio da Idade Média, que, ao mesmo tempo que acreditava com toda a sua alma nos dogmas pregados pela Igreja, sente na carne a eterna beleza da vida terrena. Nossa balada tem seu lugar bem definido após a evocação cruel e brutal da devastação causada pela morte. Villon vê a morte se aproximar de sua amada mãe, que se juntará ao pai, cujo corpo jaz "soubz lame" ["(sob) a lousa"], sob a cobertura do sepulcro, e de si próprio, que não será poupado. E a estrofe 39 será uma dança macabra, tal como se podia vê-la representada nas paredes dos conventos, onde uma morte funereamente igualitária ataca "sem exceção" todos os níveis da escala social, moral e estética – cabe notar a complacência com que Villon se detém especificamente nas "dames a rebrassés colletz" ["damas de encolhidos coletes"] ou, como diríamos no baixo mundo, nas mulheres que vendem o próprio corpo. E as estrofes 40-41 não mais descreverão a dança preparada para todos pelo espectro carrancudo, mas a morte individual que aguarda cada homem em particular: "Et meure Paris ou Elayne,/ Quicunques meurt, meurt a douleur" ["E morra Páris, morra Helena,/ Quem quer que morra, morre em dor"]. À época, a descrição física, anatômica, dessa passagem do ser para o não-ser era chamada de *le pas de la mort* [o passo da morte]: e novamente, Villon, perturbado pelo medo da morte pessoal, encontrará inflexões particularmente compassivas para a deterioração do corpo feminino, tendo talvez por seu próprio corpo uma ternura igual à que ele devota ao das mulheres. E, nesse momento preciso, quando Villon, temendo sua própria morte e ainda inconformado com o destino da putrefação corporal, dilacera seu verso a ponto de quebrá-lo como as articulações de um esqueleto ou como os ossos de um ser atormentado pelo horror – nesse momento preciso, após a dança macabra e o *pas de la mort*, ressoam as estrofes relativamente calmas, equilibradas, serenas, musicais, que terminam no devaneio e na reflexão, que aceitam a lei da natureza. Nossa balada é como um *trionfo* desvanecido, uma dança velada de belas sombras sobre um friso de mármore acariciado pela hera do esquecimento. A agonia, a putrefação do corpo, os odores fétidos e as visões macabras se resolvem na poesia doce da ataraxia. Só se pode compreender a função tranquilizadora da balada comparando-a às estrofes agitadas pelo horror que a precedem — ao decupar a balada, nossas antologias destroem o organismo poético. Diga-se de passagem: se fosse necessário, poderíamos provar que Villon não inseriu *a posteriori* sua balada em nosso poema, mas que ela se desenvolveu nele, solidária com o restante de toda essa introdução. O verso 313, "Et meure Par*is* ou El*ayne*" ["E morra Páris, morra Helena"], já oferece, como num diapasão, as rimas ternamente sussurrantes *-is, -aine*, sobre as quais se acalenta a balada, e, já na estrofe 29, aparece o *leitmotif* "où sont ?" ["onde estão?"]: "Ou sont les gracïeux galans" ["Onde estão os gentis galantes"]. Há uma unidade de inspiração ao longo de toda essa introdução de *O testamento* que, aliás, não me parece uma interpolação tardia, conforme propõe Italo Siciliano em sua tese sobre Villon, opinião à qual Louis Cons opôs excelentes argumentos.[14] Assim como o refrão tem seu lugar orgânico no interior da balada, assim como a balada o tem no interior da introdução, também a totalidade da introdução é parte integrante de *O testamento*.

Se eu ainda não tivesse conseguido provar a beleza da "Balada das damas do tempo ido", seria agora fácil para mim submeter

---

14 "L'état present des études sur Villon" [O estado atual dos estudo sobre Villon]. Paris: Les Belles-Lettres, 1936. In-8° p. 130 et seq. Ver também o artigo mais recente de Siciliano em *Romanische*, LXV, p. 1 et seq., particularmente as observações judiciosas sobre a "Balada dos senhores do tempo passado", p. 4.

meus argumentos a uma contraprova: eu examinaria brevemente a "Balada dos senhores do tempo passado", que foi composta aos moldes da "Balada das damas". Por mais que a primeira balada seja uma obra-prima, sua cópia não o é em absoluto. Essa transformação de um achado único em trivialidade, em matriz de inúmeras cópias, ilustra bem a verdade do provérbio latino: "Ne bis in idem" [Não incidir duas vezes no mesmo]. Comparem o refrão "Mais ou est le preux Charlemaigne ?" [(Onde está) "Carlos Magno, que a lenda ganha?"] ao refrão da "Balada das damas": o grande e poderoso personagem do imperador lendário vem esmagar com seu peso aqueles que são menores e menos poderosos que ele, é um triunfo da força – quase da força teutônica, eu diria, mas não há nenhuma evocação da lei natural, nenhum devaneio, nem apaziguamento algum nesse procedimento grosseiro. Observem, em seguida, a horda indigesta de nomes célebres. Sem ordem, sem gradação, sem pátina histórica: Claquin, o bom bretão, chegando depois do rei Artur, este último em meio aos personagens históricos. "[...] ou est ly tiers Calixte,/ Dernier decedé de ce nom,/ Quy quatre ans tint le papalixte" ["(...) e o terceiro Calisto,/ Final finado desse nome,/ No papado há anos já visto?"]. Onde ele está? Eu respondo: talvez nos arquivos ou porões do Vaticano, mas certamente não em uma poesia viva! "Encore faiz une question :/ Lancellot [...],/ Ou est il ? [...]" ["Mas inda ponho uma questão:/ Ladislau (...)/ Onde está? (...)"][15] – poetas, façam suas

---

15 Segundo M. E. Porter e Thomas A. Sebeok ("Lancelot le roy de Behaigne" in *Romance Philology*, vol. 5, nº 1, ago. 1951, p. 38), a interpretação do "Lancelot le roy de Behaigne" de Villon como sendo László v (1440-1457), ou Ladislau, o jovem rei da Hungria e

perguntas, não as anunciem como pedantes diretores de escolas monásticas. Esse rei da Escócia, cuja rosto foi comido pela metade por um eczema escarlate, talvez seja um caso interessante para a faculdade de medicina, mas é diante do areópago da poesia que seu processo é julgado. E o tom insolente da passagem "[...] et le bon roy d'Espaigne/ Duquel je ne sçay pas le nom ?" ["(...) E o bravo de Espanha/ Do qual nem mais recordo o nome?"] caberia no início do *Dom Quixote*, mas não condiz com a emoção suave da pergunta "Ou est ?" ["Onde está?"]. Encontrar rimas em *-iste* foi uma façanha: virtuosidade verbal sem musicalidade, valeu-nos este termo processual, *je me désiste* [eu abdico]. Ainda bem que o papa *Calixte* não atraiu um papa *Sixte*! Tudo aquilo que era sugestão devaneadora na primeira balada tornou-se aqui insípida declaração ao modo predicante da Idade Média: "Le monde n'est qu'abusïon" ["Este mundo é só ilusão"], (posso ver nesta última palavra apenas o sentido de "vaidade, dissimulação" — *pace*[16] Irmen. L.C., p. 317). Realmente não, aqui Villon deve ter "cochilado" (*quandoque dormitat...*).[17] Talvez ele tenha bebido demais algum vinho ruim! Ou será que, cansado do ritmo de fio a prumo das "duplas baladas", ele quis parodiar a si mesmo nessa segunda poesia, destruindo frivolamente o encantamento que acabara de

---

da Boêmia, foi sugerida por Rosalyn Gardner, William S. Woods e Henry H. Hilton na edição americana de *A canção de Rolando* pela Universidade da Georgia (H.L. Hendrick, 1941). [N. E.]

16 Derivado do latim *pax*, esse termo significa "com todo o respeito a", "com a devida deferência a". [N. E.]

17 Do latim "quandoque bonus dormitat Homerus" [até o bom Homero às vezes cochila], citação a Horácio em sua *Arte poética*. [N. E.]

produzir, escrevendo uma espécie de *descort*[18] de sons secos, crepitantes, desarmoniosos?

Apenas uma única vez, Villon conseguiu traduzir em canto poético sua sabedoria calma, deixando entrever uma ordem da natureza na qual a vida humana se insere com uma doce melancolia, se não harmoniosamente. "Os lamentos da bela armeira", seguindo de perto nossa balada, farão com que mergulhemos novamente no materialismo medieval da carne putrefata, ainda não iluminada pelo idealismo baudelairiano. É muito significativo que tenha sido a passagem da beleza feminina a inspirar em Villon a aceitação da morte — pois ele se importa mais com o apodrecimento do corpo da "Belle Heaumière" [Bela Armeira] do que com aquele do *homem velho*, que se torna um ridículo macaco. Isso me parece muito villoniano e muito francês. O espanhol Jorge Manrique, que na mesma época escreve um poema de igual tendência, inspira-se, de modo mais viril, mais romano, mais clássico, na morte de seu pai, o bravo e varonil cavaleiro castelhano.[19] O coração de Villon palpitou apenas diante da morte da mulher e, a quinhentos anos de distância, o nosso pode ainda sentir seus batimentos e intermitências.

Até aqui não falei das fontes, da tradição poética que preludia nossa balada. É que eu queria provar que se pode chegar à descrição do ser de uma poesia sem nela envolver o seu devir. Não falei, por exemplo, da bela descoberta de Ernest Langlois,

---

18 Termo occitano referente a poemas da lírica provençal sem uniformidade em sua estrutura de versificação. [N. E.]

19 Ver no apêndice de meus *Romanische Stil- und. Literaturstudien*, I, o trabalho de Rosemarie Burkart.

a saber, a de que Arquipíadas, prima da cortesã Taís, era um travesti de Alcibíades, o jovem amigo de Sócrates, que se tornou mulher ainda antes de Villon, como resultado de uma interpretação equivocada acerca de um texto de Boécio. Esse achado erudito talvez interesse ao historiador da civilização medieval, mas em nada contribui para a análise estética do nosso trecho. Étienne, cujas ideias subscrevo com entusiasmo, distingue judiciosamente "dois públicos":[20] o público que deseja fruir dos valores estéticos da poesia e o público que almeja aplicar a eles a erudição histórica. É uma verdadeira deformação da poesia lançar mão da história de maneira inoportuna, no momento em que somente a consideração estética deveria prevalecer. S. Étienne observa muito espirituosamente:

> Ernest Langlois estabeleceu, segundo nos dizem, que a Arquipíadas de Villon não era outro senão Alcibíades. De forma alguma: a Arquipíadas de Villon é uma mulher; o Alcibíades de Langlois é que é um homem.

Trata-se, enfim, do mesmo erro de recorrer, na consideração do valor semântico de uma palavra do francês de hoje, à sua etimologia, já obliterada na consciência da comunidade de falantes: seria um equívoco querer apreender a nuance exata da palavra *antan* recorrendo à etimologia *ante annum*, pois o que está em questão em nossa balada é a palavra francesa, não a palavra latina. Sempre cito, como exemplo grotesco dessa falsa

---

20 *Rev. belge de phil. et d'histoire*, XIII, p. 158 et seq., e *Neophilologus* XXII, p. 1 et seq.

intervenção do historicismo, o caso da palavra francesa *reculer* [recuar]: ao pronunciá-la, será que o francês pensa no substantivo que está na base etimológica desse verbo? Existe atualmente uma ciência estática da língua, fundada por Saussure e Bally, que se opõe à antiga escola de linguística histórica ou evolutiva. Acabaram-se os tempos do dogma "Sprachwissenschaft ist Sprachgeschichte" [a ciência da língua é a história da língua], os tempos em que Meyer-Lübke inscrevia no início de uma de suas gramáticas as palavras de Heráclito, *Πάντα ῥεῖ* [tudo flui] — não haveria também uma *Literaturwissenschaft*, ciência literária estática, que não se confundiria com a *Literaturgeschichte*, a história literária?

O estudo das fontes históricas de nossa balada não teria podido, aliás, levar-nos ao mesmo resultado que o estudo estático: sabe-se, por exemplo, pelo estudo do grande orientalista alemão Carl Heinrich Becker,[21] que o motivo "où sont..." ["onde estão..."] aparece em meio a outros em um piedoso canto de penitência latino de 1267 que deixou suas marcas na bem conhecida canção dos estudantes alemães "Gaudeamus igitur" [Alegremo-nos, pois] e que essa série de questões angustiantes suscitadas pelos pregadores medievais remonta, através dos pais da Igreja e de Marco Aurélio, às escolas de retórica da Grécia Antiga, particularmente às diatribes dos filósofos cínicos.

---

21 *Islamstudiem*, 1, 501; cf. Étienne Gilson, "De la Bible à François Villon" ["Da Bíblia a François Villon"], no volume *Les Idées et les lettres — Essais d'art et de philosophie*. Paris: Librairie Philosophique J. Vrin, 1932.

Segundo Siciliano, um pregador do século VII já clamava: *Ubi sunt reginae, ubi sunt virgines, ubi mulieres... Veluti umbra transierunt et tamquam sonus evanuerunt* [Onde estão as rainhas, onde estão as virgens, onde as mulheres... Assim como uma sombra, passaram e, tal como um som, desapareceram]. "Tendo se apropriado da fórmula", diz Siciliano, "a Idade Média não a largará mais. Ela a submete ao destino que pesa sobre todas as suas ideias: ela se torna lugar-comum... Nela, derramaram-se a mitologia, a Bíblia, a história, a geografia, os romanos, pequenos assuntos cotidianos, disparates. Com o pedantismo se imiscuindo, a falta de gosto e de medida operando seus tão conhecidos estragos, Deus sabe o que disso resultou". Resultaram as séries intermináveis de nomes de mulheres e de homens, organizadas ao acaso da rima, em Eustache Deschamps. Por fim, os pregadores que transmitiram seus lugares-comuns aos poetas serviram-se — isso Siciliano não diz — do salmista, colocando a questão da existência do homem e respondendo com fenômenos efêmeros da natureza: "O que é o homem, ó Senhor, para que possas lembrar-te dele? Vão é todo o seu esforço, como uma sombra ele se vai (*veluti umbra transierunt*). De manhã ele é como uma flor que desabrocha [rosa ela viveu...], à noite é murcho e sem vida".

Mas todos esses estudos de fontes não nos ensinam nada de novo, eles permanecem aquém do poema villoniano: vimos que o conteúdo intelectual da balada não era original — já suspeitávamos —, mas nenhum dos predecessores soube transformar o discurso em canto, o lugar-comum em tesouro poético; nenhum que tenha encontrado o ritmo movente de fluxo e refluxo, fluxo das belas mortas, refluxo do calmo refrão, nenhum que tenha encontrado esta pergunta comovida "Mais ou sont [...] ?"

["E onde estão (...) ?"], nenhum que tenha sabido opor à dança macabra aquilo que chamei de friso de mármore da lembrança devaneadora. A maioria dos pregadores e poetas nos diz com todas as letras aquilo que uma *ingrata Minevra* soprou a Villon em uma poesia de segunda classe: "Le monde n'est qu'abusïon" ["Este mundo é só ilusão"].

Agora eu os alerto contra o seguinte sofisma: dizem-nos que, se traçarmos a história da evolução de um gênero ou de um motivo literário, a individualidade do autor aparecerá por si mesma, após a dedução dos elementos tradicionais. Para colocar em termos aritméticos, se a originalidade de Villon for *x*, e se esse Villon em estado bruto se encontra envolto na obra em estado líquido sob a forma *v*, e se os elementos da tradição são *a, b, c...*, a originalidade *x* de Villon será obtida pela equação: a+b+c+...+x. O resultado seria *x* = v - (a+b+c+...). Raciocínio falacioso, porque um organismo é mais do que o resultado de uma adição e mais do que um amontoado de ingredientes incoerentes, porque os elementos tradicionais *a, b, c...* já foram penetrados e alterados pela individualidade villoniana e porque *v* é um todo orgânico do qual não se pode separar os *a, b, c...* Além disso, se eu tivesse feito desfilar diante de vocês os traços tradicionais *a*, depois *b*, depois *c*, a beleza da poesia teria se desmanchado nessas comparações sucessivas. Vocês jamais poderiam vislumbrar a unidade da balada, o relativismo introduzido pela história teria deixado em suas mãos *disjecta membra* [membros despedaçados] que não mais saberiam se integrar. De forma geral, só se pode traçar a história de um fenômeno quando se tem uma noção clara desse fenômeno, quando ele existe em você: só é possível desenhar a curva da evolução de Goethe se a personalidade de Goethe tiver um contorno preciso para você, e uma biografia só lhe será útil se a pessoa for de fato conhecida por você — toda história deve ter *um herói*, truísmo evidente, mas que costuma ser esquecido.

Também não nos deixemos abalar pela crítica tantas vezes já ouvida da subjetividade à qual toda análise estética estaria fatalmente condenada, da tentação de *reading into it* [buscar significados que não estão ali], enquanto apenas a erudição seria objetiva. O próprio sentimento estético também é suscetível de objetividade, de controle pelo julgamento dos outros. Nessas questões, pode-se, ou melhor, *deve-se* chegar a um *consensus omnium* [consenso universal], naturalmente a um *consensus* de todos aqueles cujo *sensus*, o senso estético, seja suficientemente desenvolvido. Além do mais, creio não ter cometido as piores das deformações da realidade, tal como o fez a escola erudita, que ousou introduzir um homem ali onde Villon falava de uma mulher, que ousou *read into it* um Alcibíades ali onde havia uma Arquipíadas. Lembro-me das palavras do poeta Valéry criticando os estudos literários do atual ensino escolar:[22]

> Quando observo o que se faz com a Poesia [...] a ideia que se tem dela nos estudos e um pouco por todo lugar, meu espírito [...] se espanta até o limite do espanto. Ele pensa consigo: não vejo nada nisso tudo que me permita ler melhor esse poema, *executá-lo* melhor para meu prazer, nem conceber com mais distinção sua estrutura. Incitam-me a algo bem diferente, e

---

22 Prefácio, sob o título "Questions de poésie", da *Anthologie des poètes de la NRF* [Antologia dos poetas da NRF]. Paris: Gallimard, 1936.

> não há nada que não se tenha tentado para me desviar do *divino*. Ensinam-me datas, biografias; ocupam-me com querelas, doutrinas que não me interessam, quando se trata de *canto* e da arte sutil da voz portadora de ideias...

Baniremos agora todo estudo histórico de nossas salas de aula? Longe de mim menosprezar o valor educativo da história. Ao contrário, depois de ter barrado o acesso à história *em um dado momento*, no momento em que se tratava de apreender o ser de determinada poesia, a qualidade de um canto, poderemos reintroduzi-la: a espera à porta não terá esmaecido os encantos dessa Musa. Poderemos, inclusive, preparar melhor para a douta virgem Clio a gloriosa acolhida a que ela tem direito: o olhar, tendo se embebido da presença estática da obra de arte, pousará com um frescor renovado na história e no devir. A leitura aprofundada de muitos textos conduz automaticamente ao estabelecimento de uma linha histórica, e, nesta explicação, eu mesmo fiz, de modo algum tão exclusivista e rigorista quanto minha teoria quer aparentar, inúmeras alusões históricas que, de fato, pretendi discretas; recorri apenas às ideias motrizes, não ao detalhe histórico — minha Clio, parece-me, era uma musa ajuizada, que conhecia seu lugar e se recusava a destronar Apolo.

Tradução de Raquel Camargo

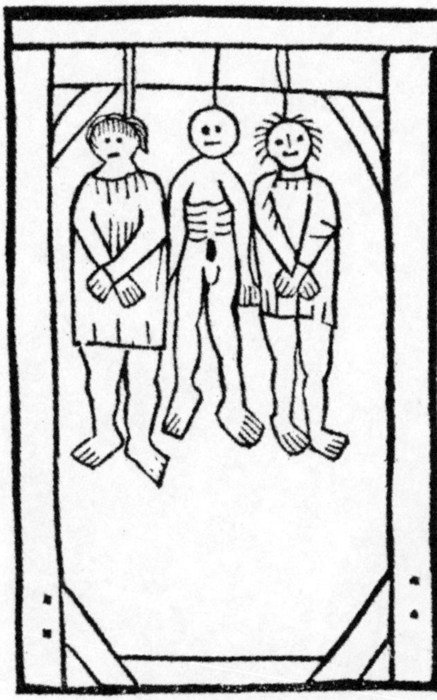

Epitaphe dudit Villon

Freres humains qui apres noꝰ viues
Nayez les cueurs contre noꝰ endurcis
Car se pitie de noꝰ pouurez auez
Dieu en aura plustost de vous mercis
Vous nous voies cy ataches cinq six
Quāt de la char q̄ trop auōs nourrie
Ellest pieca deuouree et pourrie
et noꝰ les os deuenōs cēdres a pouldre
De nostre mal personne ne sen rie
Mais pries dieu que tous nous vueil
le absouldre

SOBRE A COLEÇÃO

Fábula: do verbo latino *fari*, "falar", como a sugerir que a fabulação é extensão natural da fala e, assim, tão elementar e diversa e escapadiça quanto esta; donde também falatório, rumor, diz-que-diz, mas também enredo, trama completa do que se tem para contar (*acta est fabula*, diziam mais uma vez os latinos, para pôr fim a uma encenação teatral); "narração inventada e composta de sucessos que nem são verdadeiros, nem verossímeis, mas com curiosa novidade admiráveis", define o padre Bluteau em seu *Vocabulário português e latino*; história para a infância, fora da medida da verdade, mas também história de deuses, heróis, gigantes, grei desmedida por definição; história sobre animais, para boi dormir, mas mesmo então todo cuidado é pouco, pois há sempre um lobo escondido (*lupus in fabula*) e, na verdade, "é de ti que trata a fábula", como adverte Horácio; patranha, prodígio, patrimônio; conto de intenção moral, mentira deslavada ou quem sabe apenas "mentirada gentil do que me falta", suspira Mário de Andrade em "Louvação da tarde"; início, como quer Valéry ao dizer, em diapasão bíblico, que "no início era a fábula"; ou destino, como quer Cortázar ao insinuar, no *Jogo da amarelinha*, que "tudo é escritura, quer dizer, fábula"; fábula dos poetas, das crianças, dos antigos, mas também dos filósofos, como sabe o Descartes do *Discurso do método* ("uma fábula") ou o Descartes do retrato que lhe pinta J. B. Weenix em 1647, de perfil, segurando um calhamaço onde se entrelê um espantoso *Mundus est fabula*; ficção, não ficção e assim infinitamente; prosa, poesia, pensamento.

SOBRE O AUTOR

François de Montcorbier (ou des Loges) nasceu em Paris, em 1431. Órfão de pai, foi confiado pela mãe aos cuidados do cônego Guillaume de Villon, de quem adotaria o sobrenome. Contemporânea de grandes acontecimentos históricos (a morte de Joana d'Arc, a invenção da imprensa por Gutenberg, a Guerra dos Cem Anos ou a tomada de Constantinopla pelos turcos), sua biografia é parca de datas. Entre 1443 e 1452, frequentou a faculdade de Letras da Universidade de Paris, onde obteve os títulos de bacharel, licenciado e mestre — e onde, presumivelmente, começou a escrever poemas. A par dos estudos, entregou-se a fundo à vida boêmia e mesmo marginal: participou de distúrbios estudantis em 1452; matou um padre durante uma rixa de rua em 1455; participou de um furto vultoso em 1456; foi preso pelo menos duas vezes, e em outras duas ocasiões teve que se exilar de Paris. Condenado à morte em 1462, obteve em 1463 que a pena fosse comutada em banimento da capital — última ocasião em que se tem notícia de Villon. Suas duas grandes obras, *O legado* e *O testamento*, teriam sido compostas em 1456 e 1461, mas a primeira edição de seus poemas só se deu em 1489.

SOBRE O TRADUTOR

Sebastião Uchoa Leite nasceu em Timbaúba, Pernambuco, em 31 de janeiro de 1935. Estudou Direito e Filosofia em Recife, onde começou a tomar parte na vida literária: seu primeiro livro de poemas, *Dez sonetos sem matéria*, foi publicado por O Gráfico Amador, de Aloysio Magalhães, em 1960. Mudou-se em 1965 para o Rio de Janeiro, onde trabalhou em diversas lides editoriais — entre as quais a revista de poesia *José*, que circulou entre 1976 e 1978. Reuniu sua poesia em livros como *Signos/Gnosis* (1970), *Antilogia* (1979), *Obra em dobras* (1988), *A uma incógnita* (1991), *A ficção vida* (1993), *A espreita* (2000) e *A regra secreta* (2002). Ensaísta de interesses muito variados — da poesia aos quadrinhos, do cinema à filosofia —, publicou quatro volumes de textos críticos: *Participação da palavra poética* (1966), *Crítica clandestina* (1986), *Jogos e enganos* (1995) e *Crítica de ouvido* (2003). Tradutor de autores como Stendhal, Octavio Paz, Julio Cortázar e Christian Morgenstern, assinou dois monumentos da tradução literária no Brasil: *Aventuras de Alice no país das maravilhas & Através do espelho e o que Alice encontrou lá* (Summus, 1977) e a *Poesia* de François Villon (Guanabara, 1988), ambos agora no catálogo da coleção Fábula. Sebastião Uchoa Leite faleceu no Rio de Janeiro em 27 de novembro de 2003.

SOBRE ESTE LIVRO

TRADUÇÃO, ORGANIZAÇÃO, APRESENTAÇÃO E NOTAS Sebastião Uchoa Leite © Guacira Waldeck, 2025 EDIÇÃO Mônica Kalil REVISÃO Veresa Moraes e Duda Costa PROJETO GRÁFICO E CAPA Mayumi Okuyama IMAGENS DA CAPA E DO MIOLO Autores desconhecidos, xilogravuras, extraídas da 1ª edição da obra de François Villon (Pierre Levet, 1489) ESTA EDIÇÃO © Editora 34 Ltda., São Paulo; 1ª edição, 2025. O projeto gráfico original da coleção Fábula foi concebido por Raul Loureiro. A grafia foi atualizada segundo o Acordo Ortográfico da Língua Portuguesa de 1990, que entrou em vigor no Brasil em 2009.

CIP — Brasil. Catalogação-na-Fonte
(Sindicato Nacional dos Editores de Livros, RJ, Brasil)

Villon, François, 1431-1463?
Poesia / François Villon; tradução, apresentação
organização e notas de Sebastião Uchoa Leite —
São Paulo: Editora 34, 2025 (1ª Edição).
496 p. (Coleção Fábula)

ISBN 978-65-5525-259-0

Tradução de: Poésie

1. Poesia francesa - Século XV. I. Leite,
Sebastão Uchoa, 1935-2003. II. Título. III. Série.

CDD-841

TIPOLOGIA Adobe Aldine PAPEL Pólen Bold 70 g/m²
IMPRESSÃO Loyola, novembro de 2025 TIRAGEM 3 000 exemplares

EDITORA 34
Editora 34 Ltda. Rua Hungria, 592
Jardim Europa CEP 01455-000
São Paulo — SP Brasil
tel/fax (11) 3811-6777
www.editora34.com.br